微物神探宋戴克

John Thorndyke's Cases

作者——奧斯汀．傅里曼
譯者——景翔

科學鑑識推理之父奧斯汀・傅里曼作品系列 2

微物神探宋戴克

John Thorndyke's Cases

作　者	奧斯汀・傅里曼 Austin Freeman
譯　者	景　翔
封面設計	陳瑀聲
發 行 人	涂玉雲
出　版	臉譜出版 城邦文化事業股份有限公司 台北市信義路二段 213 號 11 樓 電話：（02）23560933／傳真：（02）23419100 E-mail: faces@cite.com.tw
發　行	英屬蓋曼群島商家庭傳媒股份有限公司城邦分公司 台北市民生東路二段 141 號 2 樓 讀者服務專線：0800-020-299 服務時間：週一至週五9:30~12:00；13:30~17:30 24小時傳真服務：02-25170999 讀者服務信箱 E-mail:cs@cite.com.tw 郵撥帳號：19833503英屬蓋曼群島商家庭傳媒股份有限公司城邦分公司 城邦讀書花園網址：http://www.cite.com.tw
香港發行	城邦（香港）出版集團有限公司 香港灣仔軒尼詩道 235 號 3 F 電話：852-25086231／傳真：852-25789337
新馬發行	城邦（新、馬）出版集團 Cite(M) Sdn. Bhd.(458372 U) 11, Jalan 30D/146, Desa Tasik, Sungai Besi, 57000 Kuala Lumpur, Malaysia 電話：603-9056 3833／傳真：603-9056 2833
初版一刷	2008 年 1 月 30 日

ISBN　978-986-6739-32-3

定價：260元

城邦讀書花園
www.cite.com.tw

（本書如有缺頁、破損、倒裝，請寄回本社更換）

導讀

唐諾

∵科學之美

這就是傳說中的宋戴克博士或宋戴克醫生探案，如果你想最快的、最簡單不忘的知道它是什麼，那你就說，這正是ＣＳＩ犯罪現場式探案的起點、的開始、的源頭，就像張三豐之於武當派、太極拳那樣子。

其他的你需要時皆可從作者簡歷資料裡隨查隨到，包括寫它的人叫奧斯汀·傅里曼，原來就是個科班出身而且實戰經驗豐碩的醫生和科學家——我們不是活在超連結系統的科學世紀嗎？學著善用它而不是神話它，得到解放而不是找來束縛，包括我們的記憶。

但凡看到一個美好的東西，或沒啥太大意義只是跟你關係匪淺的東西云云，兩組不同的人，通常會有兩組截然不同的回應——一種人數較多，他們選擇只記今朝笑，才不管這東西究竟是什麼，來自何方，為什麼一路會形成眼前這副模樣，完完全全只滿足當下如以前人說的「百姓日用而不知」；另一種人數雖然稍少，但我以為這才正是人心理反應的基本原型，那就是人會好奇、會追問、會想尋回它的源頭。之可以說是心理原型，是因為諸如此類的好奇和衝動好像本能性的任誰都是都有，包括那些只活在今天拒絕回想的大多數人，但是時間山高水遠重重阻絕，來路已荒敗藍褸看起來很累，算了。唯一定會有一定比例的熱望者好事者會不死心付諸實踐，也多虧這樣，人們知道了尼羅河的源頭（好像還不止一道源頭），看了長江最早仍是滴下的山泉還有它堪堪成形才浮得起小酒杯的幼稚模樣，還確定了我們叫它庫頁島、俄國人稱薩哈林這個酷寒不宜人居之地，果然不是個半島，它和歐亞大陸母體並沒有陸橋聯絡，它是個島。

然而，回到源頭這件事，儘管絕大多數歷史時刻是少數人以個別實踐的方式來做，但有時候它也會形成集體熱潮，怎然蔚為流行，像現今引領流行集體作夢的好萊塢，便又重啓了好大一波溯源尋根熱，這一回它有個焦點的新名字叫「前傳」，星際大戰、蝙蝠俠、〇〇七情報員無不一一回轉成小孩的樣式（之前其實連聖徒「七海遊俠」賽門・鄧普勒也拍了前傳，只是沒成功，西門町早年奉他為名的「賽門甜不辣」小吃店則應該還在賣），其代表性的slogan便是——每一則傳奇，每一個英雄都有個開始。

不同於個人的單純好奇，好萊塢忽然這麼好心把已成的傳奇和英雄回轉成非傳奇非英雄幹什麼？這裡集體形成的溯源通常來自於某種危機，某種已陷入僵化、招式用老、發展遭遇瓶頸的危機，因此它被迫回到源頭，好重新找尋可能性，找回那些它曾經丟棄掉的事物本質及其他可能發展線索，好掙脫當下的泥淖。

「請循其本」，這是二千年前最聰明的中國人莊子說的。說話當時，正是他和他好鬥嘴的好朋友惠施陷入團團轉出不來的語言泥淖一刻，莊子說讓我們回到一開始吧，回到我們剛走上橋剛看到水裡游魚那一刻吧。莊子的一句話，救回了兩人原本美好的一天和原本的好心情，眼前瞬間雲淡風清的自由起來。

前傳之熱

好，我們先繞個路看一下所謂的前傳。

我們以〇〇七為例，因為它比較隸屬於我們泛偵探小說的書寫領域，有原著小說為本；二來它才剛發生還熱著；還有它的攝製過程也比較好玩，開低走高，一個原來快被全世界龐德迷給宰了、又太像不稱頭小流氓又太像膽小鬼（坐遊艇亮相的龐德怎麼可以守法的穿著救生衣呢？），還背反伊安・佛萊明設定長一頭該死淡金稀疏頭髮又抗拒不染的新龐德，居然在電影試映會後博得滿堂采，還傳出了「史恩・康納萊之後最好龐德」的奇特聲音。

我想，這回和過去單純的龐德演員更替不同了，成敗關鍵不在其一個人的造型或魅力，而是整個想法、整體的電影方向變了——前傳，不僅僅是時間的跳躍挪移而已，它也帶來從根本視角到一切細節的牽動變化，碰觸到某一個人的本質問題，這才是這一波前傳熱真正比較有趣的地方。

我們看，新〇〇七《皇家夜總會》少了哪張固定臉孔？少了Q，Q是幹什麼來的？Q是負責供應龐德出勤配備的人，是整個〇〇七系列電影裡新科技乃至於新特效（比方借助他給龐德的BMW怪汽車）的代表人物。正因為這個基本設定，隨著科技特效壟斷著〇〇七電影的進展方向，Q遂成了整個龐德影片中膨脹最快，而且最具決定性的操控角色，惡意的說，這個頭髮一集一集少的老頭子，簡直成了預言一切的神了，或甚至乾脆就是編劇不是？他顯然完全知道了龐德此行總共會遭遇到哪些危險，否則他供應的新武器新配備不會準到這地步，如諸葛亮交給渡江入吳趙雲的三個錦囊，每一種武器、每一個功能都在節骨眼上恰恰好用上而且每種不多不少用一次。不是Q實際上鏡頭多少長短的問題，而是他存在的意義及其功能，像藥頭一樣供應愈來愈強的麻醉藥物，以至於到《誰與爭鋒》時整部電影像嗑多了一樣狂亂、搖頭、不知所云而且毫無內容，特別是汽車追逐大戲。總之快沒救了。

前傳是什麼？我們這麼說，前傳就是幼年時光、成長時光，是人還在摸索、學習、試探、認識自己也認識世界並尋找兩造關係的那一段不確定日子，是最多可能性和最高可塑性的那一段日子。正常來說，偉人不會知道自己將來會是個「偉人」，一如國父孫中山先生不會五歲就是個國父一般，古巴的大鬍子卡斯楚的青春大夢極可能是有朝一日成為美國職棒大聯盟的一員如王建民（以至於後來美國人極其扼腕，早曉得說什麼也讓哪支球隊簽下他，由聯邦政府出錢都划算），而拉丁美洲的大解放者波利瓦爾則早早娶妻並打算悠哉悠哉當個糖廠奴隸主快樂過一生。這些人，和所有那個年歲那個階段的人一樣，會哭會鬧會流鼻涕云云，因此，把一個已經等同於硬梆梆銅像的英雄偉人重新拋擲回不英雄不偉人的迷濛時間裡，基本上是一樁拯救作業，把人從某種神聖性、某個神話牢牢綑綁得無法動彈的SM景況中解放出來，恢復他（一部分）人的模樣，恢復他（一部分）人該有的情感、思維和不能沒有否則不成其為人的生命細節，如此如此，這般這般。

日後緊緊綁住龐德的神聖繩索有兩道，一條叫無敵英雄，另一條叫科技特效，兩股絞一起得一併解開才行，因此Q一定得消失，否則龐德不只是個假人而已，還愈來愈是個虛有其表的好看道具。做為一個人形的科技武器彈藥庫、一個時間一到按個鈕就解決一切（這你我也都會不是嗎？只要熟讀說明書）的上班族操作員，是用不著動腦子的，就連手指頭之外的其他身體部分也動用不到。小說中，龐德是個祕密特工而不是恫嚇性、示威性的核子打擊部隊，他只使用適合他身分和傲骨，方便攜帶隱藏不會鼓一大塊昭告世界的小口徑老貝瑞塔手槍，腿部綁一把救命用的小刀，偶爾穿鐵頭皮鞋好增加空手搏擊的殺傷力，就這麼多。武器簡單所以真正不凡的是他心智和身體的力量；也只有武器簡單，他的機智以及身體能量才能自由的釋放出來，會因時制宜的利用環境和手邊現成東西，會有想像力。

李維-史陀指出，當照相機功能到達一定程度之後，攝影做為一種藝術創作可能性便消失了，工具太強，人，尤其是人的心智部分，介入的空間完全沒有了。所以能夠做為藝術創作載體的照片只出現在早期，仰賴攝影者的技藝以及想像力來填補功能的空白，「比起來，人的腦子是遠比人手精巧、複雜而且更多可能性的東西。」

順便提一句，現在很多悶著頭追逐眩目效果的線上電玩困境也在此，把遊戲者變成滑鼠操作員，變成熬夜加班但沒薪水可領的可憐勞工，景況比早期壓榨的、吃人的資本主義還不人道。

CSI之熱

回到CSI來。如果說前傳熱是現象一，那CSI熱便是現象二。

這幾年，先是賭城拉斯維加斯，再跨州辦案緝凶拉出邁阿密，並以同樣模式進一步召喚出紐約，這組科學鑑識辦案的所謂犯罪現場影集，不僅席捲全美，還迅速氾濫到台灣來，讓台灣一個無人識、沒人看的有線小頻道，如今儼然成為電視影集的首選品牌。

但也差不多到頂了，要出事了。

科學的確像卡爾維諾用水晶比擬的那樣，不盡然是外於人心、外於價值、純致用工具性的道貌岸然東西而已，科學確有一種深合人性的美，細節之美，對稱之美，秩序之美，晶瑩剔透之美，以及安定可信之美。特別是安定可信這一項。我們多需要它，而且需要的程度遠高於我們意識之上且與日俱增，畢竟這幾百年來我們持續處於一個多疑、除魅、把一切可信不可信的東西逐個拆穿破毀的歷史單行道時間裡，過癮的確滿過癮的，但代價是我們很難再保有可供站穩自己雙腳之地，除了科學，我們好像已沒有什麼能相信的了，也因此，我們信任於科學的、乞援於科學的、想像於科學的，總很難平心靜氣的恰如其份，總遠遠超過真正科學可能應允的，科學甚至還得負責填補我們失去宗教所露出的生命價值和情感的空白，科學，某種意義說，的確是現代人的一種宗教且行之有年了。

想想高中國中時代那些一打開就一陣睏意湧上來的課本教科書，我們什麼時候變得對螺旋形的DNA、對各個化學分子式、對人體兩百多塊骨頭的名稱及其形狀這麼感興趣過？因此，知識是附帶的，被某種甜美的想像包覆起來的，甚至，那些比蟑螂還噁心還可怕的鮮血、腐屍、解剖出來的軟綿綿腦子和內臟，都阻止不了人們一邊遮眼睛一邊繼續看CSI不放。也就是說，除了流行時尚這全然無需理由的因素之外，CSI熱潮的確還有所本，有觸及到人心深層渴望之處。

但資本主義一接手我們就絕望的曉得結局了。我們常批判資本主義壓榨、剝削和掠奪，為可憐的勞工、無產階級還有我們自己義憤請命，但資本主義的壓榨、剝削和掠奪是一視同仁的，對人如是，對人而外的一切事物亦復如是。什麼好東西真東西一旦落入它手中，納入它的體系裡，它都會榨出最後一滴汁來直到這個東西化為乾渣化為垃圾和廢料，它從不會讓事物止於其最適狀態好珍惜保留它，它反正用完了這個再找下一個，這就是它的掠奪性，所以卡爾維諾用蛇髮女妖梅杜莎來比擬，凡它看上的、瞪視的無不一一硬化成石頭。

CSI熱潮帶來很多令人啼笑皆非的社會效應，比方說檢察官和警察對這個影集恨得牙癢癢的，不只因為他們在戲裡總扮演壞事的笨蛋、小弟和歹角，而是如今從陪審團到一般社會大眾不管走到哪裡碰到誰都忽然一副內行人的模樣，影響的不只是面子，而是實際的工作進行；還有，這個影集顯然對犯罪者的幫助遠比執法人員大，它把原本大體上由執法者所獨占的犯罪知識釋放出來，也一併暴露了這組知識及其配備的盲點和限制，可想而知如今至少漂白水的銷路會明顯的成長，原來它清洗的能耐不只是廚房浴室的頑垢而已，還至少包括血跡或至少能有效破壞其DNA云云；另外，比較嚴重但比較不為一般人在意的（通常總是這樣），這個影集對今天壓倒性統治性的右派意識形態必然起著推波助瀾的功效，影集自身的基本意識，一如科學本身的基本意識，總是保守的、秩序的。

這些額外的社會效應且不去管它，我們要說的是CSI影集的「硬化」、它在資本主義運行機制裡必然的自毀性——它剛從長期雄據不放的收視率第一寶座滑下來，收視的趨疲通常是影集陣腳大亂、下重藥、做自己不相信的事、回歸普遍流行公式並瓦解的加速點，但不是開始，事情開始要稍早一些，總是在它巔峰時日就來了。

三地三組的CSI影集中，最早出問題的看起來是邁阿密。我們說的，不只是因為它有一個喜歡戴太陽眼鏡、喜歡背對所有人（包括一個人在電梯裡）、喜歡搶在霹靂小組之前一把槍攻堅並神準不失手（而且仍不肯暫時拿下他心愛的墨鏡，不是很容易把個白人嫌犯看成黑人嗎？），尤其特喜歡事後找被害人及其親人懇談一番的又英雄又聖人的奇怪組長（聖何瑞修？）。而是，有點弔詭的，邁阿密同時對科學鑑識最不辯證最不思索質疑的把它推到神話式的無所不能，卻又像對這種純淨科學之美顯得心虛，也因此，收視率的壓力一來，率先步伐踉蹌的便是邁阿密。它迅速的向流行警匪片以及電視肥皂劇公式傾斜，把整個辦公室實驗室布置得像個眩目的太空城一樣，又新雇來一批怎麼看都看不像肯埋頭冰冷科學鑑識工作的年輕女孩，於是邁阿密的新一季遂成了進入春天求偶期的一季，大家一陣競啃窩邊草的交叉配對，什麼都發生了，就獨獨科學本身不見了。

最穩的仍是最早的拉斯維加斯，可見不全然只是題材消耗無以為繼的問題；最晚才來、主體人物還有點面目模糊的紐約則好在它案型本身的多樣複雜和意想不到，這個全美排行首位的大城暨最富想像力的世紀罪惡之都果然名不虛傳，其中最有意思的事，三地中最繁華的紐約，卻是三組影片中最多一般人的、乃至於底層小人物的各式罪案，包括街頭籃球的、水槍暗殺遊戲的、城市大樓蜘蛛人的、碼頭工人肌肉男的、長年不見天日在幾十米深地底工作並發展出一套自身戒律如幫派又如邪教的地鼠勞工團體。還有康尼島沙灘上塞入小木箱子裡的馬戲團軟骨俊美少男赤裸身體及其宛如千年不變的古老家族悲劇，還有早化為朽骨、堆滿地鐵埃塵二十年、用鉛筆素寫留下他寂寞紐約的印象的外來尋夢男孩，麥克・泰勒組長為他破了案，超厚嘴唇的艾婷也復原了他的生前容貌，但他是誰、叫什麼名字，以及來自何處可還有想著他的家人等等，則永遠埋在地鐵軌道內沒有答案。

我個人最懷念的一集是拉斯維加斯的。葛瑞森組長一個人開車到個小小山城，但車上的鑑識工具吃飯傢伙卻第一時間便告不翼而飛，當然是保守封閉且排外的小鎮居民有人不願該地斷背山式的悲劇醜聞外洩，唯頑固科學家的老葛瑞森拒絕屈服，他轉頭進了小鎮的雜貨店五金行，綿線、膠帶、鑷子、剪刀、小毛刷等等等等——

人腦是遠比人手更精巧、複雜且更多可能的東西，這不是嗎？

並非愈來愈好

有回被問到法國的「新小說」，納布可夫以他納布可夫式的回答說：「我對團體、運動、流派之類的東西不感興趣。我只對單個的藝術家感興趣。所謂『新小說』實際上是不存在的；不過法國倒是有一個了不起的小說作家，他叫霍華・格希葉。他的作品被好用陳腔濫調的一群塗鴉者模仿了；虛假的標籤有助於這些人的商業行為。」

納布可夫的這個回答，有助於我們驅散一個其實早就該拋棄的神話，正視事實。那就是事物並不總是進步的、改良的，並非愈新的、愈接近現在的東西就愈好愈強，事物的發展也會走上歧路，也會因為歷史的不確定機運和奇奇怪怪的人心而弄錯弄壞，尤其當我們進一步理解資本主義壓榨的、掠奪的、不惜把任何美好東西化為廢料以換取立即性利益的本質惡習，這樣的實例太多了。這也正是納布可夫指出的所謂商業行為。

這個進步神話在書寫創造性的領域尤其不適用。因為創造的核心本質終究如納布可夫所說是單個人的，也是一次完成的，是《聖經・創世紀》那種要有光就有光的方式，在創造出來那一刻光和暗就分開來，而不像蓋一幢房子或生產裝配作業線那樣是分工的、協力的、一截一段的。所以安博托・艾可才如此大膽講很多東西創造出來就已經「完美」，無須改良也不可能改良（你如何去改良艾略特的《荒原》或賈西亞・馬奎茲的《沒人寫信給上校》呢？），你只能從啓示中重啓一個或一次完整的創造如本雅明所說的「每一個句子都是重新開始一篇文章」。創造的時空連續性通常是種錯覺，要說連續，也不是時間大河般奔流、順暢、不間斷式的連續，它仔細看來是跳躍的、斷裂的、啓迪的，更接近星圖般相聯相照的只是彼此的光，甚至只是我們想像的虛線。

如此，我們以為的改良，通常只是無涉創造本體的某種微調，讓它賞心悅目些或者說柔和可親些，適合和人相處，因此更多時候是致用性的。更何況，太多美好的東西都不是「有用」的，都能順利轉化為當下的商業利益而得到關懷與發展，這些於是只能存留在最原先的創造者和創造物那裡，靜靜等待人們或許未來可能重新發現它。我們前面所說的前傳熱，其實便是又一次對已創造出來的事物的審視和思省，對我們予以擱置的部分再撿拾再利用，這樣的事其實一直在發生，不過是這波熱潮係由好萊塢所主導，因此更醒目更挾帶著沛然的商業聲勢，也更多少令識者提心吊膽而已。

正德・利用・厚生

宋戴克醫生的科學辦案小說，非常非常帶種的，甚至連推理小說賴以維生的，只能在書的最末端才揭曉一切之謎的懸疑性都敢不要，信心滿滿的把小說孤注般賭在純淨的、實證的科學之美本身——當然他沒每一部小說都這麼來，但宋戴克醫生探案最著稱的便是它「倒敘推理」的書寫方式，凶手是誰一大早就先告訴你，沒什麼好裝神弄鬼的，小說專注所寫的，也是讀者專注所看的，是宋戴克醫生如何通過科學鑑識，一步一步重建並重現整個罪案，最終，是的，凶手就是你沒錯。

沒有氛圍性的、裝飾性的懸疑，也仍然可以是驚心動魄的。

當然，事隔快一世紀了，宋戴克醫生當時堪稱劃時代的科學鑑識工具（其中一部分還啓示了當時現實界的執法辦案人員），今天看來當然簡省了許多。但做為一個小說讀者而不是應用科學的工具和儀器開發者，這我們已經曉得了不是嗎？工具的能耐有其極限（那些看過李昌鈺博士辦案的人不是都有神話破滅之感嗎？），而且工具的神話化會擠壓人腦子的活動空間，會限制人必要而且最珍貴的想像力，那樣的小說反而是最難看、最誤入歧途的，最該立即回歸前傳回歸源頭。

宋戴克醫生小說比較容易忽略的，是他科學家式安定、明亮、對具體人物和事物細節趣味盎然的書寫之筆。科學者的書寫奇怪一直截然二分為兩種，一種極好（如古生物學者古爾德、如動物學者勞倫茲），一種極糟，沒有中間的。宋戴克醫生小說中的老倫敦和老英國，表現了維多利亞時期以降最好的一面，文雅、有禮、節制但有著不誇張、不乖戾、不別有居心的真誠同情和悲憫，更要緊的，還不失幽默、不失練達。

正德・利用・厚生，這三個連綴的詞也許古老了些，但它們仍然揭示了我們對科學最美麗也可能是最奢侈的期盼，一種遠離著野蠻和黑暗的天下文明氣象，在科學已神話化到偽科學臨界點並開始露出不祥的尖牙利齒的今天，我們其實很有必要回頭想想看看，並試著撿拾回來我們已有卻遺忘在那裡的東西。

或者，看看宋戴克醫生的小說。

前言

這本選集中的故事，雖然在這一類文學作品中算是創了一個新局，卻也還需要略作介紹。所有小說的基本功能就是娛樂讀者，這一點並未忽略，但是我個人相信所謂「偵探」的趣味大多來自小心地固守其可能性，而必須完全避免現實中不可能發生的情況；基於這樣的信念，我一直一絲不苟地讓自己只限於已經證實的事實和確實可行的方法。這些小說大部分有法醫學的動機，其中所敘述的解決方法都類似於法醫學者實際工作時所使用的技巧。事實上，這些作品說明的正是以一般科學蒐證法查出罪證。我還可以說明的是，所有案件中所談到的各種實驗，都由我本人親自做過，當然其中的顯微照片也是由實際的樣本得來。

我要藉這個機會感謝以各種方式協助我的朋友們，尤其是那些我在本書中所提到的朋友；他們使我免卻了製作顯微照片的諸多心力，對我取得和準備例證有莫大的助力。我也必須感謝皮爾森先生恩准我使用H．M．布克先生那些令人欣賞而漂亮的插畫，以及那位藝術家忠於文字敘述的用心。

R．奧斯汀．傅里曼

一九〇九年九月廿一日於Gravesend

微物神探宋戴克
John Thorndyke's Cases

目次

〔事件一〕

釘了鞋釘的鞋子

我想，就算是在英格蘭東岸一帶，大概也沒有多少地方比小山德士里村和周遭鄉野更荒涼的了。距所有的鐵路都很遠，而離任何一個大一點的城鎮都還有好幾哩路，這裡處於文明的邊緣，在目前這個時代，還保有一些別處早已忘卻了的原始生活、習俗以及舊世界的傳統。夏天的確有一些偶爾來到的遊客，雖有冒險精神，但大多習慣於沉靜和孤獨，他們的出現使當地稀少的人口為之增加，也給沿岸那一帶平滑的沙灘帶來短暫的活力與歡悅；可是在九月下旬——也就是那年我初到這地方的時候——長了草的地上渺無人煙，沿著懸崖的崎嶇小路也少有人跡，沙灘更如一片荒地，除了一些經過的海鳥留下爪痕之外，更無其他足跡。

我的醫事經紀人托西法先生向我保證說，我會發現我這回接下來的工作是「一件非常輕鬆的差事，很適合一個勤勉好學的人」。他確實沒有誤導我，因為事實上病人少到讓我替雇我來代理工作的老闆擔心，也並不想工作，因此，當我的朋友約翰·宋戴克，那位知名的法醫學專家，說要來和我共度週末，也許再多玩幾天的時候，我對他的建議欣然接受，並且張開雙臂來歡迎他。

「你真的看來不像是工作過度的樣子，杰維斯。」他在到達的那天吃過下午茶後，我們出門到海邊去散步時說：「在這麼個窮鄉僻壤的地方，這個診所究竟是新的，還是舊的？」

「哎，事實上，」我回答說：「根本就沒有什麼業務，雇我來代理的古柏到這裡大概有六年了，因為他有私人的財源，始終就沒有用心去開好一家診所，另外有個包羅斯醫師，熱心得出奇，加上這裡的人非常保守，所以古柏從來就沒有能真正插上一腳，不過，這事好像也沒讓他煩心。」

「呃，只要他滿意，我想你也滿意吧。」宋戴克微笑道：「你等於在海邊度假，還有人付錢給你，可是我沒想到你們離海邊這麼近。」

他說話的時候，我們正走進低處懸崖上以人工打開的峽口，形成一條直通下方海邊的陡直車道。當地人稱之為「山德士里峽」，有人走的話，通常都是農夫的車子，在風暴過後下去撿海藻。

「好壯觀的一大片沙灘！」宋戴克繼續說道，我們走到了底下，站在那裡望向空曠海灘那頭的大海。「退潮之後，那一大片沙灘有種堂皇而莊嚴的感覺，而我覺得再沒有什麼別的能這麼完整地傳達出這種孤寂的印象。那光滑平坦的表面不僅顯示出當時沒有人跡，也提供了令人信服的證據，證明那裡有相當長的一段時間沒有受到干擾。比方說，在這裡我們就很清楚地看到這幾天以來，除了我們之外，只有兩雙腳走過這道峽口。」

「你怎麼推定有『幾天』的？」我問道。

「用可能是最簡單的方法。」他回答道：「現在是下弦月，所以潮水是小潮，你可以很清楚地看到兩條由海藻和漂流物形成的線，分別是大潮和小潮的滿潮線。兩條線中間那一帶比較乾的沙灘上，已經有好幾天沒有潮水漲上來過，上面你看得到，只有兩組腳印，而這兩組腳印一直要等到下一次大潮——從今天算起將近一個禮拜之後——才會全給海水沖刷掉。」

「嗯，我現在明白了，事情一旦解釋清楚，看來就很顯而易見。可是好幾天沒人走過那道峽口，然後在很短的時間裡前後來了四個人，也真的很奇怪。」

「你認為這是怎麼回事？」宋戴克問道。

「呃。」我回答道：「這兩組腳印看來都很新，是同時留下的。」

「不是在同一個時候留下的，杰維斯。」宋戴克回應說：「其間一定相隔了幾個鐘點，不過究竟是幾個鐘點，我們無法判斷，因為最近沒有什麼風來把腳印吹亂；不過那個漁夫是在不到三個小時之前經過這裡的，其實我大概可以判斷是在一個小時之內；另外那個人——好像是從船上下來取一樣很重的東西——至少是四個小時，甚至更久以前從峽口走回來。」

我瞠目結舌地望著我的朋友，因為這些事發生在我去當他的助手之前，我對他的特殊知識和推理能力還不是那麼了解。

「宋戴克，」我說：「顯然這些腳印在你和我看來有很不一樣的意義，我一點也看不出你是怎麼得到那些結論的。」

「我想也是，」他回答道：「可是，你知道，這一類的特殊知識是法醫學者常要用到的，必須經過特別的研究來取得，不過眼前的例子卻非常之簡單。我們還是一點一點來考慮吧：首先我們拿這一組我說是漁夫的腳印來說。注意尺寸特別大，應該是個大高個子的腳印。可是步伐的大小卻顯示這是個相當矮的人。再看看鞋底很大，上面沒有釘鞋釘。也要注意那很奇怪而笨拙的步子——腳趾和腳跟的痕印很深，好像這個人裝了木頭義肢，或者是腳踝和膝蓋不能動。由這個特徵，我們可以認定是用又厚又硬的皮做成的高統靴，因此判斷是雙高統皮靴，既大又硬，靴底沒有鞋釘，而且對穿著的人來說尺寸大了好幾號。唯一能符合這些條件的靴子，就是漁夫所穿高過大腿的靴子——尺寸特別大，好讓他在冬天能在裡面穿上兩三雙厚厚的毛絨襪，一層套一層。現在看看另外那組腳印：一共有兩道，你看，一道從海上來，一道往海邊去。因為這個人（他是個羅圈腿，內八字腳）踩上了自己的腳印，很明顯是先由海上來，然後再回去。不過仔細看看這兩道腳印的差別：回去的腳印比另外那道要深得多，步伐要小得多。很顯然是他在回去的時候帶著什麼東西，而他所帶的東西很重。還有，我們從腳趾的印子比較深這一點也可以看得出他走路的時候身子向前傾，所以很可能是把重物揹在背上。這很清楚吧？」

「太清楚了，」我回答道：「可是你是怎麼推論出這兩個人來的時間相隔多久的呢？」

「這也很簡單。潮水現在差不多退了一米，因此距離滿潮大約有三個小時了。你看，那個漁夫正好走在小潮的滿潮線上，有時在上，有時在下，可是沒有一個腳印受到沖刷，所以他是在滿潮之後經過這裡的——也就是說，不到三個小時之前；因為他所有的腳印都一樣清晰，也不可能是在沙灘還很濕的時候走過的。因此他大概是不到一個小時之前經過這裡。至於另外一個人的腳印呢，只到小潮的滿潮線，然後突然就消失了。剩下的腳印被海水漫過，沖刷殆盡，所以他經過的時間是至少三個小時、不超過四天之前——可能是在二十四小時之內。」

就在宋戴克結束他論證的時候，一陣人聲從我們上面傳了下來，還夾雜著腳步聲，緊接著就有很奇怪的一組人出現在峽口，朝海邊走下來。首先是一個矮壯的漁夫，全身裹在防水雨衣和雨帽裡，穿著他那雙大長統靴，笨手笨腳地往前走著，然後是當地的警佐，陪著我職業上的對手，包羅斯醫師；這一行人的最後是兩個警員，抬著一副擔架。顯然是在擔任嚮導的漁夫走到峽口底後，就轉身沿著海邊依著他自己的足跡走去，其餘的人都跟在他後面。

「一個外科醫生，一副擔架，兩個警員，還有一位警佐，」宋戴克說：「這讓你想到什麼呢？杰維斯？」

「有人從懸崖上掉下去了。」我回答道：「或者是有屍體沖上了岸。」

「大概吧，」他回應道：「不過我們不妨也往那邊走走。」

我們轉身跟著那隊走遠的人。就在我們走過退潮後的平整海灘時，宋戴克繼續說道：

「腳印的問題一直讓我深感興趣的原因有兩個。第一，由腳印所構成的證據每次都會被提出來，而且通常都非常重要；第二，這個問題能真正很有系統、科學化地加以處理。這種資料主要是生理結構上的，可是年齡、性別、職業、健康情形和疾病等等也多少能看得出來。比方說，一個老人的腳印和跟他同樣身高的年輕人腳印明顯不同，我也不需要向你指出那些有運動失調問題或帕金森氏症患者的腳印是絕不會看錯的。」

「不錯，這樣很明白了。」我說。

「現在，」他繼續說道：「這就是個很好的例子。」他停下來，用手杖指著一行突然出現在滿潮線之上的腳印，那行腳印行進了一小段距離，又橫越過滿潮線，消失在被海浪沖刷掉的地方，這行腳印是非常清楚的圓形橡皮鞋跟的印子，很容易和所有其他的腳印區分開來。

「你有沒有看到這些腳印特別的地方？」他問道。

「我注意到這些腳印比我們的腳印都要深得多。」我回答道。

「不錯，而這雙靴子和我們的靴子大小差不多，而步伐卻相當的小——事實上，步子很小。腳的大小和腿的長度，腿的長度和那個人的身高，還有身高和步伐大小之間，都有一定的比例。大腳的意思是長腿，高個子，步伐很大。可是我們現在看到的卻是大腳，步子很小。你想這是怎麼一回事？」他把他的手杖——一根光滑的斑紋木棍，其中一邊刻了很多細線標明吋和呎的長度——放在腳印旁邊來說明其間的不協調。

「以腳印的深度來看，這個人比我們兩個都重得多。」我猜測道：「也許他胖得離譜。」

「不錯。」宋戴克說：「似乎就是這個情況。揹著沉重負擔會讓步子變小，而一身肥肉當然是沉重的負擔。結論是這個人大約五呎十吋高。非常的肥胖。」他撿起手杖，我們繼續往前走，始終注意著前面的那群人，一直到他們消失在一處弧形的海岸線後，於是我們加快了腳步。我們走到了一處小海角，繞過懸崖的山肩，正好碰上走在我們前面的那群人。他們停在一道狹窄的海灣上，站在那裡低頭看著一個臥倒在地的身形，那位醫師跪在旁邊。

「你看，我們猜錯了。」宋戴克說：「他既不是從懸崖上摔下來，也不是被海浪打上來的。他躺在滿潮線之上，而我們剛剛仔細看過的腳印好像就是他的。」

在我們走過去的時候，那位警佐舉起手來。

「兩位先生，請你們暫時不要走到屍體旁邊來，」他說：「這裡好像大有問題，我希望在有人踩亂之前先把那些腳印弄清楚。」

我們遵照他的警示，走到那兩個警員所站的地方，帶著些好奇低頭去看死者。他是個看來身體虛弱的高個子，瘦得已經到了憔悴的地步，大約三十五歲左右。他很順當地躺著，兩眼半閉，表情平靜，和他這樣悲劇性的死亡情況形成很奇怪的對比。

「這顯然是樁謀殺案，」包羅斯醫師說著站了起來，撣掉膝蓋上的沙土。「心臟部位有一道很深的刀傷，想必是立即致死。」

「你認為他死了多久？醫師？」那位警佐問道。

「至少十二個小時。」對方回答道：「屍體都冰冷而僵硬了。」

「十二個鐘頭，呃？」那位警官重複了一句。「那死亡時間大約是今早六點鐘。」

「我並不能確定精準的死亡時間，」包羅斯醫師連忙說道：「我只是說至少有十二個小時。很可能超

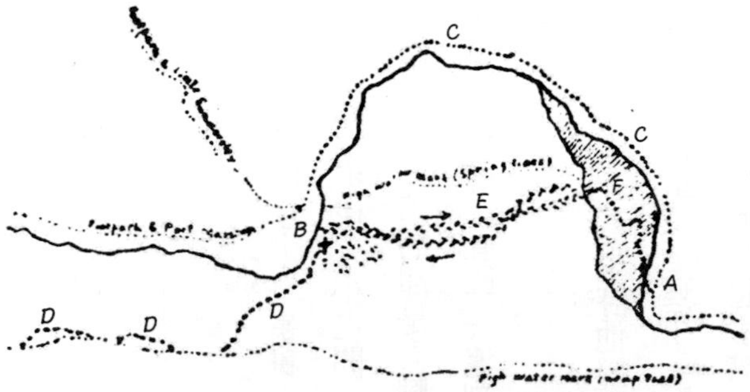

◎聖布里吉灣平面圖
十：陳屍位置　A：牧羊人小道的上方　B：懸崖
C：沿著懸崖邊的小路　DDD：死者赫恩的足跡
E：釘鞋的足跡　F：牧羊人小道上的斜坡

過很多。」

「啊！」警佐說：「哎，整個看起來，他可是為了活命好好地打了一架。」他向沙灘上點了點頭，在屍體周圍幾呎處有很深的腳印，似乎發生過激烈的纏鬥。「這是件相當詭異的事。」警佐繼續向包羅斯醫師說道：「看起來只有一個人牽涉在裡面——除了死者的腳印之外，只有一組腳印——我們得查出那個人是誰；看看他留下那麼清楚的記號，我想要查出結果並不困難。」

「不錯，」那位外科醫師同意道：「要查認這雙靴子不會很麻煩，應該是個工人吧，靴底釘著平頭釘呢。」

「不對，先生，不是個工人。」警佐表示異議道：「第一點，腳太小了；此外，釘的不是普通防止靴底磨損或打滑的平頭釘，這種釘子要小得多，而且工人的靴子底都會沿著邊線來釘釘子，還有腳跟會釘上鐵片，說不定腳尖也有。這雙靴子沒打鐵片，而釘子在腳掌和腳跟部分都釘出花樣來。大概是穿來打獵的靴子或某種從事這類活動的靴子。」他手裡拿著筆記本走來走去，飛快地記下一些重點，還蹲下來仔細檢查沙灘上的印子。那位外科醫師也跟著記下他將來作證要用的事實，宋戴克則不發一言，帶著沉思的態度望著屍體四周可用以證明犯罪狀況的腳印。

「事情發生的經過。」警佐完成偵查後表示道：「可以清楚地了解到某個程度，也很清楚看得出來這個殺人案是有預謀的。你看，醫師，這位死者，赫恩先生，顯然是從馬爾世東港走路回家；我們看到他沿著岸邊走的腳印——這雙鞋子的橡皮鞋跟很容易辨識——他沒有走山德士里峽口，大概是想由你看到那邊的一條小路爬上懸崖吧，那條路就是本地人說的牧羊人小道。凶手想必知道他會過來，所以守在懸崖上等他。看到赫恩先生走進海灣，就從小路下來攻擊他，經過一番激烈打鬥之後，將他刺殺。然後轉過身，再由小路上去。你看得到在小路和發生打鬥的現場之間有兩道腳印，往小路去的腳印又踩在從那裡來的腳印之上。」

「要是跟著腳印追查，」包羅斯醫師說：「你就應該能看到凶手去了哪裡吧。」

「我怕不可能，」警佐回答道：「小路上沒有腳印——石頭太硬了，恐怕上面的地也一樣，可是我還是會去仔細檢查的。」

偵查到此結束，屍體送上擔架。一行人，包括抬擔架的，那位醫師，還有漁夫，朝峽口走去，而那位警佐在很客氣地向我們道過「晚安」之後，爬上了牧羊人小道，消失在上面。

「很聰明的一個警官。」宋戴克說：「我很想知道他在記事本裡寫了些什麼。」

「他對凶案的狀況說得好像很有道理。」我說。

「不錯，他注意到了所有明顯而重要的事實，從中得出想當然耳的結論，可是這個案子裡有一些很特別的地方，特別到讓我打算自己也來記下一些事情。」

他彎腰去看原先屍體躺著的地方，仔細檢查過那處沙灘，還有死者的腳所在的地方，取出他的記事本，寫下備忘錄，接著很快地勾畫出海灣的草圖，標示屍體所在的位置和沙灘上不同的腳印，然後，跟著來往牧羊人小道的那兩行腳印走過去，極其專注地仔細檢視那些腳印，在記事本上又寫又畫。

「我們不妨也從牧羊人小道上去吧，」宋戴克說：「我想我們反正是要爬上去的，說不定終究還是有凶手留下的蹤跡，岩石只是沙岩，並不是很硬的那種。」

我們走到那條曲曲折折由懸崖一路向上攀的小路底下，彎身在硬直的乾草之間，仔細看著地面。就在小路底端，岩石被風吹雨打而軟化的地方，在崩裂的表面上留著凶手有釘鞋底的幾個很清楚的腳印，不過給警佐那雙釘了很多鞋釘的靴子印給踩亂了。但是等我們再往上爬時，那些腳印就不那麼清楚了，從懸崖底往上很小一段路之後，完全看不見了，倒是毫不困難地一路看到那位警佐新近留下來的腳印由小路走上來。

等我們到了懸崖頂上，停下來細看順著崖邊的那條小路，可是那裡雖然有警佐厚重靴子在地上留下的清楚腳印，卻完全沒有其他腳印的痕跡。在前面一點的地方，那位精明的警官本人正在繼續他的偵查工作，彎著腰來回走動，兩眼盯在地上。

「到處都看不見一點他的蹤跡。」他在我們走近時直起身來說道：「天氣這麼乾，我怕是沒有印子留下來了。我得試另外一條路，這裡是個小地方，如果這雙靴子的主人是住在這裡的話，一定會有人知道的。」

「那位死者——我記得你稱他是赫恩先生的，」宋戴克在我們朝村子裡走去時說：「他是本地的人嗎？」

「哦，不是的，先生，」那位警官回答道：「他幾乎可說是個陌生人。他到這裡才三個禮拜。可是，你知道，在像這樣一個小地方，一個人大家很快就都認得了——而且，也知道他是來做什麼的。」他微笑著加上一句。

「那，他是來做什麼的呢？」宋戴克問道。

「來玩的吧，我相信。他是到這裡來度假的，雖然觀光的季節早就過了；可是，話說回來，他有個朋友住在這裡，這就不一樣了。據我所知，住在白楊居的卓佩爾先生是他的老朋友。我現在就是要去拜訪他。」

我們順著通往村子裡去的小路走去，但才走了兩三百碼，就聽到大聲的招呼吸引了我們的注意力，我們看到一個男人從懸崖那邊穿過野地向我們飛奔而來。

「哎，來的就是卓佩爾先生呀，」警佐驚呼著，突然停下來揮著手。「我猜他已經聽到消息了。」

宋戴克和我也停了下來，帶著些好奇望著這場悲劇中新的角色朝我們跑來。等那陌生人跑到近處後，我們看到他是個高大而屬於運動員型的男子，年紀大約四十歲，穿著一件有腰帶的諾福克式單排鈕寬上衣和一條燈籠褲，外表看似一位普通鄉紳，只不過他手裡拿的不是手杖，而是一支捕蝶網，口袋裡露出部分放標本的紙夾和袋子。

「是真的嗎？警佐？」他跑到我們面前叫道，一面喘著大氣。「我是說，赫恩先生的事。有人謠傳發現他陳屍在沙灘上。」

「我很遺憾，先生，的確是真的；更糟的是，他是被謀殺的。」

「我的天啦！不會吧！」

他朝我們轉過來的那張臉想必平常表情很愉快的，可是現在卻蒼白而充滿害怕，略一停頓之後，他叫道：

「謀殺！天啦！可憐的老赫恩！這是怎麼回事？警佐？什麼時候的事？有凶手的線索嗎？」

「我們不能確定凶案發生在什麼時候。」警佐回答道：「至於線索的問題，我正打算去拜訪你。」

「找我？」卓佩爾叫道，吃驚地看了那位警官一眼。「為什麼？」

「呃，我們想知道赫恩先生的事——他是什麼人，有沒有仇人，等等的；事實上，任何能提示我們該到哪裡去找凶手的事都好。在這裡只有你一個人和他很熟。」

卓佩爾先生蒼白的面孔變得更白，用顯然很尷尬的表情四下看了看。

「我怕，」他遲疑地開口說道：「我怕我並不能幫上什麼忙，我對他的事知道得不多，你知道，他是——呃——只是一個普通朋友——」

「哎，」警佐打斷了他的話說：「你可以告訴我們他是誰，做什麼的，等等，只要你能給我們開個頭，我們就能查出其他的事。」

「我明白了，」卓佩爾說：「嗯，我想你們會查得出來的。」他的兩眼不安地轉來轉去，接著說道：「你得明天再來，和我談談他的事，我會看看我能記得什麼。」

「我想今晚就談。」警佐很堅決地說。

「今晚不要吧，」卓佩爾哀求道：「我覺得——這件事，你知道，讓我很不好過。我沒辦法好好地——」

他的話語變得遲疑而含糊其詞，那位警官非常吃驚地看著他緊張不安又困窘不堪的神態，但是他本人的態度則雖然很有禮貌，卻極為堅定。

「我不想逼你，先生。」他說：「可是時間很寶貴——這裡我們得排成一單行過去；這個池塘是個大問題，他們該在這邊築一道堤岸的。你先請，先生。」

警佐所說的池塘顯然有時會漫過這條小路，可是現在多虧天氣乾旱，有一道半乾爛泥形成的狹窄地峽穿過沼澤，卓佩爾先生率先搶路過去。警佐正要跟著走，突然又停了下來，兩眼盯著泥上的腳印。我一眼就看出他吃驚的原因：因為在油灰似的路面上，就像蠟模般清楚地留著那個剛走過的人的腳印，每個腳印在腳掌部分都有平頭釘排成鑽石形，而腳跟部分則是類似的鞋釘排成一個十字架。

警佐只遲疑了一下，用驚訝的眼光很快地看了我們一眼；然後跟了上去，很快地靠在小路邊上走著，好像要避免踩到前面一個人的腳印，我們很本能地也照他的樣子緊緊跟隨，著急地等著這場悲劇的下一步發展。我們默默地走了一兩分鐘，警佐顯然不知道該怎麼辦，而卓佩爾先生則忙著想他自己的心事，最後警佐開了口。

「卓佩爾先生，你覺得我最好還是明天再來和你談這件事嗎？」

「很希望如此，只要你不在意。」對方熱切地回應道。

「那，既然這樣，」警佐說著看了看錶，「因為我還有很多在今晚要查的事，我就在這裡跟你們分手，回警察局去。」

他揮手道了再見，翻過一道梯磴，過了一下之後，我由樹籬的一道缺口看到他像隻野兔子似地在草地上飛奔。

那位警佐的離開顯然讓卓佩爾先生鬆了一大口氣，他馬上慢下腳步，和我們談了起來。

「我想你是杰維斯醫師吧，」他說：「我昨天看到你從古柏醫師家裡出來。你看，村子裡所有的事情我們全都知道。」他緊張不安地笑了笑，然後說道：「可是我不認得你的朋友。」

我介紹了宋戴克，在提到他的名字時，我們這位新識皺起了眉頭，疑問似地看著我的朋友。

「宋戴克，」他重複了一遍，「這名字聽起來很耳熟，你是在法界嗎？先生？」

宋戴克承認了這件事，而我們這位同伴又再充滿好奇地看了他一眼，繼續說道：「這件可怕的事毫無疑問地會引起你職業上的興趣吧。我想，在發現我那可憐朋友的屍體時，你也在場是吧？」

「不在，」宋戴克回答道：「我們後來才到，是他們要移屍的時候。」

我們的同伴接著開始問到關於這件謀殺案的事，可是從宋戴克那裡只得到一些最一般性而含糊的回答。也沒有時間再多談這件事，因為由小路到了一條接近卓佩爾先生住處的大路上。

「兩位要原諒我今晚不能請你們進去坐坐，」他說：「可是你們一定了解我現在沒有心情招待客人。」

我們向他保證說我們非常了解，在向他道過「晚安」之後，我們繼續往村子裡走。

「我猜警佐是趕去弄一張搜索令。」我說。

「不錯，而且很擔心他的人會在他執行搜索之前跑掉。可是事情要比他想的麻煩多了。這是個非常特別而複雜的案子；事實上，是我所見過最奇怪的案子之一。我會深感興趣地注意事情的發展。」

「可是那位警佐覺得他相當有把握哩。」我說。

「這不能怪他。」宋戴克回答道：「他只憑著很明顯的外表行為，在一開始這樣做法是對的。也許他的記事本裡的東西比我所想的更多。我們走著瞧吧。」

我們走進村子之後，我得先去和藥劑師談點公事，古柏醫師的藥都是由他調配的。我建議宋戴克先直接回去；可是等十分鐘後我從藥房裡出來的時候，他卻在外面等著我，兩邊脅下各挾著一個小小的牛皮紙包裹。我不顧他的反對，堅持要幫他拿一個包裹，可是在他終於交給我時，那包裹的重量卻讓我大吃了一驚。

「我該讓他們用手推車送回家的。」我說。

「是該那樣。」他回答道：「只不過我不希望有人注意到我買的東西，或是把我的住址告訴別人。」

聽到他這樣的暗示，我忍住了沒多問包裹裡是什麼（雖然我必須承認在這個問題上相當好奇）。回到家裡之後，我幫他把那兩個神祕的包裹送進了他的房間。

等我從樓上下來的時候，一個討厭的意外狀況正在等著我。到目前為止，漫長的夜晚我都是獨自一人不受打擾地在古柏醫師那極其精彩的圖書室裡度過，但是今晚，行為乖張的命運之神卻要我必須到戶外去，因為，很豈有此理的，一個住在五哩外小村落裡的討厭農夫，偏偏挑中我客人來臨的這個晚上讓他那鄉巴佬的手肘脫了臼。我有點希望宋戴克會說要陪著我去，可是他並沒提這樣的建議，事實上，好像全然不為我之不在場所苦。

「你不在的時候我有好多事要做。」他很開心地說道；在他這樣信誓旦旦的安慰之下，我騎上了自行車，有些懊惱地上了那條黑黑的路。

我這一趟出診大概花了將近兩個小時，等我回到家裡，飢腸轆轆，又因為騎車而滿身燥熱時，時鐘已敲過了九點半，整個村子也開始準備過夜了。

「潘尼警佐在診療室等你啊，先生。」我才進門，女佣就告訴我。

「討厭的潘尼警佐！」我叫道：「宋戴克博士在陪著他嗎？」

「沒有咧，先生，」咧嘴笑著的女孩回答道：「宋戴克博士逐（出）去了。」

「逐去了！」我重複了一句（因為吃驚才讓我無意地模仿她的口音）。

「是的，先生，你剛走他就逐去了，先生，騎著自行車。車上綁了個籃子——至少是個有蓋子的小籃子——還向廚子借了個水盆和一把大湯匙。」

我瞠目結舌地望著那個女孩子。的確，宋戴克的行為方式真是令人不解。

「呃，馬上先讓我吃點晚飯，」我說：「我去看看警佐想要幹什麼。」

我一走進診療室，那位警官就站起身來，把頭盔放在桌上，用祕密而慎重其事的態度迎了上來。

「哎，先生，」他說：「事情搞糟了。我逮捕了卓佩爾先生，把他關在法院裡，可是我真希望關的是別人。」

「我想他也希望如此。」我表示說。

「你知道，先生，」警佐繼續說道：「我們都喜歡卓佩爾先生，他在我們這裡住了有七年了，就像是我們的一份子。不過，我來這裡的原因是這樣的：好像今晚跟你在一起的那位先生是宋戴克博士，那位偉大的專家。卓佩爾先生好像聽過他的大名，我們大多數人也聽過，他很急著想請宋戴克博士為他辯護。你想他會答應嗎？」

「我想會的吧。」我回答道，回想起宋戴克對這個案子的強烈興趣。「不過等他回來的時候我會再問過他。」

「謝謝你，先生。」警佐說：「也許你願意現在就去一趟法院。他看起來很奇怪，那個卓佩爾先生，這也難怪啦，所以我希望你去看看他，要是你能帶著宋戴克博士一起去，他會更高興，我也一樣；因為，我跟你說老實話，先生，雖然定他的罪等於讓我能在工作上再高升一步，我倒情願發現是我錯了呢。」

我正把客人送出門時，一輛自行車從打開的大門轉了進來，宋戴克在門口下了車，一個方形的有蓋籃子——顯然是從診療室帶出去的——綁在自行車後架上。我馬上把警佐的要求轉達給他，問他是不是願意接這個案子。

「關於替他辯護的事。」他回答道：「我會考慮；可是不管怎麼樣我都會去看那個犯人。」

聽了這話之後，那位警佐先走了，宋戴克小心翼翼地把那個籃子解下來，就好像裡面裝著一些價值連城的瓷器，再把籃子抱上樓到他的臥室裡；在過了相當一段時間之後再出現時，為他耽誤時間而滿懷歉意地笑著。

「我以為你是在換衣服準備吃晚飯呢！」我在他到餐桌前坐下時咕噥道。

「不是的，」他回答道：「我在想那件謀殺案的事，那真是一件最特別的案子，而且還複雜得非比尋常。」

「那我猜你就會答應替他辯護了吧？」

「如果卓佩爾先生肯把他自己的事說清楚的話，我就會答應。」

看來這個條件是能達到了，因為等我們到了法院（那個嫌犯待在一間空的辦公室裡，以他被控的罪名來說，未免太自由自主了點）發現卓佩爾先生很想一吐心裡的話。

「我希望你，宋戴克博士，能在這個可怕的案子裡替我辯護，因為我相信你能還我清白。我答應你，對於和我有關的事情，該讓你知道的，我都不會保留或隱瞞。」

「很好，」宋戴克說：「對了，我看到你換了雙鞋子。」

「是的，我先前穿的那雙給警佐拿去了。他說什麼要用來和某些腳印比對，可是在山德士里村不可能有像這雙靴子的腳印，鞋底的釘子排列的花樣很特別，我是在愛丁堡訂做的。」

「這種靴子不止一雙嗎？」

「沒有，我沒有其他打了鞋釘的靴子了。」

「這件事很重要，」宋戴克說：「現在我判斷你有些和這件凶案相關的事要對我們說。我說得對嗎？」

「對，有件事恐怕是必須讓你知道的，顯然對我來說，要再挖出我希望能永遠埋藏的過去是件很痛苦的事。不過也許這些祕密除了你本人之外，可以不必洩漏給其他人知道。」

「我希望如此，」宋戴克說：「除非必要，否則你可以相信我絕不會讓你的祕密洩漏出去，可是你肯把可能和這件案子有關的事全都告訴我，是很聰明的做法。」

在這個節骨眼上，我知道那些祕密的事要說出來了，就站起來，準備退出去；可是卓佩爾卻揮手要我坐下來。

「你不必走開，杰維斯醫師，」他說：「因為透過你，我才有幸得到宋戴克博士的幫忙，而且我知道你們做醫生的都能保守病人的祕密和你個人的意見。現在是要為我的自白保密。首先，我必須很難過地告訴你們說我是個獲釋的罪犯——也就是俗話說『有前科的』。」

他說這番話時，滿面羞紅，還偷偷地看了宋戴克一眼，想知道有什麼反應，但他看到我朋友無動於衷的面孔，就像看到的是一個木雕頭像或是石頭面具一樣；在他的話得到微一點頭的認可後，他繼續說道：

「我過去所做的錯事，也有成千上百的人做過，我以前是一個銀行職員，在那個並不是很有發展的行當裡，做得還和我預期的一樣好，不幸的是我認識了四個損友。他們全是年輕人，不過比我年紀大一點，四個人是好朋友，結成像小社團或俱樂部似的組織，他們不是那種一般稱之為『浪蕩子』的人。他們是很清醒而且行為舉止很規矩的年輕人，可是卻有小小的賭癮，而很快地就影響到我。不多久我就成了他們之中最沉迷的賭徒。打牌、撞球、賽馬，各式各樣的賭博成為我生活中最大的樂趣，不單是我微薄薪水裡一大部分都花在不可避免的輸賠裡，而且還發現自己債台高築，找不出任何還債的辦法。不錯，我那四個朋友是我主要的——事實上，幾乎是我唯一的——債主，可是欠的債都在，也必須償還。

「我那四個朋友——名字分別是李奇、畢德福、赫恩和賈扎德——是非常聰明的人，只是等我明白他們聰明到什麼程度的時候，已經太遲了。我也有我聰明的地方，卻是很不好的一點，因為我有能精確模仿別人筆跡和簽名的天賦。我可以模仿得完美到就連寫的人自己通常都無法分辨他們本人的簽名和我仿冒的簽字，我的朋友們曾經多次請我用我的特技來作弄其他人，可是這些玩笑只限於我們這個小圈子裡，因為我那四個朋友非常小心謹慎地不讓外人知道我有這種危險的特長。

「現在你們毫無疑問地可以預見到有什麼樣的後果，我的債務雖然不大，卻逐漸累積，我發現自己根本無力償還。然後，有天晚上，賈扎德提了個方案，我們當時正在他家裡打橋牌，而我的賭運不佳讓我再一次增加了我的借債。我簽下了一張借條，遞給桌子對面的賈扎德，他苦著一張臉接過去收進口袋裡。

「『我說，泰德，』他對我說：『這張欠條沒問題，可是，你知道，我可不能拿來還債，我的債主要的是現鈔。』

「『我很抱歉，』我回答道：『可是我沒辦法。』

「『錯，你有辦法，』他說：『我可以告訴你怎麼做。』然後他提出了一個計畫，我起初很憤怒地加以拒絕，但在其他人都表示支持他之後，我終於也讓自己給說動了，而且還真的付諸實行。我設法利用我銀行裡一些上司的疏忽，取得了一些空白支票，在支票上填入很小的金額——不超過兩或三鎊——然後小心地仿冒一些客戶的簽名，賈扎德刻了些章子，蓋上了帳號，等這些都弄好之後，我就把整批偽造的支票交給他，來抵償所有我欠這四個朋友的錢。

「那些支票都送進了銀行——我不知道是誰來提領的；可是讓我難過的是，我原先填入的小小金額都很技巧地改成了相當大的數字，幾乎全都毫無異議地兌現，只有一張出了問題。那張支票把三鎊改成三十九鎊，提領的戶頭卻已經有點透支，出納起了疑心，扣留了支票連絡了客戶。事情當然就爆發了，不單是這一張支票被查到，清查之下，很快地連其他的也曝了光，當時的狀況我不必細說，總之引起了對我的一些懷疑，我馬上嚇壞了，最後坦承一切。

「接下來無可避免地遭到起訴，並不是懲罰性的訴罪，可是我的確有偽造的事實，雖然我盡量把一部分的罪過推在我那幾個邪惡的共犯身上，卻未能成功。賈扎德的確遭到逮捕，可是因為證據不足而開釋，結果所有偽造的罪責落在我的身上。陪審團當然判我有罪，而我被判了七年的有期徒刑。

「我在獄中服刑的時候，我的一個叔叔在加拿大去世了，根據他的遺囑，我繼承了他全部數量龐大的遺產，所以等我刑滿出獄時，我不但恢復自由，而且還相當富有。我馬上拋去了我原有的姓名，改名阿佛烈德・卓佩爾，開始找一個可以讓我安度餘年，而且身分不容易被人發現的清靜地方。我找到的就是山德士里，在這裡住了七年，受到街坊鄰居的喜歡和尊敬，他們一點也沒有懷疑到他們之中窩藏的是一個有前科的人。

「這麼久以來，我一直既沒見到我那四個共犯，也沒聽說過他們的消息，我希望，也相信他們已經完全脫離了我的生活，但其實不然。就在一個月前，我又碰到了他們，讓我很難過的是，從見到他們的那天開始，我在山德士里平靜安全的生活消失無蹤了。他們像惡鬼一般偷偷溜進我的生活，把我的幸福變成苦難，讓我的白晝充滿擔憂，夜晚充滿恐懼。」

卓佩爾先生說到這裡，停了下來，似乎沉入陰鬱的空想中。

「你是在什麼情況之下見到那幾個人的呢？」宋戴克問道。

「啊！」卓佩爾叫道，突然激動起來。「當時的狀況很特別而令人懷疑。我那天到伊士維區去買點東西。午前十一點左右，我正在一家店裡購物時，注意到有兩個人在望著櫥窗裡，或者不如說是假裝在看櫥窗裡的東西，一面急切地交談。他們衣著光鮮，但有點土氣，像是有錢的農夫，很可能本來就是那個身份，因為那天正是趕集的日子。可是我覺得他們的相貌看來很眼熟。我更注意地看了看他們，然後我突然很不舒服地想起他們很像李奇和賈扎德。然而又不是很像，是有點相似的感覺，可是差別卻大到不單是因為時間隔了那麼久的緣故。而且，像賈扎德的那個人在左眼下方的面頰上有一粒很大的黑痣，另外那個則在一邊眼睛夾著單眼鏡，還留著上了蠟的鬍子，而李奇以前一向把臉修得很乾淨，也從不戴眼鏡。

「我正想著這些時，他們抬起頭來，正好看到我專注而懷疑的眼光，接著就由櫥窗前走開了；等我買完東西，走到外面街上時，他們已經失去了蹤影。

「那天晚上，我在回車站之前到鎮外的河邊散步時，看到一艘遊艇正拖往下游。三個男子在前面的堤岸上走，拉著一根長長的曳纜，一個男子站在駕駛艙裡掌舵。走近了些，看到船舷上的船名叫『水獺號』時，掌舵的男子轉過頭來。我大吃一驚地認出了他是我的舊識赫恩。不過，對方並沒認出我來，因為我在這段時間裡留起了鬍鬚，我繼續走著，沒有露出認識他的表情；不過等我再看另外三個人時，正像我害怕的那樣，認出了是那四人幫的其餘三人。我想必是對賈扎德看得太仔細了，因為他突然停了下來叫道：『哎呀，是我們的老朋友泰德！我們失散多年，讓我們想念不已的兄弟！』他熱情洋溢地伸出手來，開始向我問候，可是我打斷了他的話，說我不想再重拾我們的友情，然後轉身大步走開，連頭都不回。

「這次見面當然讓我想了很多，想起我在鎮上所見到的那兩個人，很難相信他們和我那兩個損友容貌相似是純屬巧合。可是我在河邊見到李奇和賈扎德時，發現他們有點不一樣，尤其是注意到賈扎德臉上沒有黑痣，而李奇像以前一樣沒有留鬍子。

「一兩天之後，我所有的懷疑都因為當地報紙的一段新聞而解開。在我到伊士維區去的那天，有好幾張偽造的支票在三家銀行兌現，兌換的是三個衣著光鮮，像是有錢農夫的男子，其中一人在左頰有顆黑痣，另外一個的特徵是留著上了蠟的鬍子，戴了單眼鏡，第三個人的外表我就沒見過了。每一張假支票的金額都不大，但這些使用偽造支票的人詐騙所得的總數將近四百鎊；最有意思的是那些支票是用照相的方式製成，水印雖不完美，卻仿製得很巧妙，顯然這些嫌犯都很聰明而謹慎，願意為了安全而花費偌大心力，而他們小心從事的結果是警方無法查出他們的身份。

「就在第二天，我碰巧走到馬爾世東港，看到『水獺號』停泊在港內的碼頭邊，我一認出那條船，馬上很快地轉身走開，但一分鐘之後，碰上了正要回船上去的李奇和賈扎德。賈扎德露出一副意外的表情向我招手。『什麼！你還在這裡混呀！泰德？』他叫道：『你太不小心了，小子，我勸你趕快逃之夭夭。』

「『你這話是什麼意思？』」我問道。

「『嘖，嘖，』他說：『我們跟別人一樣會看報的，我們知道你去伊士維區幹什麼好事。可是你還在這一帶混著，隨時會被人逮到，未免太蠢了吧。』」

「這種暗示性的指控使我驚愕得瞠目結舌地呆立在那裡，在那不幸的一刻，一個我向他訂購了家用織品的店東走過，看到我就停下來，觸帽行禮。

「『對不起，卓佩爾先生，』他說：『如果你說可以的話，我明天早上會把貨送到山德士里。』

「我說沒問題，在那個人走了之後，賈扎德的臉上露出狡猾的微笑。

「『原來你現在是住在山德士里的卓佩爾先生了，是吧？』他說：『㖿，我希望你不會驕傲到不來看看你的老朋友們。我們會在這裡停一陣子的。』

「那天晚上，赫恩出現在我家門口。他是以那幫人的使者身分前來，請我為他們做點事——事實上，就是要偽造支票簽名。我當然拒絕了，而且很直截了當，結果赫恩開始暗示如果我和他們那幫人為敵的話，可能會有什麼後果，最後竟然說出雖加掩飾，卻很清楚的威脅。你們一定會說我太愚蠢，應該把他趕出去，或是威脅說要把他們整幫人交給警方；可是我本來就不是個很有勇氣的人，也承認我心裡很怕那個狡詐的魔鬼，賈扎德。

「接下來所發生的事就是赫恩到山德士里住了下來，儘管我盡量地躲著他，他卻不斷地來找我。那艘遊艇顯然也打算在港裡停上一段時間，因為我聽說一個本地的船員給找去當幫手；而且我常常碰到賈扎德和那幫人裡其餘的幾個，他們全部認為伊士維區的詐騙案是我做的。有一天我居然愚蠢到被他們哄上了船，說是只耽幾分鐘，等我要上岸時，才發現纜繩已經解開，而船駛離了港口。我起先勃然大怒，可是那三個惡棍一副很開心的模樣，對能硬逼著我一起開船出遊的事非常高興，這使得我冷靜下來，換上一雙膠底鞋（免得我的鞋釘在光滑的甲板上留下痕印），幫著一起駕船，玩得還頗為開心。

「從我發現自己漸漸又和那幾個愉快的惡棍恢復先前的親密關係之後，我對他們的懼怕也與日俱增。我有次蠢到提起我在伊士維區一家店的櫥窗後所看見的事，他們雖然把這事當做玩笑而一笑置之，我卻感到他們因此相當困擾，他們更加努力地誘騙我和他們一起，赫恩幾乎每天都到我家來找我——通常都帶著文件和簽名式，想說服我模仿。

「幾天前，他提出一個令人吃驚的新計畫。我們當時正在花園裡散步，他又慫恿我重新加入他們那一幫——不用說，當然沒有成功。然後他在花園盡頭那道紫杉樹籬前的一張椅子上坐了下來，沉默了一陣之後，突然說道：

「『那你是完全拒絕加入我們了？』

「『當然啦，』我回答道：『我現在既有錢，又頗有地位，為什麼還要跟一群壞蛋混在一起呢？』

「『當然，』他同意道：『你要是那樣的話就太笨了。可是，你知道，你對這次伊士維區的案子一清二楚，更別說我們其他的小問題了，而你以前曾經出賣過我們一回。所以，你相信我說的話，現在賈扎德既然找到了你，就絕不會讓你有好日子過的，除非你有什麼把柄落在我們手裡。你知道得太多了，是吧？只要你是清清白白的，對我們來說就是一大威脅。事情就是這樣。你很清楚，而他可是個什麼都不怕的人，而且精得像個鬼。』

「『我知道。』我意氣消沉地說。

「『很好，』赫恩繼續說道：『現在我要跟你提一個計畫，答應給我一小筆年金——你很輕鬆就能付得起的——或是一次付我一大筆錢，我就讓你從此不再受賈扎德和其他人的騷擾。』

「『你有什麼做法呢？』我問道。

「『很簡單，』他回答道：『我對他們已經厭倦了，受不了這種危險不定的生活。我現在打算把我的過去一筆勾銷，同時也讓你脫困；可是我一定要安排好將來的生活。』

「『你是說你要成為污點證人？』我問道。

「『對，只要你肯每年付我一兩百，或是在那幫人被定罪時一次付我兩千鎊。』

「我吃驚得好久說不出話來，在我坐著考慮這個令人驚訝的提案時，樹籬外突然傳來忍抑住的噴噓聲，打破了寂靜。

「赫恩和我嚇得站了起來，馬上聽到樹籬外的小路上響起匆忙的腳步聲。我們衝過花園，打開園門，由一條側巷穿出去，可是等我們跑到那條小路上時，一個人影也沒看見。我們在附近很快地搜查了一陣，毫無結果，然後回到屋子裡。赫恩面色死白，非常激動，而我必須承認這件意外的事也讓我很不安。

「『這事真他媽的糟糕。』赫恩說。

「『的確，』我承認道：『不過我想那只是哪個好管閒事的鄉巴佬。』

「『我倒不覺得是這樣，』他說：『反正，我們會坐在樹籬邊上談祕密的事也真是瘋了。』

「他陪我在花園裡悶悶不樂而沉默地來回走了一陣，然後，再簡短地要求我考慮他的提案之後，就離開了。

「我一直到昨天晚上在那條船上才再見到他。畢德福早上來找我，請我去和他們共進晚餐。我起先加以拒絕，因為我的女管家當天晚上要到伊士維區她妹妹家去，而且還要在那裡過夜，我實在不想讓房子空著。不過，我最後還是答應了，說好要早點讓我回家，結果我就去了。赫恩和畢德福在碼頭邊的小船裡等我——因為遊艇開到了外面浮標附近——我們上了船，過了一個很愉快而熱鬧的夜晚。畢德福在十點時送我上岸，我直接走回家裡，上床睡覺，赫恩本來要陪我回來，可是其他的人堅持要把他留下來，說他們還有些生意上的事要談。」

「你是從哪條路走回家的？」宋戴克問道。

「我穿過鎮上，走的是大馬路。」

「對這件事你所知道的就是這些了？」

「絕對如此，」卓佩爾回答道：「我現在向你承認了我原先希望永遠不會讓人知道的過去，我仍然懷著一線希望，希望你不必把我告訴你的話暴露出去。」

「除非絕對必要，否則你的祕密不會洩露。」宋戴克說：「可是你現在是把命交到我的手裡，你必須讓我放手去做我認為該做的事。」

說完之後，他將筆記收在一起，然後我們就離開了。

「這真是個很特別的過去，杰維斯，」他說。在向警佐道過「晚安」之後，我們走到外面漆黑的路上。「你有什麼想法？」

「我不知道該怎麼想，」我回答道：「可是，整體看來，似乎對卓佩爾不利。他承認他是個前科犯，看來受到那個叫赫恩的人威脅勒索。他的確說到賈扎德是帶頭騷擾他的主犯，可是我們有的只是他的一面之詞。赫恩就住在他附近，毫無疑問地，在這件事情上最主動的一個，很可能，事實上大有可能的是，赫恩才是那個真正的deus ex machina（意外出現的救星）。」

宋戴克點了點頭。「不錯，」他說：「要是我們讓別人知道了這個故事，檢方一定會說這句話的。哈！這是什麼東西？要下雨了。」

「對，還會刮風。我想我們要碰上秋天的風暴了。」

「這件事，」宋戴克：「很可能變成我們這個案子裡的重要因素。」

「天氣怎麼會影響到你的案子？」我有些吃驚地問道。可是，因為雨勢突然傾盆而下，我的同伴拔腿就跑，沒有回答我的問題。

第二天早上，經過一夜風雨，天氣晴朗。包羅斯醫師來找我的朋友。他正要到那臨時停屍間去給凶案死者驗屍。宋戴克在通知驗屍官說他代表被告參與此案後，得到授權在解剖時到場；但授權並不包括我在內，而且包羅斯醫師也沒有邀請，所以我不能在場，不過他們回來的時候，我和他們見了面。在我看來，包羅斯醫師似乎有點生氣。

「你的朋友，」他用有點受傷的語氣說：「真是我所見過最講究繁文縟節到叫人生氣的人。」

宋戴克帶著覺得很有趣的表情看著他，得意地輕笑著。

「那是一具屍體，」包羅斯醫師很生氣地繼續說道：「發現時的狀況顯見是他殺，身上的刀傷幾乎切斷了大動脈；儘管如此，宋戴克醫師還堅持要秤過屍體的重量，檢查每一個器官——肺、肝、胃，還有腦子——不錯，真的就是腦子！——好像完全不知道死因似的。然後，最高潮的是他堅持要把胃裡的東西放進一個瓶子裡，分別由我們兩人加封，再派專差送給柯普南教授去分析和做報告。我還以為他會要求檢查結核菌呢，可是他偏偏沒有；這一點呀，」包羅斯醫師最後說道，突然酸溜溜地挖苦起來。「可真是疏忽，因為畢竟這傢伙也有可能是死於肺病呢。」

宋戴克又笑了起來，而我喃喃地說這種事未免過分了點。

「一點也不會，」宋戴克微笑著回應道：「你沒有看重我們的工作，我們是專家，也是公正的仲裁人，要以科學化的精確來確定死因是我們的責任。這個案子從表面上來看，死者是被卓佩爾謀殺的，那只是假設性的推論，我們不必理會。我們的工作不是證實由外在情況而做出的假設，正好相反，我們該去確定不可能有其他的解釋。那正是我不容改變的做法，不論外表看來多麼明顯，我都絕不會將任何事情視為當然。」

包羅斯醫師聽了這話，表示異議地哼了一聲，但他的雙輪小馬車到了，使得討論到此為止。

調查庭沒有傳喚宋戴克。屍體發現後，包羅斯醫師和警佐立即到場，他的證詞在庭上看來並無必要，何況，他是被告方面的代表。因此他像我一樣，只能當個旁觀者，不過他的興趣極高，因為他用速記把所有提出的證詞和驗屍官的意見全都完整地記錄下來。

我不必細說開庭過程。帶去看過屍體的陪審團踮著腳魚貫回到法庭裡，個個面色蒼白而心有餘悸地坐好；然後，不時地以好奇的眼光投向被告，卓佩爾蒼白而憔悴，由兩個粗壯的鄉下警員夾在中間，面向驗屍官站著。

首先聽取的是醫學方面的證詞。包羅斯醫師在宣誓之後，開始用很挖苦的語氣來描述肺臟和肝臟的狀況，最後驗屍官打斷了他的話。

「這些話有必要嗎？」驗屍官問道：「我是說，這些是調查庭查問的資料嗎？」

「我認為不是，」包羅斯醫師回答道：「我覺得這些毫不相干，可是代表被告的宋戴克博士認為很有必要。」

「我想，」驗屍官說：「你最好只把有用的證詞告訴我們。陪審團希望你把你認為的死因告訴他們，他們不想上病理學的課。」

「死因，」包羅斯醫師說：「是胸口的刺傷，顯然是由一把大型的刀子所造成，凶器由左側第二和第三根肋骨間刺入，就在胸骨附近。傷及左肺，也部分切開肺動脈和主動脈——那是人體兩條主要的動脈。」

「單只這個刀傷就足以致命嗎？」驗屍官問道。

「是的，」對方回答說：「大動脈受傷會讓人立即死亡。」

「刀傷可能是自己造成的嗎？」

「就傷口的位置和情況來看，」證人回答道：「自殘也是很有可能的。可是因為受傷後最多幾秒鐘就會死亡，凶器應該還在傷口裡，或是握在手上，或者，至少應該在離屍體很近的地方。可是在這個案子裡，完全找不到凶器，因此推定必然是他殺。」

「在屍體搬移之前，你就看過屍體了嗎？」

「是的，屍體仰面躺著，兩手伸開，兩腿近乎伸直；屍體四周的沙灘上腳印凌亂，好像在那裡發生過一場打鬥。」

「你有沒有注意到沙灘上的腳印有什麼特別的地方？」

「有，」包羅斯醫師回答道：「那裡只有兩個人的腳印。其中一個顯然就是死者，由圓形的橡皮跟就很容易辨識。留下另外那組腳印的人——顯然是個男人——他的鞋子或是靴子底上都釘了鞋釘；而這些鞋釘又排列成很特別而不尋常的花樣，在腳掌部分呈菱形，或說是鑽石形，而腳跟則排成十字架形。」

「你有沒有見過鞋釘排成這種花樣的鞋子或靴子？」

「見過，我見過這樣一雙鞋子，據說是屬於被告的；那雙鞋的鞋釘就是那種花樣。」

「你認為你剛才提到的腳印就是這雙鞋子所留下的嗎？」

「不，我不能這樣說，我只能說，就我所知，這雙鞋的鞋釘花樣和腳印的相似。」

這就是包羅斯醫師所有的證詞，宋戴克面無表情，卻十分專注地聽著。被告也同樣專注，卻不是同樣地無動於衷；事實上，他激動得讓身邊的一個警員要求庭上准許給他一把椅子坐。

下一個證人是亞瑟·賈扎德。他作證說他看過屍體，指認死者是查爾斯·赫恩；說他和死者相識多年，但對他的事幾乎一無所知，死亡的時候，死者暫住在村子裡。

「他為什麼會離開遊艇？」驗屍官問道：「是有什麼不和嗎？」

「一點也沒有，」賈扎德回答道：「他覺得一直窩在船上太膩了，想住到陸地上換換口味，可是我們一直是知心好友，而且他打算等我們開船的時候再回來。」

「你最後一次見到他是什麼時候？」

「發現屍體的前一個晚上——也就是上禮拜一。他在遊艇上吃晚飯，我們在半夜前後送他上岸。在我們划著小船送他到岸上的途中，他說既然潮水已經退了，就打算沿沙灘走回家。他上了崗亭旁邊的石階梯，到了上面還回頭來向我們道再見。那就是我在他生前最後一次看到他。」

「你知道死者和被告之間的關係嗎？」驗屍官問道。

「知道得很少，」賈扎德回答道：「卓佩爾先生是大約一個月前由死者介紹給我們認識的。我相信他們認識有幾年了，看起來也很有交情，看不出他們之間有任何爭吵或不和。」

「在凶案發生的那晚，被告什麼時候離開遊艇？」

「大約十點鐘，他說他想早點回家，因為他的女管家不在，他不想讓房子空著，一個人也沒有。」

這些就是賈扎德所有的證詞，由李奇和畢德福加以證實。然後，在那個漁夫作證他發現屍體後，召來那位警佐，他走上前來，手裡拿著一個手提包，看來不自在得好像他是被告而不是證人。他說明了見到屍體的情形，非常精準地說出確實的時間和地點。

「你聽到包羅斯醫師對腳印的描述吧？」驗屍官問道。

「聽到了，那裡有兩組腳印。一組顯然是死者留下的，顯示他從馬爾世東港的方向進入聖布里吉灣。他是沿著岸邊的滿潮線走過來的，有時走在線上，有時在線下。那些走在滿潮線下的腳印當然被海水沖刷掉了。」

「死者的腳印你往回查了多遠？」

「大約到山德士里峽口三分之二的路，然後腳印消失在滿潮線下方。那天黃昏時，我由峽口走到馬爾世東港，可是沒有再找到死者留下的任何蹤跡。在這些腳印進入聖布里吉灣之後，就開始和另外一個人的腳印混在一起，而這段海岸有塊方圓好幾碼的地方都踩亂了，好像發生過激烈的扭打。那個陌生人的腳印是從牧羊人小道下來的，然後又從那邊上去；可是，因為氣候乾燥，土地很硬，腳印在小道上只留了一小段路，然後就消失無蹤，我沒辦法再找到。」

「這組陌生的腳印是什麼樣子？」驗屍官問道。

「它們非常特別。」警佐回答道：「留下腳印的鞋子底釘了很小的平頭釘，腳掌排列成菱形花樣，腳跟則是十字形。我當時小心地量度了那些腳印，也把左右腳都畫了下來。」警佐說著取出一本破舊的長型筆記簿，由做了記號的地方翻開來，呈給堂上。驗屍官仔細看過之後，交給陪審團傳閱。然後再由陪審團傳到宋戴克手裡，我在他身後看過去，看到畫得很精準的兩個腳印，幾乎主要的尺寸都詳加註明。

宋戴克仔細地看著那張圖，記下一些簡短的筆記，把警佐的筆記還給驗屍官，驗屍官接過去之後，再還給了那位警官。

「警佐，到底是誰留下這些腳印的，你有沒有線索？」他問道。

警佐沒有回答，只打開了他帶來的手提包，從裡面取出一雙很漂亮，做得也很堅固的鞋子，放在桌上。

「這雙鞋子，」他說：「是被告的所有物；在我逮捕他的時候，就穿在他腳上，看來和凶手的腳印完全相符，尺寸大小一樣，所釘的鞋釘排列的花樣也相似。」

「你能宣誓說那些腳印就是由這雙鞋留下的嗎？」驗屍官問道。

「不能，大人，我不能這樣說，」警佐很斷然地回答道：「我只能說尺寸和花樣相似。」

「在你畫下腳印之前，有沒有見過這雙鞋子？」

「沒有，大人，」警佐回答道；然後他說出是池塘邊軟土上的腳印讓他決定逮捕嫌犯。

驗屍官沉吟地看著他拿在手裡的那雙鞋子，再把眼光轉到那張圖上；然後，他把鞋子交給陪審團的主席，說道：

「呃，各位，不能由我來告訴你們這雙鞋是不是和包羅斯醫師與警佐所形容的相符，或者是不是所繪的圖形一樣，你們剛剛已經聽到了，那張圖是這位警官在沒有見過這雙鞋之前，在現場繪製的；這是一件要由你們來決定的事。同時，我們必須考慮另外一個問題。」他轉向警佐問道：「你有沒有查閱過被告在凶案發生那個晚上的行蹤？」

「問過了，」警佐回答道：「而我發現，在那天晚上，被告一個人在家，他的女管家去了伊士維區。有兩個人在十點鐘左右在鎮上看到他，顯然是往山德士里的方向走。」

警佐的證詞到此為止，等到再問過一兩個證人而沒有發現什麼新的事實之後，驗屍官簡單地重述了所有證據，請陪審團考慮他們的判決。一陣沉默籠罩了整個法庭，只有陪審員聚

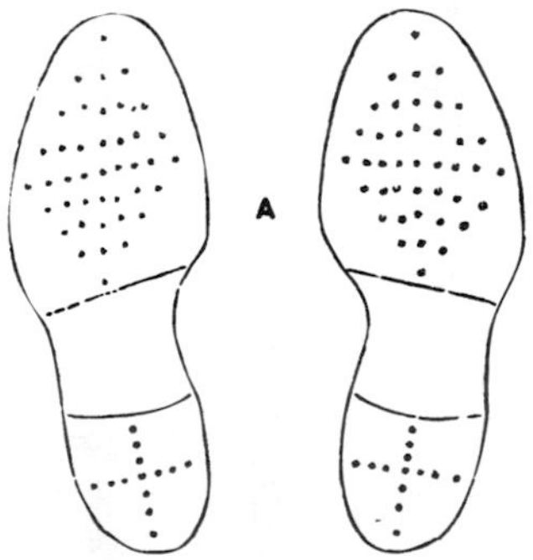

◎警佐畫下的釘鞋腳印
鞋長11.75英吋，A處寬4.5英吋，
腳跟長度3.25英吋，腳跟寬度3英吋

在一起討論時的輕微語聲；旁聽者都滿懷期待地來回看著被告和低聲交談的陪審團，我看了卓佩爾一眼，他彎腰駝背地坐在椅子上，濕冷的臉蒼白得如同旁邊停屍間裡的屍體，兩手發抖而不安；儘管我相信他是個壞人，卻也忍不住要同情這個從汗濕的頭髮到不停移動的雙腳，渾身透露出痛苦哀傷的人。

陪審團只花了很短的時間來考慮判決，五分鐘之後，主席宣佈說他們有了結論，在驗屍官正式詢問下，他站起來回答道：

「我們認為死者是因被告阿佛烈德．卓佩爾以刀刺其胸部致死。」

「這就是判定為謀殺。」驗屍官說，一面列入記錄。開庭結束，旁聽者很不甘願地魚貫而出，陪審員都站起來，伸著懶腰，那兩名警員在警佐的指揮下，把憔悴得幾近昏倒的卓佩爾押進守候在門外的一輛密封的馬車裡。

「辯方的行動實在讓我覺得差勁。」在我們回家的路上，我很不客氣地說。

宋戴克微微一笑。「你絕不致以為我會把論證的精華拿給驗屍官調查庭的陪審團看吧。」他說。

「我以為你會代表你的當事人說幾句話呢，」我回答道：「像這樣，完全順了控方的意。」

「有什麼關係？」他問道：「驗屍調查庭的判決跟我們有什麼相干？」

「多少提出些辯護看來比較有面子吧！」我回答道。

「我親愛的杰維斯，」他答辯道：「你好像不明白比肯斯菲爾德爵士（譯注：Lord Beaconsfield即迪斯雷里Benjamin Disraeli, 1804-1881，英國首相，保守黨領袖、作家，著有小說及政論作品，在位期間推行殖民主義擴張政策，入侵阿富汗及南非）很得體地稱之為『技藝高超的無為策略』的道理；可是那卻是醫學訓練中讓學生印象深刻的重要課程之一。」

「也許是這樣不錯，」我說：「可是到目前為止，你這個技藝高超的策略所得到的結果，就是你的當事人被控謀殺罪，而我看不出陪審團還能做什麼別的判決。」

「我也看不出。」宋戴克說。

我把村子裡引起騷動的這些事情寫信告訴了請我來代理的古柏醫師，得到他回信說要我讓宋戴克盡量利用他的地方，提供所有的設備讓他工作。根據這封詔書，我的同事就占用了一處光線充足而無人使用的廄樓，宣稱要把他的東西都搬進去。因為他的「東西」裡包括有女佣看過的籃子裡的神祕事物，所以我一心想看他「搬家」，也坦承我故意留連在樓梯附近，希望能知道一些消息。

可是宋戴克比我厲害太多了，村子裡一個非婚生子的嬰兒突然發病，我雖然滿心不甘願，卻不得不匆匆趕去救治；等我回來的時候，正好看到宋戴克在鎖上廄樓的門。

「真是個明亮寬敞的好地方。」他說著走下樓梯，一面把鑰匙放進口袋裡。

「不錯，」我回答道，然後厚著臉皮加上一句：「你打算在那上面做什麼？」

「準備辯護的事。」他回答道：「現在我已經聽到所有控方要說的話，就可以順勢前進了。」

這話說得夠曖昧的，可是我安慰自己說，再過幾天，我就能和世界上其他的人一樣，知道他那些神祕行為的結果了。因為巡迴裁判的庭期將至，他們準備把案子盡快通過治安法庭（譯注：Magistrate's Court，英國刑事審判的最低審級，相當於其他國家的地方法院），以便及時成案交巡迴法庭審理。卓佩爾當然已經在治安法官前起訴收押，預計在調查庭舉行過的五天後，就要由地方治安官開庭審理。

這五天裡所發生的事情使我充滿了好奇。首先，刑事局派了個警探來，由那位警佐陪著，到那一帶來瀏覽了一番。然後，負責起訴的檢察官巴許菲德先生到了，住進了「貓與山雞旅舍」。可是最意外的訪客是宋戴克的實驗室助手波頓，有天晚上帶著一口大箱子和一張水手用的吊床來，宣稱要住進廄樓去。

至於宋戴克本人的行動更是讓人猜不透。他不時神祕地出現在廄樓的窗口，通常穿著讓人懷疑是睡衣的衣服。我有時看到他拿著一張底片迎光細看，有時則在操作洗印相片的器材；有一次我看到他拿著一支小刷子和一個大陶罐；我當時失望地轉身走開，差點和那個警探撞了個滿懷。

「我聽說宋戴克博士住在你這裡。」那位警探說著，緊盯著我那同事露在窗口讓人看的背部。

「是的。」我回答道：「那就是他暫住的地方。」

「我猜他就是在那裡搞他那些鬼東西吧？」那位警官說道。

「他在那裡做各種實驗。」我很神氣地糾正道。

「我就是那個意思。」警探說，就在這時候，宋戴克轉身打開了窗子，我們的客人就開始上樓。

「我只是來問問是不是能和你談談，博士。」警探說著，走到了門口。

「當然可以，」宋戴克爽快地答應道：「勞駕你下樓去和杰維斯醫師一起等著，我五分鐘就到。」

那位警官咧嘴笑著走下樓來，我覺得我聽到他喃喃說「成了！」，可是這也許只是我的錯覺。反正，宋戴克出來了，他和那位警官一起進了矮樹叢裡。到底那個警探有什麼事，或者他是不是真有什麼事，我始終都不知道；不過這件事似乎讓我明白波頓和那張水手用的吊床的來由。提到波頓，就讓我想起大約在那時候，這個通常很沉著而沉靜的小個子在習慣上有了很特別的改變；他脫下了平常穿得像教士似的衣服，換上半像海員的服裝，每天早上走向馬爾世東港，我在那裡不止一次地看到他靠在港口一根柱子上，或是在海邊小酒店外面，和各式各樣跑船的人熱切而友好地聊天。

在開庭前一天的下午，我們有兩位訪客。其中之一是一位戴著眼鏡的灰髮男子，我並不認得，雖然我確定曾經聽過他的名字，柯普南，卻不知為什麼想不起來。另外一位是安世提，那位通常在上法院的案子裡和宋戴克一起工作的律師。不過，這兩人我都沒怎麼見到面，因為他們幾乎馬上就進了廄樓，除了吃飯的短短時間外，那天都一直留在屋子裡，我相信還一直忙到深夜。宋戴克要求我不要向任何人提到他這兩位訪客的名字，同時也為他的祕密行為而致歉。

「可是你是個醫師，杰維斯，」他最後說道：「你知道業務機密是怎麼回事；而且你也了解我們完全清楚檢方能做些什麼，而他們連我們的辯護方向都一無所知，對我們來說是多麼有利。」

我向他保證說我完全了解他的立場，聽了我這話，他顯然很放心地又回到他們的會議室裡。

第二天開始的庭訊，我從頭到尾都在場，不需要描述其中的細節。控方的證詞當然主要還是重複調查庭的那些，不過，巴許菲德先生的開場白倒要記一下，因為那段話很清楚地將對嫌犯的指控做了彙總。

「現在庭上所審的案子，」檢察官說：「是嫌犯阿佛烈德·卓佩爾預謀殺人，就已知的事實，可以簡述如下：九月二十七日，星期一的夜裡，死者查爾斯·赫恩與幾個朋友在『水獺號』遊艇上共餐，半夜時分上岸，沿海灘走向山德士里村，在進入聖布里吉灣後，一名似乎是埋伏等候的男子由牧羊人小道下來，和他碰面，看來是發生了一場致命搏鬥，死者受到某種精心算計使其立即致命的刀傷，顯然因此倒地死亡。

「現在要問的是，這種可怕罪行的動機是什麼？不是搶劫，因為死者的財物未被取走，就所知的現金和貴重物品都在。而很明顯地也不是偶發的爭吵。因此我們的結論是出於私人的恩怨，因利益衝突或復仇引發的動機，而由案發的時間、地點和顯然刻意行凶等來看，很合於這樣的推論。

「動機就談到此為止。下一個問題是，這件驚人的命案的凶手是誰？這個問題的答案得自於一個非常獨特而戲劇性的情況，由這個情況，再次看出犯下這種罪行的嫌犯居然會那樣的不小心。凶手穿著一雙很特別的鞋子，這雙鞋子在光滑的沙灘上留下非常明顯的腳印，而這些腳印又由一位非常精確而實事求是的警官，潘尼警佐，看到，並且加以檢查，各位馬上會聽到他的證詞。這位警佐不僅檢查了腳印，還當場小心地描繪下來，提醒各位，不是憑記憶，是當場畫的——而且很精準地度量尺寸，記錄下來。根據這些圖和尺寸，這雙提供證據的鞋子已經過確認，在這裡供各位檢視。

「現在，這雙很特別，幾乎可以說是獨一無二的鞋子是誰的呢？我剛說過這件凶案的動機是私人恩怨，請注意！這雙鞋的主人正是整個這一區裡唯一有動機會對死者行凶的人。這雙鞋子正是嫌犯阿佛烈德．卓佩爾的，是從他腳上脫下來的，這個嫌犯阿佛烈德．卓佩爾是這一帶唯一認識死者的人。

「在調查庭裡，已經有證詞說明了嫌犯和死者這兩人之間的關係非常友好；可是我會向各位證明他們其實並不像所說的那樣友好。我會向各位證明，根據嫌犯管家的證詞，死者通常是個不受歡迎的訪客。而嫌犯經常明明在家裡閒著沒事，卻不肯見客，而且看來始終在盡量躲避死者。

「還有一個問題，我就說完了。在謀殺案發生的那晚，嫌犯人在哪裡？答案是他在一棟離命案現場不過半哩多遠的房子裡。有誰和他一起在那棟房子裡呢？有誰在那裡看到，而且可以證明他出門和回來的時間呢？沒有人，他當晚獨自在家，在那天晚上，偏偏就是在那天晚上，他一個人在家裡。沒有一個人因為聽到門響聲或腳步聲而起來——說明他究竟是睡著了，還是在半夜裡又溜了出去。

「這些就是本案的相關事實，我相信這些都無庸爭辯，而我也認為，將這些加在一起，只有一個解釋，那就是嫌犯阿佛烈德．卓佩爾就是謀殺死者查爾斯．赫恩的凶手。」

這番開場白說完之後，立即召喚證人，而呈堂的證詞與證物和調查庭上一模一樣。檢方唯一的新證人就是卓佩爾的女管家，而她的證詞完全確認了巴許菲德先生的論點，警佐對腳印的證詞讓大家聽得屏氣凝神，說完之後，主審法官——一位當年在刑事訴訟中聲名卓著的退休律師——提出一個問題，讓我回想起那天夜裡我們遇到大雨時宋戴克所說的話，證明了宋戴克對事件的發展真有先見之明。

「那你，」主審官問道：「有沒有把這雙鞋拿到海灘上去和實際留下的腳印比對呢？」

「我是在夜裡拿到這雙鞋的，」警佐回答道：「我第二天一大清早就帶著鞋到海邊去。可是，不幸得很，夜裡起了一場暴風雨，腳印幾乎全被風和雨給毀得一乾二淨。」

警佐下了證人席之後，巴許菲德先生表示控方舉證結束。然後他回到座位上，轉頭用疑問的眼光看看安世提和宋戴克。

安世提立刻站起身來，為被告辯護做了簡短的開場白。

「控方博學的檢察官，」他說：「以庭上現有的證據推論出唯一的解釋——就是被告有罪。這個結論可能對，也可能不對；不過現在我要向庭上提出某些新的證據——我可以說，這些證據都是最獨特，也最驚人的事實，我想會引致一個極端不同的結論。我現在不再多說，只召證人作證，讓證據說話。」

辯方的第一位證人就是宋戴克；在他走進證人席的時候，我看到波頓帶了一個大柳條箱子坐到他後面去，宣過誓後，他應安世提的要求向庭上說明他對這個案子的了解，就開門見山地說道：

「九月二十八日下午四點半左右，我和杰維斯醫師一起走下山德士里峽口，沙灘上的一些腳印吸引了我們的注意，尤其是一個人從小船上岸，走上峽口，又再下來，顯然是回到船上去的腳印。

「就在我們站在那裡的時候，潘尼警佐和包羅斯醫師，還有兩個帶了一副擔架的警員，一起從峽口下來。我們在後面遠遠跟著，沿海邊走去的時候，看到另外一組腳印——也就是警佐所描述的死者的腳印。我們很仔細地看過那些腳印，推測出留下這組腳印的人會是什麼模樣。」

「你們的推測符合死者的特徵嗎？」主審法官問道。

「一點也不相符。」宋戴克回答道，這話使得治安官、警探和巴許菲德先生全都開懷大笑起來。

「我們轉進聖布里吉灣時，我看到死者的屍體躺在靠近懸崖的地方。四周的沙灘上滿佈腳印，好像發生過一次漫長而激烈的打鬥。腳印一共有兩組，一組顯然是死者所留，另一組腳印則是一個鞋釘花樣獨特而顯著的人留下的。會穿這種鞋來行凶之愚不可及，使我更仔細去看那些腳印，然後我有了意外的發現，就是實際上並沒有發生打鬥；事實上，那兩組腳印是在不同的時候留下的。」

「在不同的時候！」主審法官驚訝地叫道。

「是的，兩者之間的時間相差可能是幾個鐘點，或者只是幾秒鐘，可是毫無疑問的是這兩組腳印不是同時，而且先後留下來的。」

「可是你是怎麼得到這個結論的呢？」主審法官問道。

「一看就很明顯，」宋戴克說：「由死者的腳印看得出他一再踩上他自己的腳印；但沒有一次踩到另一個人的腳印，儘管這些腳印都留在同一塊地方。相反的，鞋底釘了鞋釘的那個人不僅是踩過自己的腳印，踩上死者腳印的情形也一樣多。更重要的是，在屍體移開之後，我看到原先死者躺臥的沙灘上，所有的腳印全都是死者的。在屍體底下完全沒有帶鞋釘的腳印，雖然四周倒有很多。因此，顯然先有死者的腳印，然後才有打鞋釘鞋子的腳印。」

宋戴克停下話時，主審法官沉吟地摸著鼻子，而警探則不解地皺起眉頭看著證人。

「這件事的特別之處，」我的同事繼續說道：「讓我更注意地去看那些腳印，然後我又有了另外一個發現。打了鞋釘的鞋子留下兩行腳印，從牧羊人小道上來回。可是再仔細檢查這兩行腳印，我很吃驚地發現留下這兩行腳印的人是倒退著走的；事實上，他是由屍體旁邊倒退走到牧羊人小道，往上走了一點點，然後轉過身來，仍然是倒退著走回到屍體附近的懸崖上，腳印到這裡就完全消失了。在這個地點的沙灘上留著一些很小而不明顯的痕跡，很可能是由一條繩子的頭所留下來的，另外也有些由上面懸崖掉下來的碎片。看到這些之後，我就仔細查看過懸崖的表面，在離地大約六呎的地方，我發現一處新近摩擦過的印子，旁邊還有像是打了鞋釘的鞋跟刮過的痕跡。然後我爬上牧羊人的小道，從上方來查看懸崖，結果發現崖邊有一處很深的印子，就像是拉緊的繩子留下的，我在那裡躺了下來往下看，可以看見大約離頂上五呎的地方，又有一處刮擦過的痕跡，旁邊也有清楚的刮痕。」

「你似乎是說，」主審法官說：「這個人是用這種驚人的方式用繩子吊上懸崖的嗎？」

「看來的確是如此。」宋戴克回答道。

主審法官撇著嘴，挑起眉毛，懷疑地看了下兩位陪審法官，然後，一副無可奈何的表情向證人點了下頭，表示他在聽著。

「就在那天晚上，」宋戴克繼續說道：「我騎著自行車由峽口再到海邊去，帶著熟石膏，把那些重要的腳印製成模子。」（聽了這話，所有的法官、警探，還有巴許菲德先生一起坐直了身子；潘尼警佐咒罵了一聲；而我則突然恍悟宋戴克到訪當天夜裡讓我感到困惑的水盆和大湯匙是做什麼用的。）「因為我認為液態的石膏可能會讓沙裡的腳印變形或是消失，所以我在腳印裡倒進了乾的石膏粉，輕輕地壓過，然後小心地在上面澆水，做出來的模子非常清楚，當然能看得出留下腳印的鞋子是什麼模樣，然後我再用模子翻出腳印來。

「我所做的第一個模子，是從船上到峽口的腳印，等下會再說明。接下來做的模子則是所謂死者留下來的腳印。」

「所謂！」主審法官叫道：「死者確實是在那裡，又沒有其他的腳印，所以，如果那些腳印不是他的，難道他是飛到陳屍所在的嗎？」

「那我就稱它們是死者的腳印吧。」宋戴克泰然自若地回答道：「我將其中一個做了模子，在同一塊模板上，也留下我自己的腳印。這就是那塊模板，還有翻模而成的腳印。」他轉過身去，從得意洋洋的波頓手裡接過那位助手小心地由箱子中取出來的那些東西。「注意看這些腳印，就可以看得出外表和想像的不同。死者身高五呎九吋，但很瘦，體重很輕，只有九英石（譯注：Stone，英制重量單位，一英石相當於十四磅）又六磅，我實際秤過死者屍體確定這個數值，而我本人高五呎十一吋，體重將近十三英石，可是死者的腳印卻比我的腳印深得將近兩倍──也就是說，體重輕的人比體重重的人留下的腳印要深兩倍。」

主審陪審的法官都非常專注，不再只是聽聽一個科學方面的專家提出的報告而已，放在他們面前的兩個腳印翻模並列，由他們親眼看的證據非常的具有說服力。

「這點真是很特殊，」主審法官說：「不過你大概可以解釋其間的矛盾吧？」

「我想我可以的，」宋戴克回答道：「可是我希望先把所有的事實放在各位面前。」

「這樣毫無疑問地要好多了，」主審法官同意道：「請繼續。」

「這些腳印還有另外一個很特別的地方，」宋戴克繼續說道：「就是前後腳印之間的距離——事實上，就是步伐的大小。我很小心地度量了兩個腳跟之間的距離，發現只有十九吋半。可是像赫恩那樣高的人，正常的步伐大約是三十六吋左右——如果他走得很快的話，還會更大，以十九吋半的步伐走路，看起來就好像他兩腳綁在一起。

「然後我到了聖布里吉灣，把那個穿打了鞋釘鞋子的人的腳印做了兩個模子，一左一右。這裡就是從模子翻出來的腳印，很清楚地看得出這個人是在倒退著走路。」

「怎麼會看得出來？」主審法官問道。

「有好幾點明顯的證據。比方說，沒有平常一般腳尖『踢起』的痕跡，腳後跟後面有一點拖曳痕跡，顯示出腳抬起來的方向，另外就是腳掌清楚的印痕。」

「你一直在說模子和翻模，這兩者之間的差異在哪裡？」

「模子是直接做成的，所以凹凸和實物相反，而翻模做出來的，就和實物的痕印一樣。比方說我把液態的石膏倒在一個硬幣上，等凝固之後，我就有了一個硬幣的模子，一個內陷的硬幣痕印。如果我把融化的蠟倒進模子裡，就有了個翻模，也就是和那硬幣一模一樣的複製品，腳印是腳的模子，腳印的模子是如同腳的複製品，因此從模子裡翻製的就是腳印了。」

「謝謝你，」主審法官說。「那麼你由那兩個腳印做成的模子，其實就是凶手那雙鞋子的複製品，可以和作為證物的鞋子來做比對了？」

「是的，比對之下，會呈現一件非常重要的事實。」

「是什麼呢？」

「就是嫌犯的鞋子不是留下腳印的鞋子。」法庭裡響起一片驚呼聲，可是宋戴克毫不理會地繼續說道：「嫌犯的鞋子不在我手裡，所以我去到巴克塘，在塘邊的泥巴地裡有我親眼看到嫌犯留下的腳印，我用那裡的腳印做成模子，和由沙灘那裡做的模子比對，發現有幾個很重要的不同之處，只要你們比對一下就會看得出來。為了便於比對，我把兩付模子拍成同樣大小的透明照片。現在，若是我們把嫌犯右腳鞋子的照片疊在凶手右腳鞋子的照片上，把兩張透明照片迎光來看，就發現沒法讓兩者完全重疊。長度儘管相同，鞋子的形狀卻不一樣，而且，要是我們把一張照片裡鞋釘的部分和另一張照片裡相對應的鞋釘疊在一起，也沒法完全相合。可是最具決定性的一件事實——完全無法否定的——是兩雙鞋的鞋釘數目不同。嫌犯右腳的鞋子上有四十根鞋釘；而凶手右腳的鞋子上鞋釘的數目是四十一。凶手多了一根鞋釘。」

法庭內一片死寂，幾位法官和巴許菲德先生注意地看著模子和嫌犯的鞋子，又迎著光細看那幾張照片。然後主審法官問道：「這些就是所有的證據呢？還是說你還有什麼要告訴我們的？」他顯然急著想知道解開這個謎團的關鍵。

「還有其他的證據，庭上。」安世提說：「證人檢查過死者的屍體。」然後，他轉向宋戴克，問道：

「驗屍的時候你在場吧？」

「是的。」

「你對死因有什麼意見嗎？」

「有的，我得到的結論是被害人因嗎啡過量致死。」

這句話引起了所有人的驚訝。然後主審法官急喘喘地抗議道：

「可是不是有一處刀傷嗎？說那能造成立即死亡，情況不是那樣嗎？」

「毫無問題的是有這麼一處傷口，」宋戴克回答道：「可是在傷口形成的時候，死者已經死亡了一刻鐘到半個小時。」

「這真叫人難以相信！」法官叫道：「可是，你當然會把你之所以會得到這種驚人結論的原因告訴我們吧？」

「我的看法，」宋戴克說：「是基於幾件事實。首先，活人身上的傷口會裂得很開，原因在活人的皮膚會收縮，死人身上的皮膚不會收縮，因此傷口不會張開，被害人的傷口微微張開，顯示人剛死不久，我認為不到半個小時。另外活人身上的傷口裡會充滿了血，而且鮮血會流淌到衣服上。可是死者的傷口裡只有一點點血塊，衣服上幾乎沒有血跡，而且我先前也注意到屍體所躺的沙灘上也沒有血跡。」

「你認為這點沒有爭辯的餘地？」法官懷疑地問道。

「不錯。」宋戴克回答道：「不過還有其他無庸置疑的證據。凶器切開了大動脈和肺動脈——是人身上最主要的兩條動脈。在人活著的時候，這些大血管裡充滿了內在壓力很高的血液，人死之後，血管裡變得幾乎是空的了。所以，如果受到刀傷時人是活著的話，這兩條動脈所在的體腔裡會充滿了血液。而事實上，死者體腔內幾乎沒有什麼血，只有一些由靜脈中滲流出來的血液，因此，可以認定刀傷是在死後造成的。我之所以能確定死者體內有毒，以及是哪一種毒，是分析了屍體的某些分泌物，而分析的結果讓我能判定毒的量很大；而胃裡面的東西都送到柯普南教授那裡做更精確的化驗。」

「柯普南教授化驗的結果出來了嗎？」法官向安世提問道。

「教授本人就在場，庭上。」安世提回答道：「正準備宣誓作證，提出由胃裡所取得的一喱嗎啡，這樣的劑量本身就能致命，只是死者吞服而未被吸收的部分，服食的總量想必十分的巨大。」

「謝謝你，」法官說：「現在，宋戴克博士，如果你已經把所有的證據提供給我們了，也許你可以告訴我們，你由這些證據得到什麼樣結論。」

「由我所提出的證據看來，」宋戴克回答道：「表示發生了以下的這些事件，死者大約死於九月二十七日半夜，是被嗎啡毒死的，是怎麼樣吞服，或被什麼灌食的，我並不知道，我想他的屍體被抬進小船，運到山德士里峽口。小船上可能乘有三個人，其中一個在船上留守，一個走上峽口，沿著懸崖往聖布里吉灣走，第三個則穿上死者的鞋子，背著屍體沿海岸走到聖布里吉灣，這就說明了我們剛才提到死者的腳印那麼深而步伐那麼小的原因。等到了海灣之後，我相信這個人把屍體放了下來，然後在附近的沙灘上用力地走動。然後脫下死者的鞋子來，穿回死者的腳上；再穿上一雙他帶著的靴子或鞋子——也許是掛在脖子上帶來的——而那雙鞋子底上已經釘好模仿卓佩爾鞋釘花樣的鞋釘，他穿著這雙鞋子，再在屍體的附近踩來踩去。接著他倒退著走到牧羊人小道，從那裡，仍然倒退著，走到懸崖邊。他的同夥已經垂下了繩子，他就攀著繩子上到崖頂。他在崖頂上脫掉打了鞋釘的鞋子，然後兩個人走回到峽口，帶繩子的那個把他的共犯背起來，以避免留下穿著襪子的腳印。我在峽口所看到的那行腳印，顯示出那個人回到船上去的時候負有重物。」

「可是那個人為什麼要用繩子攀上崖去呢？他不是可以由牧羊人小道走上去嗎？」

「因為，」宋戴克回答道：「那樣就會有一道由小海灣離開的腳印，卻沒法有相對應走進小海灣的腳印；而這樣馬上會讓一個精明的警官——像潘尼警佐這樣的人——認為人是從小船上下來的。」

「你的說明非常精彩，」主審法官說：「而且看來把所有那些了不起的證據都用到了，還有別的要告訴我們的嗎？」

「沒有了，庭上，」他回答道：「除了，」（這時他從波頓手裡接過最後兩個模子，呈給了法官）「你大概會發現這對模子很重要。」

宋戴克走下了證人席——因為控方沒有做交叉訊問——幾位法官帶著困惑的表情仔細看

著那兩個模子；但是謹慎地沒有發表任何意見。

等到柯普南教授作證（證實死者吞服了毫無問題會致命的大量嗎啡）之後，庭丁叫了一個——在我聽來——很不熟悉的名字：傑可布・關默。應聲出現的是一條巨大的棕色厚呢褲子，上面伸出一個船上小廝的頭和肩膀，走進了證人席。

傑可布一開始承認他是個船工學徒，由他的雇主「轉雇」給一位賈扎德先生，到「水獺號」遊艇上當水手兼小廝。

「呃，關默，」安世提說：「你記不記得被告到過遊艇上？」

「記得。他到船上兩次，第一次大約是在一個月前，當時和我們一起出海。第二次是在赫恩先生被殺的那天晚上。」

「你還記不記得被告第一次去的時候，穿的是哪種鞋子？」

「記得，是一對釘了好多鞋釘的鞋子，我會記得那雙鞋是因為賈扎德先生強迫他把鞋脫掉，換上一雙膠底帆布鞋。」

「那雙有鞋釘的鞋呢？」

「賈扎德先生拿到下面船艙裡去了。」

「賈扎德先生有沒有馬上再回甲板上來？」

「沒有，他在船艙大約有十分鐘左右。」

「你還記得有個從倫敦一位鞋匠那裡送到遊艇來的包裹嗎？」

「記得。郵差是在卓佩爾先生上船來過之後四五天送來的，上面標有『華克兄弟，訂做鞋靴，倫敦』。賈扎德先生打開包裹拿出來的是一雙鞋子，因為我那天在船艙的櫃子裡看到那雙鞋子。」

「你有沒有看過他穿那雙鞋呢？」

「沒有，我後來就再沒見過那雙鞋了。」

「你在遊艇上有沒有聽過錘錘打打的聲音。」

「聽過，包裹送來的那天晚上，我正在外面的碼頭上，聽到有人在船艙裡錘打東西。」

「錘打的聲音聽起來像在做什麼？」

「聽起來像用釘錘在釘釘子。」

「你在遊艇上有沒有見過鞋釘？」

「有的，第二天早上，我在打掃船艙的時候，在櫃子邊角落裡發現一根平頭釘。」

「赫恩先生死的那天晚上你在船上嗎？」

「在的，我先前上了岸，不過我在九點半又回到了船上。」

「你有沒有看到赫恩先生上岸？」

「我看到他離開遊艇。我剛剛上床準備睡覺的時候，賈扎德先生在甲板上對我叫道：『我們要送赫恩先生上岸。』他說；『然後呢，』他說：『我們要去釣一個鐘點的魚，你不用起來。』他說完就把艙門關了。後來我起身，推開艙門，把頭伸出去，看到賈扎德先生和李奇先生扶著赫恩先生到了甲板那頭，赫恩先生看起來好像醉倒了，他們把他抬進小船裡——他們以前從來沒做過這種事——而畢德福先生早已在船裡，就把船划了出去，然後我把頭縮了進去，因為我不想讓他們看到我。」

「他們把船划到碼頭邊上嗎？」

「不是，等他們走了之後，我又伸出頭去，聽到他們把船划得繞過遊艇，然後往港口外面划了出去，我看不到小船，因為那天夜裡很黑。」

「很好，現在我要問你另外一件事。你有沒有聽說過波頓這個名字？」

「聽過，」關默回答道，滿臉通紅。「我剛剛才知道那是他的真名，我一直以為他叫席孟時。」

「告訴我們你對他知道多少。」安世提帶著神祕的笑容說。

「呃，」那個男孩子恨恨地瞪著很和氣而面帶笑容的波頓說：「有一天，那幾位先生都上岸去了的時候，他到了遊艇上。我相信他一定是看到他們上岸了，他給我十先令，要我讓他看我們船上所有的靴子和鞋子。他在看的時候，又要我到船頭去拿一雙我的鞋子來，所以我就去拿了，等我回來的時候，他正把那些靴子和鞋子放回櫃子裡，然後他就走了，等他走了之後，我再去看看那些鞋子，發現少了一雙。是一雙賈扎德先生的舊鞋子，他把鞋偷去做什麼，我就不明白了。」

「如果你再看到那雙鞋的話，你認不認得出來？」

「我認得出來。」那小伙子回答道。

「是不是這一雙呢？」安世提交給那孩子一雙破舊的帆布鞋，他一把抓了過去。

「是的，這就是他偷走的那雙鞋子！」他叫道。

安世提從那孩子捨不得放開的手裡把那雙鞋拿了回來，放在主審法官的桌子上。「我想，」他說：「如果庭上把這雙鞋和最後那兩個模子比對一下的話，就會看清楚正是這雙鞋子留下了由海邊到山德士里峽口再回來的腳印。」

幾位法官在令人屏氣凝神的寂靜中一起將鞋和石膏模子相互比對。最後主審法官把這些東西放在桌上。

「不可能有任何疑問，」他說：「磨損的鞋跟，橡膠鞋底的裂縫，還有殘留的格子花紋，證據十分明顯。」

在主審法官說這話時，我不自覺地朝賈扎德所坐的地方望了一眼。可是他卻不在那裡；他和畢德福，還有李奇都不在了。他們利用法庭裡的人都專注在別處的機會，悄悄地溜出了門。可是並不只有我一個人注意到他們的失蹤。那位警探和警佐已經在急切地商量起來，一分鐘之後，他們也匆匆地離開。

庭訊很快地告一結束，在和陪審法官簡短地討論之後，主審法官當庭宣判。

「今天在庭上所聽到的這些了不起的，我可以說是驚人的證詞，即使不能確定罪行是什麼人犯下的，至少讓我們很清楚被告無罪，因此當庭開釋。卓佩爾先生，我很欣慰能告訴你說你可以自由地離開法庭，完全洗清了所有的嫌疑；我也衷心地恭喜你有技巧高點而聰明的辯護律師與證人，要是沒有這些，我怕本庭的判決會非常困難。」

那天晚上，律師、證人和既高興又充滿感激的當事人聚在一起設宴慶祝，重溫當天的那場論戰。我們的大餐才剛吃到一半，潘尼警佐不顧僕人的阻攔，上氣不接下氣地衝了進來。

「他們全走了，先生！」他對宋戴克叫道：「我們再也逮不到他們了。」

「嗄？怎麼可能呢？」宋戴克問道。

「他們都死了，先生，三個人全都死了！」

「死了！」我們一起叫了起來。

「是的，他們一離開法院就衝回遊艇去，上了船，馬上出海，當然是希望在天剛黑的時候逃出去。可是他們太過匆忙，沒有看到一艘蒸汽拖網漁船正在進港，被碼頭遮住了。然後，就在入口的地方，遊艇偷偷溜出去，被漁船攔腰撞上，斷成了兩截，三個人當場落水，捲進了北碼頭後面的漩渦，別的船還來不及趕到，他們全到了海底，我剛要離開的時候，賈扎德的屍體沖上了沙灘。」

我們全都默默無言，有點吃驚，可是若說我們有誰對這不幸的災禍感到遺憾的話，也是因為那三個冷血的壞蛋竟然這樣輕易地脫了身；而至少對我們之中的一個人來說，這個消息帶來的是寬慰。

〔事件二〕

陌生人的鑰匙

人類天性的矛盾這個題目，在製造格言的人，還有專門以發現和解說那些顯而易見事物為職志的倫理科學家的工作中占有驚人的份量；尤其是在因強迫給予而引發憎惡，和因難以或不可能得到而興起慾望時，更誇大到乖張的地步。他們告訴我們說，一個人對隨手可得的東西常會丟在一邊，而一旦得不到手時，就一定會覺得那樣東西大有必要而非常想要；就像養在家裡的貓，對牠喜歡的水盆不屑一顧，卻很可能會看到牠把頭擠進牛奶罐裡，或是偷偷地去以廚房水槽裡的水止渴，還舔得津津有味。

會有這樣特別的想法，毫無疑問地，是因為我放棄了我職業中行醫的部分而轉向法醫，住進我朋友宋戴克，那位知名的法醫學專家的家裡，擔任他的助手之後，我先前一直覺得厭煩得難以忍受的生活方式——當個代診醫師，或是照管別人的診所——現在卻好像有不少好處；而我發現自己偶爾會渴望再坐在病人床邊，思考各種複雜的症狀，發揮我的力量——那種人所能有的最偉大的力量——消除痛苦，擊退死神。

因此，在一次長假中的某一天早晨，我發現自己住在包林鎮的落葉松園裡，全權負責我一位老朋友韓劭醫師的業務，讓他到挪威去度假釣魚。不過，我並不是孤單一個人，因為韓劭太太仍然留守在家，而那棟房間很多的老式房子裡另外住了三位客人，其中之一是韓劭醫師的姐姐——哈定太太，哈定太太是曼徹斯特一位富有棉商的遺孀；第二位是她先夫的侄女，露西．哈定小姐，是位芳齡廿三，風姿綽約而迷人的女子；而第三位則是佛瑞德少爺，哈定太太的獨子，是個身體結實的六歲男孩。

「看到你坐在我們的早餐桌上，就像回到從前——那些非常快樂的日子，杰維斯醫師。」韓劭太太帶著友善的微笑，向我說著這些客氣話，把我的茶杯遞給我。

我微一鞠躬，「一個利他主義者最快樂的事，」我回答道：「就是關注別人的幸福。」

哈定太太笑起來，「謝謝你，」她說：「我看你一點也沒變，還像以前一樣文雅，一樣——我該說是油嘴滑舌吧？」

「不行，千萬別這麼說！」我用有點緊張的語氣叫了起來。

「那我就不說了。可是宋戴克博士對你這次走回頭路的事怎麼說呢？他怎麼看待你從法醫學又退回到一般的醫療看診呢？」

「宋戴克呀，」我說：「對什麼大災大禍都無動於衷；對於『法醫學家的衰敗』不但是淡然以對，而且對妳所謂的『退回』還很鼓勵，他認為研究將法醫學的方法應用在一般醫療看診上，對我大有用處。」

「聽起來似乎不太好——我是說，對病人來講。」哈定小姐說道。

「非常不好，」她的嬸嬸說：「極端的冷血。宋戴克博士是個什麼樣的人？我對他很好奇，比方說，他真的是個人嗎？」

「他從頭到腳都是人，」我回答道：「據我所知，對人類認定的試驗方式，像行走時身子直立，拇指尖的相關位置……」

「我說的不是這個，」哈定太太插嘴道：「我是說在一些重要的事情上……」

「我認為那些事都很重要，」我回嘴道：「想想看，哈定太太，要是看到我那位博學的同事戴著假髮，穿上袍子，卻不是直立著往法庭走去的話，會有什麼結果？那會鬧出大新聞的。」

「別理他，梅寶，」韓劭太太說：「他這叫惡習難改。妳今天早上想做什麼呢？露西？」

哈定小姐（因為我想像中宋戴克像四腳動物的模樣而笑得趕快放下手裡的茶杯）考慮了一下。

「我想我要到布萊漢的林子邊上去畫那叢樺樹。」她說。

「這樣的話，」我說：「那我可以替妳拿畫具，因為我要到布萊漢去看一個病人。」

「他是在盡量利用他的時間，」哈定太太惡毒地向我的女主人說：「他知道等溫特爾先生來了之後，他就只有退到最後面去了。」

大概這個禮拜之內就會到的道格拉斯．溫特爾是哈定小姐的未婚夫。他們訂婚的時間相當長，而且很可能會再拖延下去，除非他們之中有一個能突然得到一筆意外之財；因為道格拉斯是皇家工兵部隊裡的一名少尉，靠他的薪餉生活得相當辛苦，而露西．哈定則靠她叔叔留下那一點點少得可憐的錢過活。

我正要回應哈定太太的話時，來了一個病人，因為我已經吃完了早餐，就先行告退離席。

半個鐘點之後，我往布萊漢村走去，路上有兩個同伴，佛瑞德少爺跟著來了，還跟我爭攜帶畫具的特權，結果雙方妥協，由他拿輕便折凳，而讓我拿畫架、袋子和一本很大的素描簿。

「妳今早要在哪裡畫畫？」我在走了一段距離之後問道。

「就在路的左邊，樹林邊上，離那個神祕陌生人的房子不很遠。」她回答時很曖昧地看了我一眼，知道我會上鉤而輕笑起來。

「妳說的是哪棟房子？」我問道。

「哈！」她叫道：「喜歡調查神祕謎案的人起身了，渠曰：『哈！哈！』於號角聲中；嗅得遠方戰爭之氣息。」

「馬上說清楚，」我命令道：「否則我就把妳的素描簿丟在下一個水潭裡。」

「你嚇壞我了，」她說：「不過我會說明白的，只是那不算什麼神祕的事，除非你是個土包子。那棟房子叫『薰衣草堂』，獨立在樹林後面的野地裡，兩個禮拜之前，租給了一個叫懷德諾的外地人，他租下來是為了要研究這一區的植物；而唯一真正神祕的地方就是沒有人見過他。和房地產經紀人之間的安排全都透過信件，而且就我所知，當地的商人也沒有一個給他送過貨，所以他所有的東西都是從遠地運來的——就連麵包也是，這實在很怪異。你要說我是個好管閒事、多嘴多舌的鄉巴佬了吧。」

「我本來是要這樣說的，」我回答道：「不過現在說也沒用了。」

她假裝生氣地把我手裡的東西全拿了回去，走進草地上，讓我一個人繼續趕路；等我再回頭看時，她正把畫架和折凳擺好，佛瑞德一本正經地在幫著她。

我這次「出診」雖然時間不很長，卻花了比我預期更多的時間，等我再經過起先和哈定小姐分手的地方時，已經過了午餐的時間。她像我想的一樣已經走了，我匆忙地往家裡趕，想盡量不要遲到太久。等我走進飯廳，發現哈定太太和我們的女主人坐在飯桌上，兩個人都期待地抬起頭來看我。

「你有沒有看到露西？」哈定太太問道。

「沒有，」我回答道：「她還沒回來嗎？我以為她會在這裡呢。我剛經過樹林的時候，她已經不在了。」

哈定太太焦急地皺起了眉頭，「好奇怪，」她說：「而且太不替別人著想了，佛瑞德會餓壞了。」

我急急忙忙地吃了午餐，因為又有兩個村子的新病人需要出診，完全打散了我想悠閒過個下午的想法；時間一分鐘一分鐘地過去，那兩人仍然不見蹤影，哈定太太越來越坐立不安而著急。最後她再也忍耐不住，突然站起身來，宣佈說她要騎自行車去找那兩個人，可是就在她朝大門走過去時，門卻突然打了開來，露西．哈定蹣跚地走進了房間。

她的樣子讓我們全都警覺起來。她臉色死白，喘息不止，滿眼驚慌神色；衣服也拖散扯破了，從頭到腳渾身顫抖。

「天啦，露西！」哈定太太倒抽了口冷氣說：「怎麼了？佛瑞德呢？」她的口氣很凶。

「他不見了！」哈定小姐用微弱的聲音回答道，有些喘不過氣來。「他在我畫畫的時候走開了，我把整個樹林都找遍了，叫他的名字，到所有的草叢裡都去找過。啊，他能到哪裡去了呢？」她手裡拿著的畫具滑了下來，散落在地上，她用兩手捂著臉，歇斯底里地哭了起來。

「妳怎麼敢一個人回來？」哈定太太叫道。

「我累壞了，我回來找人幫忙。」她用微弱的聲音回答道。

「她當然會累壞了，」韓劭太太說：「來，露西；好了，梅寶；別小題大作了。小傢伙很安全的，我們很快就會找到他，要不他也會自己回家來的，來吃點東西吧，露西。」

哈定小姐搖搖頭，「我吃不下，韓劭太太——我真的吃不下。」她說。我看到她真的是完全精疲力竭了，就去倒了杯水來，逼她喝下去。

哈定太太衝出房間，馬上又回來，戴上了帽子，「妳得跟我一起去，告訴我他是在哪裡不見的。」她說。

「妳知道她辦不到，」我有點唐突地說：「她現在一定得躺下來休息。可是我知道那個地方，我騎車陪妳去。」

「很好，」哈定太太回答道：「這也可以。那個孩子是什麼時候不見的？」她轉身向她的侄女：「往哪個方向——」

她猝然地停了下來，使我吃驚地看向她，她的臉色突然變得灰白；表情呆住，像一個石頭面具，嚇得瞠目結舌地對著她的侄女。

那一片死寂維持了幾秒鐘。然後，她用可怕的聲音問道：「妳衣服上是什麼？露西？」她又停頓了一下，尖叫道：「妳把我的孩子怎麼了？」

我大吃一驚地望著那茫然而嚇壞了的女孩子，然後我才看到她嬸嬸所見到的——在她裙子前面下方有一塊很大的血跡，另外在她右邊袖子上也有另外一塊小點的。那女孩自己低頭看了下那片可怕的紅色，然後抬頭望著她的嬸嬸。「看起來像是——像是血，」她期期地說：「對，是血——我想——當然是血，他碰到了鼻子——就流鼻血了——」

「來吧，」哈定太太打斷了她的話。「我們快去！」她衝出房間，讓我跟著她。

我先把既疲累又激動的哈定小姐抱到沙發上躺著，在她耳邊說了幾句鼓勵的話，然後轉身對著韓劭太太。

「我不能一直陪著哈定太太，」我說：「在雷布沃斯還有兩個病人，妳能不能派輛馬車上路，再找個人替代我呢？」

「可以，」她回答道：「我讓季里斯去，要不，如果露西一個人耽著沒問題的話，我自己去吧。」

我跑到馬廄去取我的自行車，等我騎上路後，看到哈定太太已經在前面很遠的地方，以飛快的速度踩著踏板，我也加速追去，不過一直到快接近那片樹林邊緣的時候，她慢了下來，我才趕上了她。

「就是這裡！」我在我們到了先前和哈定小姐分手的地方時說。我們下了車，推著自行車穿過大門，把車子放倒在樹籬邊，走過草地，進到林子裡。

那真是一場可怕的經驗，我永遠也難忘懷——那個面色蒼白，心神恍惚的女人，穿著薄薄的家居鞋走在崎嶇的地上，衝過灌木叢，也不管有刺的枝椏劃過她的皮膚、頭髮和講究的衣服，不時地發出顫抖的聲音，混雜著恐懼與哄誘的溫柔，聽來格外悲慘，使我如鯁在喉，幾乎無法自制。

「佛瑞德！佛瑞德寶寶！媽媽來了，寶貝！」哭喊聲迴蕩在寂靜的林間；可是除了驚起的鳥群撲翅的聲音之外，沒有任何回應。可是比那可怕叫喊更令人震驚——更讓人難過又充滿了極端可怕的暗示——的是她那樣狂亂，卻帶著令人害怕的預期神色，在灌木叢根之間搜尋，或是停下來瞪著每一座鼴鼠丘和土堆，地上每一處坑洞和突起。

我們繼續走了一陣，一句話也沒說，最後見到一道直通過樹林的模糊足跡。我停了下來，仔細看著那些腳印，其中有幾個在軟土上的清晰可見，但都不是新近留下來的；不過，再順著這行足跡向前走了一小段，我看到了踩在其上的一組新的腳印，立刻認出那是哈定小姐的腳印。我知道她穿的是一雙棕色的靴子，在皮底之下加了一層膠底，留下的腳印絕不會有錯。

「哈定小姐走過這裡。」我指著腳印說。

「不要在我面前提她！」哈定太太叫道；可是她還是急切地看著那道腳印，接著就跟著那道足跡衝進林子裡。

「妳對妳的侄女很不公平，哈定太太。」我大膽地抗議道。

她停了下來，轉身對著我，憤怒地皺起了眉頭。

「你不明白！」她叫道：「也許你不知道，要是我那可憐的孩子真的死了的話，露西・哈定就會成為一個有錢的女人，只要她願意，明天就可以結婚了。」

「我是不知道這件事，」我回答道：「可是就算我知道，我也還是會那樣說。」

「你當然會啦，」她冷冷地回答道：「一張漂亮面孔就能打亂了男人的判斷力。」

她突然轉回身去繼續追蹤，而我默默地跟在後面。我們跟蹤的那道足跡彎彎曲曲地穿過樹林最密的部分，但迂迴轉折最後卻把我們帶到另外一頭的開闊空地。我們馬上看到其他一些痕跡，一塊小小的破布、碎紙屑、腐壞的麵包、骨頭和羽毛，還有蹄印、轍痕，以及一大堆柴火燒剩的灰燼，這一切都表示最近才有吉普賽人在這裡紮營，我把手放在那堆灰燼上，發現仍有餘溫，用我的腳踢散灰燼後，底下露出一截還沒完全熄滅的柴火。

「這群人剛走了一兩個鐘點，」我說：「最好一點也不拖延地追上去。」

那悲傷的女人馬上聽懂了我話裡的意思，在她那張愁苦而蒼白的臉上閃現了一絲希望。

「對，」她上氣不接下氣地叫道：「她很可能花錢讓他們把他給帶走了。我們來看看他們往哪邊走了。」

我們跟著車轍的印痕一路跟下去到了大路上，發現他們朝倫敦而去。就在這時候，我看到馬車停在遠處，韓劭太太站在車旁；車夫看見了我，就揮鞭趕馬朝我們走來。

「我得先走了，」我說：「不過韓劭太太會陪妳繼續找尋。」

「你會去打聽吉普賽人的事吧？」她說。

我答應去做這件事，馬車來到了身前，我上了車，很快地朝往倫敦方向的路上駛去。

鄉下醫師出診是沒法預計的。這一趟我又增加了三個病人，其中有一個得的是初期的肋膜炎，得把他的胸部包紮起來，另外一個是肩膀脫臼而沒有及時治療，花掉了很多的時間，何況還有那群吉普賽人，我一直追到雷布沃斯公園才終於找到，雖然我得請當地的警員實際去追蹤，卻也耽誤了我相當久的時間。結果等我的馬車經過村子裡回家時，百靈堂的鐘正在敲響六點的報時鐘聲。

我在前門口下了車，讓車夫把馬車送到後面去，自己走上車道；才一轉過彎，就突然看見當地的警探正和約翰．宋戴克熱切地交談著，我的驚訝可想而知。

「什麼風把你吹來的？」我叫道，驚訝得顧不得禮貌。

「最大的原動力，」他回答道：「就是一位很衝動的夫人，名叫哈定太太，她打了個電報給我——用的是你的名字。」

「她其實不用這樣做的。」我說。

「也許吧。可是跟一個激動的女人沒法講道理，而且她還做了件更糟糕的事——她向當地的治安官（一個退休的少將）報了案，而我們這位殷勤而無知的朋友以謀殺罪名下令拘捕露西・哈定。」

「可是又沒有發生謀殺案！」我叫道。

「這種法律上的微妙之處他是不懂的，」宋戴克說：「他的法律是在軍營裡學來的，在那裡只要脾氣壞，嗓門大就行了。不管怎麼說，重點是，警探先生，那張拘捕令是不合法的，你不能因為假設性的犯罪去逮人。」

那位警官放心地深吸了一口氣。他很清楚那是不合法的，現在他能開心地藏身在宋戴克的盛名之後了。

他帶著我同事給那位將軍的一張短箋走了之後，宋戴克挽起我的手，我們一起向屋子裡走去。

「這件事真討厭，杰維斯。」他說：「為了所有的人，一定得找到那個孩子。你先吃點東西之後能不能和我一起去走一趟？」

「當然可以。我一下午都在想著要繼續去搜尋呢。」

「很好，」宋戴克說：「那就進來吃飯吧。」

那頓半是下午茶，半是晚飯的餐點已經準備好了，神情嚴肅但很沉著的韓劭太太坐在主位上。

「梅寶還和季里斯在外面找那個孩子，」她說：「你已經聽說她幹了些什麼事了吧！」

我點了點頭。

「她這樣做法實在可怕，」韓劭太太繼續說道：「可是她半瘋了，可憐的東西。我沏茶的時候，你不妨上樓去安慰一下可憐的露西。」

我立刻上了樓，敲了敲哈定小姐的房門，她讓我進去之後，我發現她躺在沙發上，兩眼紅腫，臉色蒼白，簡直就像是今早和我一起出去那個快樂歡笑的女孩子的鬼魂。我拉過一張椅子，坐在她身旁，握住她向我伸出來的手，她說：

「你真好，肯上來看我這樣一個傷心難過的人。珍對我也很好，杰維斯醫師，可是梅寶嬸嬸認為我殺了佛瑞德——你知道她有這種想法——他走丟了實在是我的錯，我永遠也不會原諒我自己！」

她突然哭了起來，而我溫柔地安慰她。

「妳是個愚蠢的小女人，」我說：「居然把這種胡說八道的話放在心上。妳想必知道，妳嬸嬸現在根本不講道理；且等我把那孩子找回家之後，她就會向妳好好地道歉了，我一定會把這事辦到的。」

她滿懷感激地捏了下我的手，我聽到開飯的鈴聲，就在勸她鼓起勇氣來之後下了樓。

「你不用煩惱看診的事，」韓劭太太在我吃完小吃，而宋戴克去取我們的自行車時說：「席孟時醫師聽說了我們的事情，打電話來說他會處理所有的突發狀況；所以我們等你忙完再說吧。」

「妳覺得宋戴克怎樣？」我問道。

「他很好，」她熱切地回答道：「很機敏而仁厚，而且好瀟灑。這點你都沒告訴過我們。他來了，再見，祝你們好運。」

她按了下我的手，我走到車道上，宋戴克和車夫正帶著三輛自行車在那裡等著。

「我看到你又把你的裝備都帶著了。」我在我們轉上大路時說道；因為宋戴克的車子支架上綁了個用帆布蓋著的箱子。

「對，在做這種搜索的時候，有好多東西都可能用得到。哈定小姐還好吧？」

「好難過，可憐的女孩子。對了，你有沒聽說那個男孩子死了的話，她在金錢上會有很大的利益？」

「聽說了，」宋戴克說：「好像已故的哈定先生把腦筋全花在生意上，都沒剩下一點來用在寫遺囑上——這種事是常有的。他幾乎把他所有的財產——將近八萬鎊——全留給了他的兒子，他的遺孀有終生的生活費。他也給他亡兄的女兒露西每年支用五十鎊，給他那百無一用的弟弟皮爾西在有生之年每年一百鎊。可是——最蠢的一點是——萬一他的兒子死了，那遺產就由他弟弟和侄女平分，而他的太太終生有一年五百鎊的年金。這種安排毫無道理。」

「的確，」我同意道：「照目前的情況看來，對露西來說，也是件危險的事。」

「非常危險，特別是萬一那孩子有了什麼三長兩短。」

「你現在打算怎麼辦？」我問道，因為宋戴克一直往前騎，好像有個特定的目的。

「樹林裡有一條小徑，」他回答道：「我要去仔細看看，而且樹林後面有棟房子，我也想去看看。」

「那個神祕陌生人的房子。」我說。

「正是，神祕又孤獨的陌生人會引起別人打聽。」

來到了那條小徑的入口，讓那個叫威立特的車夫看著那三輛自行車，我們走上那條狹窄的小徑。走了一段路之後，宋戴克回頭看看我們的腳印，很高興地點了點頭。

「這種軟土，」他說：「會留下非常清楚的印子，昨天那場雨讓這塊地再好也不過了。」沒走多遠，我們就看到一組我認得的腳印，宋戴克也認出來了，因為他說道：「是哈定小姐——一個人在跑。」接著我們又看到這樣的腳印，從對面切過來，另外還有一些有很高鞋跟的小鞋腳印。「哈定太太在追蹤她侄女的腳印。」宋戴克說；一分鐘之後，我們又碰上了那兩組腳印，還加上了我自己的腳印。

「那個男孩子好像根本沒經過這條小徑。」我說。我們繼續往前走，避開了那幾道足跡，以免把腳印弄亂了。

「等我們整個查完之後就知道了，」宋戴克兩眼盯著地上回答道。「哈！這裡有點新的，」他說著突然停下腳步，急切地蹲了下去——「是個拿了根拐杖的男人——個子很小，腿有點瘸。注意看兩隻腳的差異，還有他用拐杖的怪異方式，沒錯，杰維斯，這些腳印真有不少讓我們感興趣的地方。你有沒有注意到其中有什麼特點呢？」

「只有你提到的那些，」我回答道：「你指的是什麼呢？」

「呃，首先這些腳印本身就有個很獨特的地方，我們現在就來看看，你看得出這個人從小徑那頭過來，在這裡轉進到樹林裡；然後他又從林子裡回來，再由小徑回去。這由留下的腳印就可以看得很清楚，可是現在再看這兩組腳印，比較一下，你有沒有注意到有什麼差別呢？」

「回去的腳印看起來比較明晰——要清楚得多。」

「對；這組腳印要深得多。可是還有另外一點。」他由口袋裡取出一把彈簧尺，量了六七回，「你看，」他說：「第一組腳印的步子，從腳跟到腳跟量下來是二十一吋——步伐很小；可是他是個小個子，又瘸了腿；回去的那組腳印步子只有十九吋半；回去的腳印比較深，步子比較小，你說是什麼意思？」

「那表示他在回去的時候帶了重的東西。」我回答道。

「對，而且很重，才讓深淺不同，我想我要請你去找威立特把自行車推來。」

我由小徑大步走回到入口處，推著宋戴克那輛載有他珍貴工具箱的自行車，請威立特帶著另外那兩輛。

我回來的時候，看到我的同事正把雙手揹在身後，站在那裡非常專注地盯著那些腳印，他聽到我們走近就猛地抬起頭來，大聲關照我們盡可能避開小徑。

「你在這裡看著車子，威立特，」他說：「杰維斯，你跟我得去看看我們的朋友離開小徑之後去了哪裡，還有他帶著的那件重東西到底是什麼。」

我們走進了林子裡，去年的落葉使得腳印幾乎看不清楚，我們跟著兩行模糊的腳印在密密的灌木叢中間走了很遠一段路。突然之間，我在那兩行足跡旁邊，看到了第三道足跡，腳很小，而且步伐很短。宋戴克也看見了，而且已經把尺拿在手上。

「步子大小是十一吋半，」他說：「應該是那個小男孩，杰維斯。可是光線越來越暗了，我們得趕快追上去，否則就會找不到了。」

再走了五十碼左右，那個男子的足跡突然消失了，但小一點的腳印還獨自繼續著。我們在越來越弱的光線下盡快地追隨著。

「這些是那個小男孩的足跡應該是不會錯的了，」宋戴克說：「可是我希望能找到一個很清楚的腳印來加以確認。」

幾秒鐘之後，他叫了一聲，停了下來，用一膝跪在地上。一個蟻丘表面的一小堆新鮮的泥土落在落葉上，上面很清楚地踩著一個小腳印，橡皮鞋跟中央有顆星形，宋戴克由口袋裡掏出一隻小鞋，壓在那個腳印旁邊的軟土地上；等他把鞋子拿起來時，那第二個腳印和第一個一模一樣。

「那孩子有兩雙一模一樣的鞋子，」他說：「所以我從另外那雙裡借了一隻來。」

他轉過身，開始很快地往回走，跟著我們自己剛留下的足跡，只停了一次，指給我看那不知名男子把孩子抱了起來的地方。我們再回到小徑上，毫不遲疑地往前走，最後我們走出了樹林，到了離那棟房子不到一百碼處。

「我看哈定太太和季里斯也到過這裡，」宋戴克說著，推開了花園門，「不知道他們有沒有見到什麼人。」

他走到門口，先用指節敲了敲，再用力地踢著，還試了試門鈕。

「鎖上了，」他說：「可是我看到鑰匙插在鎖孔裡，所以如果想要的話，我們是可以進去的，我們去試試後門。」

後門也上了鎖，不過鑰匙抽走了。

「顯然他是從這裡走的，」宋戴克說：「不過他是從前門進去的，我想你也注意到了。我們來看看他去了哪裡。」

後花園是用籬笆圍起來的一小塊地，有一條小路通到後門，在門外不遠處是一棟小穀倉還是庫房。

「我們運氣不錯，」宋戴克對那條小徑看了一眼說：「昨天的那場雨把所有的舊腳印都沖乾淨了，讓路面準備好留下新的腳印。你看這裡有三組非常好的足跡——兩道由屋子裡出來，一道往屋子裡去。喏，你注意那兩道從屋子裡**出來**的腳印都很深，步子也小，而往屋子**去**的腳印淺，步子大。很明顯的是他帶著重的東西走過這條小徑，回來的時候空著手，然後又再走這條小徑——最後一趟——又帶著很重的東西，你也看得到他每次都拄著拐杖。」

這時候我們已經走到花園盡頭。我們打開後門，順著足跡走向坐落在一條車道邊的庫房；可是等我們轉過屋角時，兩個人都停了下來，互相對望一眼。在軟地上有非常清楚的汽車輪胎的痕印，由庫房的大門直通出來。宋戴克發現門沒有關好，就把門打開，以確定那地方是空的，然後他蹲下去研究車輪的痕跡。

「事情的經過相當清楚，」他說：「那傢伙先把行李拿了來，發動車子，把車開出來——從這一小灘油，還有引擎空轉的震動讓車輪的印子變寬而模糊這兩點就可以看得出來；然後他回屋子去帶那個孩子來——我應該說是把他像個袋子似地抱了來的，你看最後一道腳印裡腳尖的部分特別深就知道了，這是戰術上的錯誤，他當初就應該直接把孩子帶到庫房裡的。」

他說話的時候指著輪印旁邊的一個腳印，在腳尖前面有一小塊小橡皮鞋跟的印子。

我們回到那棟房子前，看到威立特正用一支修自行車用的扳手專心地撬著大門。宋戴克把手伸進口袋裡，朝樓上一扇窗子看了一眼，然後，讓那位車夫很高興地，掏出一串看來頗不尋常的萬能鑰匙來。他將其中一把插進鎖孔裡，轉了一下，鎖喀喇一響，門就開了。

我們現在走進的那個小客廳裡，只有些最簡單的必要陳設，房間正中是一張用油布蓋著的桌子，我很意外地看到桌上放著一具拆散的鬧鐘（是用放在一旁的開罐器拆的）以及一支黃楊木的鳥笛（譯注：誘捕禽鳥用的鳥叫聲模仿器）。宋戴克看了這些東西一眼，點了點頭，好像這些正合他推設的理論；他仔細地看過油布上散置大小齒輪的四周，再繞著房間看了一圈，還把頭伸進廚房和儲藏室裡去看看。

「這裡沒什麼很特別或私人的物品，」他說：「我們上樓去吧。」

樓上有三個房間，其中兩間顯然沒有使用，但窗子都打開著。第三個房間跟另外兩間一樣空空的，但有住過的痕跡，因為洗手槽裡還有水，而床也沒舖。宋戴克走到床邊，掀開床單，仔細地加以查看，尤其是床腳和枕頭，枕頭有點髒——不是很髒——但床上其他的部分還相當乾淨。

「染髮劑，」宋戴克看到我在看枕頭時說；然後他轉身朝打開的窗子向外看。「你看得到哈定小姐坐著寫生的地方嗎？」他問道。

「看得到，」我回答道：「那地方看得很清楚，整條路都看得到。我沒想到這棟房子坐落在這麼高的地方，從樓上的三扇窗子看出去，除了林子裡之外，可以看整個鄉下。」

「不錯，」宋戴克回答道：「而且他大概有那種拿著單筒或雙筒望遠鏡在這裡守望的習慣。呃，這個房間裡沒什麼特別的東西，他的東西全收在一個原本放在窗下的小箱子裡，他今早刮了鬍子，從擦剃刀的紙上留下的鬍渣就知道他有白鬍子，如此而已。不過，等一下，釘子上掛了把鑰匙。他想必是忽略了，因為這顯然不是這間屋子的，這是一把很普通的城裡的彈簧鎖鑰匙。」

他把鑰匙取下來，從口袋裡掏出一張筆記本的紙，放在牆邊桌上，再拿了一根大頭釘，小心地探入鑰匙的洞裡，掏出一團灰色的絨毛，宋戴克很小心地用紙夾了起來。

「我想我們絕不能把鑰匙拿走，」他說：「不過我認為應該打個蠟模。」

他匆忙地下了樓，把那個工具箱由自行車上解下來，拿進屋子裡來，放在桌上，因為現在天已經黑了，他又把自行車上那盞很亮的乙炔燈取了下來，點上燈之後，打開那個神祕的箱子。他首先從箱子裡取出一個吹藥器，或者叫指紋顯示器（譯注：insufflator，用來將藥粉吹在犯罪現場，使指紋現形），用那個在桌上鬧鐘零件的四周吹出一陣淡淡的黃色粉末。粉末很平均地落在桌面上，等他再用嘴輕吹一口氣之後，粉末就吹掉了，可是卻讓一些油污的印子變成黃色，襯在黑色的油布上浮現出來。他特別指出其中的一個手印，是一個小孩子的手印。

接下來，他取出一座小小的、攜帶式的顯微鏡，以及一些玻璃片和一些覆蓋用的片子，打開那張紙，把從鑰匙裡掏出來的那一小球絨毛倒在一張玻璃片上，開始用兩根細針把集結在一起的東西分離開來。然後他把燈光照著顯微鏡的鏡台，開始檢查他取得的樣本。

「很奇怪而很有啟發性的組合呢，杰維斯，」他眼睛貼在顯微鏡上說：「羊毛纖維——不是棉或麻；口袋襯裡都是羊毛的，他還真注意他的健康——還有兩根毛髮；很奇怪的毛髮呢，你看看根部的毛囊。」

我把眼睛湊上顯微鏡，在一些其他的東西中看到兩根毛髮——原本是白的，可是外面裹著黑色、不透明而閃亮的污跡。我看到根部的毛囊起皺而萎縮了。

「可是，」我本能地說：「毛髮是怎麼到他口袋裡去的呢？」

「我想那兩根毛髮本身就能回答你的問題，」他回答道：「只要考慮到其他的東西。那污跡顯然是硫化鉛；可是你還看到了什麼別的？」

「我看到一些金屬碎粉——看來是種白色的金屬——還有一些木頭纖維的碎屑以及澱粉粒，可是我沒法辨認是哪種澱粉。」

宋戴克輕輕笑了起來。「這要靠經驗了，」他說：「杰維斯，你得研究塵和土，它們的證據價值可是極為龐大的，我們再來看看那些澱粉；我想，全都一樣吧。」

的確如此；而宋戴克剛剛確定這一點時，門猛地打了開來，哈定太太走進了房間，後面跟著韓劭太太和那位警探，先進門的那位太太非常不悅地看了我同事一眼。

「我們聽說你到了這裡，」她說：「我們以為你是在忙著找我那可憐的孩子，可是看起來我們弄錯了，因為我們發現你在這裡玩你的那些無聊的東西。」

「梅寶，」韓劭太太不自然地說：「也許先問問宋戴克博士有沒有什麼消息給我們，會比較聰明，也絕對有禮貌得多。」

「的確是這樣，夫人。」警探同意道，他顯然也受夠了哈定太太的衝動性情。

「哪，」哈定太太建議道：「也許你可以告訴我們你有沒有發現什麼。」

「我可以把所有我們知道的事告訴你們。」宋戴克回答道：「誘拐孩子的就是住在這棟房子裡的人，他看來是從樓上的窗子裡看那個孩子，大概是用望遠鏡。這個人吹鳥笛把孩子引到樹林裡；在林子裡碰面之後，就騙他——毫無疑問的答應了他些什麼——跟他一起回

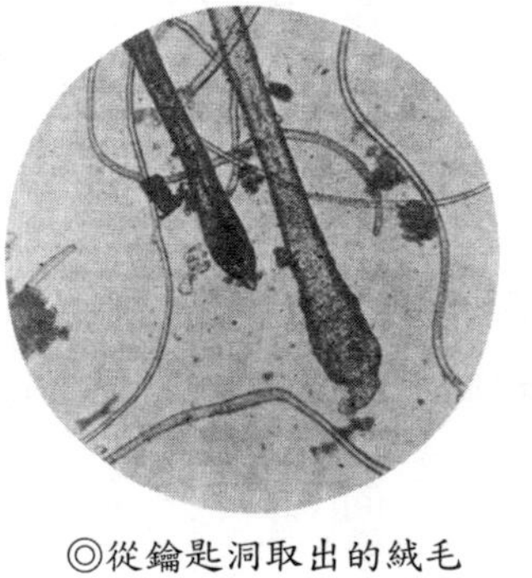

◎從鑰匙洞取出的絨毛
（顯微鏡放大77倍）

去，他把孩子抱起來，帶著他——我想是揹在背上——到了房子裡，從前門進去，然後就鎖上了門。他把這個鐘和這支鳥笛給孩子自己去玩，而他上了樓，收拾好箱子。他從後門把箱子提出去，經過花園，到了那邊的庫房，裡面有一輛汽車。他把車開出來，再回到屋子裡來找孩子，他把孩子抱到車子裡，出去時又把後門鎖上了，然後他開車離去。」

「你知道他已經走了，」哈定太太叫道：「可是你還留在這裡玩你那些無聊的玩具。你為什麼不去追他呢？」

「我們才剛剛確定這些事，」宋戴克平靜地回答道：「要不是你們來了的話，我們現在早就上路了。」

這時候警探著急地插嘴問道：「我想，博士，你當然不能形容這個男人的模樣，也不知道他的身份吧？」

「我們只有他的腳印，」宋戴克回答道：「還有這點我由他的彈簧鎖鑰匙洞裡掏出來的絨毛，我已經檢查過了。我從這些資料得到的結論是：他是一個瘦小而瘸腳的人，走路時撐著一根粗拐杖，拐杖頂上是個圓頭，而不是個彎鉤，而且他是用左手拿著的，我想他的左腿在膝蓋上就截肢了，穿戴了義肢，他年紀很老，鬍子刮掉了，白頭髮染成灰黑色，頭已經半禿，很可能把一綹頭髮梳過來蓋在禿頂的地方；他吸鼻菸，口袋裡帶了把鉛製的梳子。」

宋戴克一路說下來，那位警探的嘴越張越大，最後露出非常典型的驚訝表情，但這番話對哈定太太的影響更大。她從椅子上站了起來，身子靠著桌子，以滿臉驚訝——甚至是害怕

——的表情瞪著宋戴克，而等他說完之後，她跌坐回椅子裡，兩手緊握在一起，轉身對著韓劭太太。

「珍！」她喘著氣說：「是皮爾西——我的小叔！他把他形容得一點也不差，甚至連他的拐杖和梳子都說對了。可是我以為他在芝加哥呢。」

「如果真是這樣的話，」宋戴克說著很快地把他的小箱子收拾好。「我們最好立刻動身。」

「我們的馬車停在大路上。」韓劭太太說。

「謝謝妳，」宋戴克回答道：「我們騎自行車去，警探先生可以借威立特的那輛，我們從後面跟著汽車的轍印走，能接到前面的大路。」

「那我們坐馬車跟著，」哈定太太說：「來吧，珍。」

「只要你允許，警探先生，」宋戴克說：「我們要把這支鑰匙帶走。」

「這樣不合理，先生，」那位警官反對道：「我們沒這個權力。」

「這的確不合法，」宋戴克回答道：「可是有必要；而必要性——就和你們由軍方退休的治安官一樣——不懂得法律。」

那位警探咧嘴一笑，走了出去，半閉著眼睛看著我，宋戴克則用他那把萬用鑰匙把門鎖上了。等我們回到大路上，我看到馬車的燈光在我們後面，而我們很快地向前疾駛，在柔軟而潮濕的路面上，輪印清晰可見。

「我想不透的是，」我們一面往前騎，那位警探偷偷地對我說：「他怎麼知道那個人是禿頭？是因為腳印還是那支彈簧鎖的鑰匙？還有那把梳子，真是太驚人了。」

這些問題我現在都很清楚。我看到頭髮毛囊皺縮——在禿髮邊緣就能找到這種情形；而那把梳子顯然有兩個目的，用來把頭髮蓋住禿頂的部分，也用來把頭髮染黑。但手杖頭和義肢的問題卻令我完全不解到追上宋戴克去要求他說明。

「拐杖的事，」他說：「非常簡單，圓頭拐杖的金屬底箍整個是平的，而鉤狀頭拐杖的底箍會有一邊磨損——和鉤狀頭的方向相反。留下的印子看得出底箍是平的；所以拐頭沒有彎鉤。另外那個問題比較複雜。首先，義肢留下的腳印很特別，因為完全沒有彈性，明天我會讓你看清楚。義肢如果是裝在膝蓋以下的，會很穩，裝在膝蓋以上的——也就是說有一個用彈簧作用的人工膝關節——就沒那麼穩了。這個人呢，有一隻腳是義肢，而他顯然不信任他的膝關節，因為他還靠在同一邊的拐杖來支撐。如果他只是有條腿使不上力，他就會用右手來拄著拐杖——事實上，手臂還會自然擺動——除非他瘸得很厲害，而他顯然不是這種狀況。不過，這只是一種可能的情況，雖然可能性很大。當然啦，你也知道那些木質纖維和澱粉粒都是分解了的鼻菸。」

這番解釋和其他的說明一樣，聽起來十分簡單，卻讓我有很多可以想想的東西，我們踩著自行車在黑黑的路上前進，前面是宋戴克的燈光在閃動，後面則有馬車在跟隨。可是還是有很多可以想事情的時間；因為我們的速度讓我們很難交談，我們一路騎下去，一哩又一哩，最後我的兩腿都累得疼痛了。我們不停地經過一個又一個的村子，在某些車水馬龍的街道上失去了那道轍痕，但等我們走上鄉間的土路時，又很清楚地再看到，終於在到了霍士菲德鎮上那條鋪了柏油的大馬路之後，就再也找不到了。我們繼續騎車穿過鎮上，到了鄉間土路；可是儘管有好幾道汽車的痕跡，宋戴克卻全部搖頭表示不對。「我先前研究那些輪胎痕跡，已經牢記在心裡，」他說：「不對，他要不是在這個鎮上，就是從小路走了。」

沒有別的辦法，只好把馬和自行車寄在旅館裡，我們走路去偵查；我們就這樣做了，走過一條又一條街，兩眼盯著地下，徒勞無功地找著那失蹤車輛的痕跡。

經過一家鐵匠舖門前時，宋戴克突然停了下來，那家鋪子開到這麼晚，是為一匹拉車的馬換蹄鐵，那匹馬剛剛拉走，而鐵匠走到門口來透透氣。宋戴克很親切地向他招呼。

「晚安，我正要找你。我把一個朋友的地址給記錯了，我想他今天下午才來找過你——是一位走路時撐著根拐杖的瘸腿先生。我想他要你幫他開鎖還是配鑰匙吧。」

「哦，我記得他！」那個老闆說：「不錯，他掉了彈簧鎖的鑰匙，要先開了鎖才能進門，他到這裡來的時候得把他的車停在外面。不過我帶了幾把鑰匙過去，有一把正合他的鎖。」

然後他把就在附近一條街尾的一棟房子指給我們看，我們向他道了謝，興致高昂地離開。

「你怎麼知道他到過那裡？」我問道。

「我並不知道；可是在門裡的軟土地上有一個拐杖的印子和一部分左腳的腳印，而且那樣的事情可能性很高，所以我冒險一問。」

那棟房子坐落在一條很荒涼的街道尾端，外面圍了一道高牆，面街的牆上有一扇門和一道很寬大的車庫門，宋戴克走到那扇門前，從口袋裡掏出那支不告而取來的鑰匙，試著插進鎖孔裡，鑰匙完全符合，他轉動鑰匙，將門推開，我們走進一個小小的前院。穿過院子之後，我們到了那棟房子的前門口，很幸運的是，這裡的鎖用同一把鑰匙也能打開；宋戴克打開門，我們走進門廳，馬上就聽到樓上有開門的聲音，有個虛弱而帶鼻音的人叫道：

「喂！誰在底下？」

聲音之後跟著有個人頭伸出欄杆來。

「我想，你就是皮爾西．哈定先生吧？」那位警探說。

一聽到這個名字，那個人頭就縮了回去，然後響起一陣很快的腳步聲，還伴隨著拐杖敲在地板上的聲音。我們由是警方官員的警探帶頭，開始走上樓梯；可是我們才上了幾級，一個凶惡瘦小的男人跳了出來，站在樓梯頂上，一隻手拿著根粗大的拐杖，另外一隻手裡則是一把很大的左輪手槍。

◎宋戴克從背後制伏皮爾西．哈定

「你們兩個只要有哪個再上一級樓梯，」他用槍對準了警探，大聲叫道：「我就開槍，我告訴你，我只要開槍就會打中的。」

他看起來好像真會說到做到，因此我們都馬上停了下來，而那位警探繼續談判。

「哎，這有什麼用呢？哈定先生，」他說：「事情已經玩兒完了，你知道的。」

「你們滾出我的房子，馬上滾出去。」對方毫不客氣地回嘴道：「否則你們就還要麻煩我來把你們埋在花園裡。」

我回頭去打算和宋戴克商量，卻吃驚地發現他已經不見了——顯然是從打開的門廳門出去了。我對他的行動力佩服不止，而那位警探想再開口談判，可是被對方打斷。

「我要數到五十，」哈定先生說：「如果到時候你們還沒走的話，我就開槍。」

他開始從容地數了起來，警探完全不知所措地回頭看我。樓梯很長，煤氣燈照得很明亮，所以要衝上去是不可能的事。突然之間，我的心猛跳了一下，而我屏住了呼吸，因為在我們的獵物身後那扇開著的門裡，走出一個人影，很慢而悄無聲息地向樓梯口走來。那個人是宋戴克，沒有穿鞋子，也脫掉了上裝。

他動作很慢，像貓似地悄悄移了過來，一直走到離那一無所覺的逃犯身後不到一碼遠處，那個鼻音很重的聲音仍在單調地計著數。

「四十一，四十二，四十三——」

有如電光石火的動作——一聲喊叫——一道閃光——一記槍響——一陣灰泥如雨而下，

然後那支左輪手槍一路啁塔響著從樓梯上滾落。警探和我衝了上去，不一會兒，響亮的手銬銬上的聲音告訴皮爾西·哈定先生他真的玩兒完了。

五分鐘之後，睡眼惺忪卻非常開心的佛瑞德少爺讓宋戴克揹在肩膀上，到了黑馬旅館的私人客廳裡，一聲快樂的尖叫迎接他的到來，一陣充滿母愛的吻使他幾近窒息的邊緣。最後，那位行為衝動的哈定太太突然轉向宋戴克，抓住他的兩手。一時之間，我希望她也會吻他。可是他逃過了一劫，我到現在還沒從失望中恢復過來。

〔事件三〕

人類學的運用

宋戴克不是個看報的人，他對所有瑣碎而混雜的文學形式都極為不屑，認為把一些互無關連的資料不按次序地放在一起，只會損傷了思想的連貫性。

「最重要的，」他有回對我說：「是要有明確的思路，而且要一直追索到底，而不是懶惰地從一個不完整的主題跳到另外一個，就像看報的人那樣。不過，日報並沒什麼害處——只要你不去看它。」

因此，他對早報不屑一顧，閱讀方式也很特別。吃過早餐之後，報紙攤在桌上，旁邊放上一支藍色鉛筆和一把小剪刀。先走馬看花的瞄過一遍，讓他能用鉛筆標注出他打算細看的段落，然後把這些段落剪下來，仔細看過，看過之後，不是扔掉，就是放在一邊，準備貼進一本分門別類的剪貼簿裡。

整個過程，平均來說，大約花掉一刻鐘。

在我現在要說到的那天早上，他就在做這件事。鉛筆該做的工作已經完成，剪刀喀嚓的聲音宣示已經到最後階段。現在他把剛剪下來的一塊拿在手上，看了一陣之後，交給了我。

「又是一件藝術品竊盜案。」他說：「很神祕的事——我是說，從動機來說的話，你不能把一幅畫或一件象牙雕刻給熔化了，也不能就照原樣到市場上去賣。這些藝術品的本質所給予的價值，讓這些東西完全沒有議價的餘地。」

「可是我想，」我說：「真正頑固的蒐藏家——比方說對陶器或郵票入迷的人——就算不敢公開展示，也會買這些贓物的。」

「可能吧。毫無疑問的，所謂cupiditas habendi，也就是占有慾，才是動機，而不是什麼藝文方面的目的——」

在這時候，這場討論被敲門聲打斷，一會兒之後，我這位同事請進兩位先生，其中一位我認得是馬奇蒙先生，是位律師，我們偶爾會為他工作；另外一位是個陌生人——典型的金髮猶太人——長相好看，衣著光鮮，拿著一個圓筒形的硬紙盒，顯然極其激動。

「兩位早，」馬奇蒙先生很客氣地和我們握著手說：「我帶了一位我的當事人來看你們，聽到我介紹他的大名是所羅門．洛威之後，我就不用再說有什麼事了。」

「好奇怪，」宋戴克回答說：「就在你敲門的時候，我們正在討論他的這件案子。」

「真是件可怕的事！」洛威先生插嘴道：「我完了！我毀了！我絕望透頂！」

他用力地把那個盒子放在桌上，跌坐進一張椅子裡，用兩手捂住了臉。

「好了，好了，」馬奇蒙勸慰道：「我們一定要勇敢，我們一定要鎮定。把你的事告訴宋戴克博士，讓我們聽聽他有什麼想法。」

他往椅背上一靠，望著他的當事人，臉上是一副我們在看到別人不幸時常有的堅忍表情。

「博士，你一定要救救我們。」洛威叫著，又站起身來……「你真的一定要救我，否則我會瘋掉，可是我要先告訴你出了什麼事，然後你一定得馬上行動，不必管要花多少力氣，花多少錢，錢不是問題——至少，在合理範圍內都不是問題。」他補上一句。然後再坐了下來，用顯然帶有一絲絲德國口音，也還算字正腔圓的英語很流利地繼續說下去：「你大概聽說過我哥哥以撒的名字。」

宋戴克點了點頭。

「他是個大收藏家，在某種程度上也算是個商人——也就是說，他把他的嗜好拿來賺錢。」

「他都收藏些什麼呢？」宋戴克問道。

「什麼都有。」我們的客人回答道，一面把兩手張開來加強語氣——「所有珍貴而美的東西——畫、牙雕、珠寶、錶、藝術品，還有古董——什麼都有。他是個猶太人，他那種對珍稀值錢東西的喜好，是從與我同名的所羅門（譯注：Solomon,?-932 BC，以色列國王，大衛王與拔示巴之子，聰明睿智，在位時加強國防，發展貿易，使猶太達到鼎盛時期。《聖經》中〈列王紀〉第十章二十三節說「所羅門王的財寶與智慧，勝過天下的列王」）以來我們族人的特色。他的房子坐落在皮卡迪里的霍華街，既像博物館又像美術館。各個房間裡都擺滿了一盒盒的寶石、古董珠寶、錢幣和歷史性的遺物——有些是無價之寶——牆上掛滿了畫，每一張都是傑作。還蒐藏了很多古代的武器和盔甲，歐洲的和東方的都有；稀有的書籍、手稿、古代文獻，以及從埃及、亞述帝國、塞浦路斯和其他地方來的珍貴古董。你知道，他的品味相當高，而他對稀有和珍奇事物的知識恐怕比任何一個人都多。他從來不會錯，沒有一件贗品騙得過他，所以他的東西可以賣到很高的價錢；因為只要是從以撒・洛威手裡買來的藝術品，絕對是不折不扣的真品。」

他停下來，用一條絲手帕擦了下臉，然後滔滔不絕地繼續說道：

「我哥哥沒有結婚。他為他的收藏品而活，也和他的收藏品生活在一起。那棟房子並不大，收藏品占用了大部分空間，但是他留了一組套房給他自己用，還有兩個佣人——一對夫婦——來照顧他。男的是個退休的警佐，當管事和警衛；女的做管家和在必要時當廚子，因為我哥哥大多住在俱樂部裡。現在我要講到這次的大災難了。」

他用手指梳理了下頭髮，深吸了一口氣，繼續說道：

「昨天早上，以撒取道巴黎往佛羅倫斯，可是他的路線並不確定，準備隨時視情況而改變行程。在臨行之前，他把他的收藏品交給我負責，安排好讓我在他外出的時候住在他的套房裡，因此，我把我的行李送去住了下來。

「呃，宋戴克博士，我和戲劇界的關係緊密，習慣每晚都在我的俱樂部裡度過，那裡的會員大多是演員。因此我都習慣很晚才回家；可是昨天夜裡我比平常早離開俱樂部，在不到十二點半的時候就回我哥哥家了，你大概想得到我對所受的託付感到責任重大；所以你大概也可以想像得到在我用鑰匙開門進去，發現門廳裡站著一位警探、一名警佐和一個警員時，所感到的害怕、驚恐和絕望。我離家的短短時間裡，發生了竊案，那位警探對這件事作了簡單的陳述：

「他在管區巡邏的時候，注意到一輛空的馬車在霍華街上慢慢地走著。這沒什麼大不了的，可是大約十分鐘之後，他往回走時，又看到他認為就是先前的那輛馬車，還在同一條街上，以同樣慢慢的速度往同一個方向走，這種情形讓他覺得奇怪，就把車牌號碼記在他的記事本上。號碼是七二八六三，時間是十一點三十五分。

「到了十一點四十五分，一名警員在霍華街上注意到有輛馬車停在我哥哥家門前的街上，就在他看著的時候，有個男人從屋子裡出來，拿著樣東西放進車裡，這時警員加快了腳步，等那個男人回到屋子裡，再拿著一個像旅行包似的東西出來，輕輕帶上大門的時候，警員起了疑心，他匆匆趕去，叫車夫不要動。

「那個人把手裡的東西放進車子，自己也跳了上去，車夫揮鞭趕馬，馬就開始跑了起來，警員也快步跑去，一面吹哨子，一面向馬車搖晃他的燈籠。他追著馬車轉了兩個彎到阿伯梅里街，正好看到馬車轉進皮卡迪里，當然隨後就失去了蹤影，不過他還是記下了車號是七二八六三，他形容那個男人又矮又胖，好像沒有戴帽子。

「在他回來的路上，他遇到了那位警探，還有那名警佐，他們聽到了他的哨音，聽了他的報告之後，這三個警察趕回那棟房子，又敲門，又按門鈴，好幾分鐘都沒有結果。這時他們已經不止是懷疑而已，於是繞到屋後，穿過馬廄，非常困難地終於撬開一扇窗子，進到屋內。

「他們的懷疑很快地就轉為確定，因為才到二樓，就聽到有很奇怪而模糊的呻吟聲從一個房間裡傳出來，房門是鎖著的，可是鑰匙沒有拿掉，他們開了門，發現那個男管事和他的太太坐在地上，背靠著牆。兩個人的手腳都被綑住，而頭上都套著綠色的厚布袋；拿開袋子之後，發現兩人的嘴都被塞住了。

「兩個人說的經過都一樣。男管事覺得好像聽到有聲音，就拿了一根棍子下到二樓察看，發現有一間房門開著，裡面有燈亮。他踮著腳尖走到打開的門前，往裡偷看的時候，突然被人從後面抓住，一塊厚布捂住了他的嘴，使他差點窒息，他被綁起，塞住嘴巴，用袋子罩著頭。

「攻擊他的人——他始終沒看見——非常之強壯有力而手法高明，很輕鬆地就把他撂倒了，雖然男管事本人也是個孔武有力的男人，而且是個很好的拳擊手和摔角手。他的妻子也碰上了同樣的事，她下樓來找她先生，也走進了同一個陷阱，根本還沒見到竊賊，就給塞嘴，綁住，套上布袋。所以我們對歹徒的相貌只有那位警員所提供的描述。」

「那位男管事都沒機會用棍子嗎？」宋戴克說。

「呃，他從右肩上往後打了一記，覺得打中了那個竊賊的臉；可是那傢伙抓住了他的手肘，把他的手臂那樣一扭，使得他鬆手讓棍子掉落地上。」

「損失很大嗎？」

「啊！」洛威先生叫道：「就是這點我們說不準，可是我怕正是這樣。好像我哥哥最近才從銀行裡提領了四千鎊的紙鈔和金幣。這類小額的款項通常都是現金，而不是支票」——

這時我看到宋戴克的眼光一閃——「而男管事說，幾天前以撒帶了幾個包裹回家，暫時收在一個很堅固的櫃子裡。他好像對新買到的東西非常得意，讓管事的知道那些東西極其稀有而珍貴。

「呃，那個櫃子全清空了。裡面除了包裹用的紙以外，什麼也沒，所以，顯然其他的東西全沒有碰，卻很清楚地知道拿走了價值四千鎊的貨；不過，要是我們考慮到我哥哥是個精明的買家的話，那很可能這批東西的價值是那個數目的兩三倍，或甚至更多。這真是件好可怕，好可怕的事，以撒一定會要我負責的。」

「沒有其他的線索嗎？」宋戴克問道。「比方說，那輛馬車呢？」

「哦，那輛馬車。」洛威難過地說：「那條線索沒有用。警方一定是把號碼弄錯了。他們馬上打電話給所有的分局，佈置路檢，結果攔住了正要回家過夜的七二八六三號。可是檢查出來那輛車子從十一點以後就沒有出過門，而車夫也一直和另外七個人耽在車棚裡。不過還是有一點線索；我帶來了。」

洛威先生伸手去拿那個圓筒形的硬紙盒，臉上表情終於放開了。

「霍華街的那棟房子，」他一面解開繩子，一面解釋道：「二樓後面的窗外都有小陽台。呃，那個竊賊由筧筒爬上陽台，從一扇窗子進去的。你們大概記得，昨晚風很大，今天早上我離開那棟房子的時候，隔壁的管家叫住我，給了我這個；是他在他們家陽台上撿到的。」

他得意地打開硬紙盒，取出一頂相當舊的圓頂硬禮帽。

「我知道，」他說：「檢查一頂帽子，就可能推斷出的，不只是戴帽子這個人的身形特徵，也有他的精神和智能狀態，他的健康情形，他的經濟狀況，他過去的歷史，甚至他的家庭關係以及他住處的特色，我這種說法對嗎？」

宋戴克把那頂帽子放在剪剩下來的那張報紙上，臉上閃過一絲笑意。「我們絕不能有太多的期望，」他表示道：「你大概知道，帽子是會換主人的。比方說你自己的帽子」（一頂非常時髦而硬的氈帽）「我想是頂新的。」

「上個禮拜才買的。」洛威先生說。

「一點也不錯。這是頂很貴的帽子，是林肯與班奈特帽廠出品的，我看到你在裡襯上用不褪色的墨水很得意地簽下了大名。呃，新帽子表示你有頂不要的舊帽子。你怎麼處理你的舊帽子呢？」

「給了我的佣人，不過大小不合適，我猜他不是賣了就是送給了別人。」

「很好。那，像你的這種好帽子會戴上很久，舊了以後還能再用很久；很可能你的那些帽子轉手換了好幾個主人；從你轉給一些破落卻還裝門面的人，再從他們轉給窮得不裝門面的人，我們大概可以假定目前就有相當數量的流氓和乞丐戴著林肯和班奈特做的帽子，裡面還寫著S．洛威的名字；要是有人像你說的那樣檢查這些帽子的話，很可能對S．洛威的個人習慣有很多誤解呢。」

馬奇蒙先生笑出聲來，然後想起目前的狀況，又突然換上一副憂鬱的表情。

「那你認為這頂帽子到底還是沒有用了?」洛威先生用非常失望的語氣說。

「我不會這樣說,」宋戴克回答道:「我們說不定從這頂帽子可以知道一些事情,不管怎麼樣,把帽子留給我吧;可是你一定要讓警方知道帽子在我這裡。他們當然會要看看的。」

「你會想辦法查這些事的吧?」洛威哀求道。

「我會考慮這個案子,不過你要知道,或是馬奇蒙先生知道,這其實不是我該管的,我是個法醫專家,這不是件法醫學的案子。」

「我跟他說過了,」馬奇蒙說:「不過你肯查查這件事就是幫我大忙了。把這事當做是法醫學的案子吧。」他勸說似地加上一句。

宋戴克重複了他所作的承諾,那兩個人就走了。

他們走了之後好一陣,我的同事始終一言不發,帶著淘氣的笑容望著那頂帽子。「這就像在玩罰物遊戲(譯注:forfeits,已流行數百年的一種遊戲,參加者五到二十五人不等,每人將身上的一件衣物、首飾或私人用品交出,一起堆在地上,選出一人當裁判,另外一人將其中一件罰物舉在裁判頭上。裁判坐在那堆罰物前面,看不見舉在他頭上的是什麼,命令所有人做某些事,如倒立、唱歌、爬行……等等,做到才能領回罰物,裁判本人和持物者也有私人物品在其中,同樣必須完成指令才能取回),」他最後終於說道:「我們得找出『這件好漂亮的東西』的主人是誰。」他用一把鉗子夾起帽子,到亮處仔細查看。

「也許,」他說:「我們剛剛畢竟錯待了洛威先生,這實在是一頂很了不得的帽子。」

「這頂帽子圓得像臉盆，」我叫道：「哎，這傢伙的頭想必是用車床做出來的。」

宋戴克笑了起來。「重點就是，」他說：「這是一頂硬帽，所以一定得相當合適，否則就不能戴；而這是頂便宜貨，所以不是訂做的。有這種頭形的人一定得知道怎麼處理他的帽子。普通的帽子根本戴不上。

「喏，你看他是怎麼做的——無疑的是聽了某個好朋友帽匠的忠告，他先買一頂大小適合的帽子，把帽子弄熱——大概是用水蒸汽。然後乘著帽子受熱而軟了的時候硬戴在頭上，等到帽子冷卻定型之後才脫下來。從帽沿的變形就可以證明，重要的推論是，這頂帽子和他的頭完全相合——事實上，是個非常完美的模子；這件事實，再加上這頂帽子是便宜貨，可以進一步推斷大概只有一個人戴過。

「現在讓我們把帽子翻過來看看外面，你馬上會注意到沒有積灰。以這頂帽子整夜都在戶外來說，實在是很乾淨。帽子的主人有清刷帽子的習慣，所以是個很講究、很規矩的人。可是如果你在亮光下看的話，會看見氈帽上有種粉末，用放大鏡就可以看出是很細的白色粉末粒子嵌進表面裡。」

他把放大鏡給我，讓我清楚看到他所說的微粒。

「然後，」他繼續說道：「在捲起的帽邊底下和帽帶的折縫裡，刷子刷不到的地方，積存的粉末很厚，我們可以看到是非常細的粉末，而且很白，像是麵粉。你說呢？」

「我覺得和某種工業有關。他很可能是在某個工廠裡工作，或者，也可能是住在工廠附近，而且一定得經常走過。」

「不錯；我想我們可以在這兩種可能之中分辨清楚。因為，如果他只是經過工廠的話，粉塵會只落在帽子外面；裡面有他的頭擋住了。可是如果他是在工廠工作的話，那粉塵也會到帽子裡面，因為帽子會掛在釘子上，而周遭充滿了粉塵，而且他頭上也會有粉末，因此把粉塵轉移到帽子裡面。」

他把帽子再翻轉過來，我把倍數很高的放大鏡湊近黑色的襯裡，可以很清楚地看到有不少白色粉粒嵌在布料的縫隙中。

「粉末在裡面也有。」我說。

他把放大鏡由我手裡拿了過去，證實了我的說法，再繼續檢查。「你注意到，」他說：「裡面的皮襯裡染著油漬，尤其是在兩邊和後面。所以他是油性的頭髮，或者是他在頭髮上抹了髮油；因為要是那是汗漬的話，應該大多數在額頭附近才對。」

他著急地望進帽子裡面，最後把襯裡翻出來；臉上馬上露出了滿意的表情。

「哈！」他叫道：「這真是運氣好，我就怕我們這位整潔的朋友用他的刷子打敗我們。杰維斯，把那副解剖用的小鑷子給我。」

我把那件工具給了他，他開始小心地從襯裡後面的地方夾出大約六七根短頭髮，非常謹慎地放在一張白紙上。

「另外一邊還有幾根。」我說著指給他看。

「不錯，可是我們得留一些給警方，」他笑了笑說。「你知道，他們和我們應該機會均等。」

「可是，」我彎腰看著紙上的毛髮說：「這些應該是馬毛吧！」

「我想不是，」他回答道：「看顯微鏡就知道了，不管怎麼樣，我覺得那種頭形的人就是會有這種頭髮。」

「哎，這可是粗得非比尋常，」我說：「而且有兩根頭髮將近全白了。」

「對；黑髮開始轉灰。現在，既然我們初步的檢視得到這麼鼓舞人心的結果，我們就要進一步用更確實的方法；而且我們絕不能浪費時間，因為馬上警方就會來把我們的寶貝搶走了。」

他小心地把有頭髮在上面的那張紙折了起來，用兩手拿著帽子，好像那是個聖杯似地，然後和我一起到樓上的實驗室去。

「哎，波頓，」他對他實驗室的助手說：「我們有樣本要檢驗，而且時間很寶貴，首先我們要用你特製的吸塵器。」

那小個子男人衝到一個櫃子前，拿出一件他自己製作的工具，看來像是具真空吸塵器。那是用一個自行車踩踏式打氣筒改裝而成，把活門方向反轉，再裝上一個玻璃嘴，以及一個用來收集粉塵而可拆卸的玻璃罐裝在可伸縮的金屬管末端。

「我們先取外面的粉塵樣本，」宋戴克說著把那頂帽子放在工作檯上，「準備好了嗎？波頓？」

那位助手把腳套進幫浦的腳蹬，用力地踩著把手，而宋戴克則把玻璃嘴緩緩地貼著捲起的帽沿下方移動，玻璃嘴所過之處，那些白粉就像變魔術似地消失了，使氈帽非常乾淨而漆黑，同時玻璃的接收器裡則充滿了白色的粉塵。

「我們把另外一邊留給警方。」宋戴克說。等波頓停下來之後，他把接收器取下，放在一張紙上，用鉛筆寫下「外側」，然後用一個小玻璃鐘形罩蓋住。這時候一個新的接收器又裝上了，這回玻璃嘴經過帽子裡面的絲質襯裡，然後再經過一邊皮襯內側；這次接收器裡的粉末大部分是常見的灰色，還有絨毛狀的東西，又多了兩根頭髮。

「現在，」等第二個接收器也卸下來放在一邊之後，宋戴克說：「我們要給帽子裡沿做個模子，我們一定得用最快的方法；沒有時間做紙模了，這個頭形實在是再特別不過。」他說著伸手下去，由一根釘子上取下掛著的一把很大的測徑器（譯注：Callipers，用於測量內徑、外徑、厚度等的雙腳測規），量了下帽子的內側，「六又十分之九吋長，六又十分之六吋寬，這樣算下來」——他在一張紙片上很快地計算了一下——「得到特別高的頭部指數是九五點六。」

波頓拿著那頂帽子，在裡面貼上一圈濕的薄紙，調了一缽熟石膏，很靈巧地把那濃稠的液體平均地倒在濕紙上，在很快地凝固之後，再加上第二和第三層，最後形成一個結實的石膏環，厚約一吋，形成帽子內側一個很完美的模子，幾分鐘不到，石膏微微收縮，使模子脫落，放在一塊木板上去風乾。

我們做得還不夠快，因為就在波頓把模子取下來的時候，我切換到實驗室來的電鈴響了，表示有訪客來到。我走下去發現有位警佐正在等著，他帶來米勒局長的一封信，要求馬上把那頂帽子轉交給警方。

「下面要做的事，」在警佐帶著那個硬紙盒走了之後，宋戴克說：「就是要量一量那些頭髮的粗細，做一根頭髮的橫切面，還要檢驗那些粉塵。做橫切面的事交給波頓——因為時間很重要，波頓，你最好用膠把頭髮固定，粘在顯微鏡用的薄片切片機上，小心地用正確的角度來切——同時，我們要用顯微鏡檢驗。」

度量頭髮粗細的結果是一吋的一百三十五分之一，直徑大得驚人——大約是一般人頭髮的兩倍粗，不過那毫無疑問的是人的頭髮。至於那種白色粉塵，卻成了連宋戴克也無法解決的難題。使用試劑化驗出是一種碳酸鈣，但來源依然成謎。

「大一點的粒子，」宋戴克眼睛貼在顯微鏡上說：「看來有點透明，像水晶，很清楚地是薄片形的結構，不是白堊，不是白粉，也不是任何一種的水泥。會是什麼呢？」

「可不可能是哪種貝殼？」我建議道：「比方說——」

「當然啦！」他叫著站了起來。「你說中了，杰維斯，就像你平常一樣。這想必是珍珠母。波頓，從你的雜物盒裡給我拿顆珍珠紐扣來。」

紐扣由什麼都留著的波頓送上來，丟進一個瑪瑙的研缽裡，很快地磨成了粉，宋戴克把一小撮粉末放在顯微鏡下。

「這些粉末，」他說：「自然比我們的樣本要粗糙得多，但特徵的辨認卻是不會錯的。杰維斯，你真了不起。你看看。」

我看了下顯微鏡，然後拿出了我的懷錶，「沒錯，」我說：「我想這點毫無疑問；不過我一定得走了。安世提關照我至少要在十一點半以前趕到法庭去。」

我滿心不情願地收拾好我的筆記和文件出門，留下宋戴克孜孜不倦地由電話簿上把一些地址抄下來。

出庭占用了我一整天的時間，等我回到住處時，已經將近晚餐時間了。宋戴克還沒有進來，不過半個鐘點之後就到了，又累又餓，不太想說話。

「我做了些什麼事？」他重覆了句我的問題。「我不知走了多少哩骯髒的路，除了一家之外，找遍了倫敦所有用珠貝的加工廠，都沒有找到我要找的東西，不過，剩下的那一家珍珠母工廠最有可能，我建議明天早上去查查。現在，我們先由波頓幫忙把我們的資料整理完備了，這是由模子翻出來的我們那位朋友的頭形；你可以看出這是典型的圓顱型頭骨，而且明顯的不對稱。這是他頭髮的橫切面，相當的圓——和你我的橢圓形不一樣。我們還有從帽子外側得到的珍珠母粉末，從帽子裡面取得的是類似的粉末混合了不同的纖維，以及一些澱粉粒。這些就是我們所有的資料。」

「萬一那頂帽子根本不是那個竊賊的怎麼辦呢？」我提出道。

「那就傷腦筋了，可是我想那是他的，而且我想我能猜得到被偷走的是那一類的藝術珍品。」

「而你不打算告訴我？」

「親愛的朋友，」他回答道：「所有的資料你都有，運用你聰明的頭腦自己想想吧，別讓你的智力偷懶。」

我盡力用我手邊的資料去推想那神祕竊賊是個什麼樣的人，結果完全失敗；用心猜測被偷的是哪一類的東西，也未能成功；一直到第二天早上我們出門查案，接近萊姆豪斯時，宋戴克才肯再說起這件事。

「我們現在，」他說：「要去貝瑪公司的工廠，那是在西印度碼頭路上一家貝殼進口加工的公司。要是我在那邊還找不到我要找的那個人，我就把這些證據交給警方，不再把時間浪費在這個案子上。」

「你要找的是個什麼樣的人？」我問道。

「我要找的是一個年紀很大的日本人，戴著一頂新的帽子，大概會是頂鴨舌帽，在右頰或右太陽穴附近有瘀傷。我也要找一處出租馬車的地方；不過我們現在已經到了工廠，而且也是休息吃飯的時間了，我們先等一下，看那些工人出來之後再去打聽。」

我們慢慢地走過那棟高大而什麼也看不出來的建築物，正轉過身往回走時，一陣汽笛鳴響，前門上的小門打開來，一群工人魚貫而出——每個人都一身白粉，像磨坊工人一樣——走到外面街上。我們停下來看著他們一個一個地由小門裡出來，向左或向右轉，往自己家或是附近的小吃店走去；可是沒有一個人外表像我朋友所形容的那樣。

往外走的人越來越少，最後走完了；小門砰地一聲關了起來，看來宋戴克的追查又一次地失敗了。

「我不知道是不是所有的人都出來了。」他帶著點失望的口氣說；可是就在他說話的時候，小門又開了，伸出一條腿，接著是一個背影，頂著一顆圓得出奇的頭顱，頭上長著鐵灰色的頭髮，戴了頂布做的鴨舌帽，是一個短小卻很粗壯的男人，站在那裡，顯然正在和裡面的人說話。

突然之間，他轉頭去看對街；而我馬上從他的黃皮膚和小眼睛等生理特徵認出他是個典型的日本人。那個人又講了幾乎有一分鐘；然後，把另外一條腿抽出來，轉身朝向我們；現在我看到他右半邊的臉，在高聳的顴骨上方，是一片嚴重的瘀青。

「哈！」宋戴克在那個男人走過來時猛地轉身說：「這個人要不是我們要找的人那就巧合得讓人不可思議了。」他略略慢下腳步，讓那個日本人漸漸超過我們，等那個人到了我們前面之後，他又加快了腳步，以維持我們和那人之間的距離。

那個人走得很快，轉進了一條側街，我們不遠不近地跟著。宋戴克手上拿著本打開的筆記本，一副在和我熱切討論的模樣，但始終盯著他追蹤的對象。

「他進去了！」我的同事說，那個人突然消失了——「就是有綠色百葉窗的那棟房子，應該是十三號。」

的確如此；在確認之後，我們繼續向前走，在下一條街轉回大馬路上。

二十分鐘之後，我們漫步經過一間小吃店門前，一個男人走了出來，以很悠閒的神態開始裝菸斗。他的帽子和衣服上都蓋滿了白粉，像我們看到從工廠裡出來的那些人一樣。宋戴克向他搭訕。

「那邊那家是麵粉廠嗎？」

「不是的，先生，是珠貝，我就在那裡上班。」

「珠貝，啊？」宋戴克說：「我想那是個會招來很多外國工人的工廠吧，你說是嗎？」

「不對，一點也不是。工作太辛苦了，我們那裡只有一個外國人，而且他也不是外勞——他是日本人。」

「日本人！」宋戴克叫道：「真的。哎，不知道會不會碰巧是我們的老朋友小貞——你還記得小貞吧？」他轉身問我。

「不是的，先生，那個人叫二島。工廠裡原本還有個日本人，姓伊東，是二島的好朋友，可是他離職了。」

「啊！兩個人我都不認得。對了，這附近不是有一個出租馬車的地方嗎？」

「在南津街有個馬車行，裡面有幾輛貨車和一兩部馬車，那個叫伊東的傢伙就在那裡工作，照料馬，有時駕駛貨車，日本人幹那種事還真怪。」

「的確。」宋戴克謝過那個人提供的消息，然後我們繼續朝南津街走去。這個時候馬車行幾乎是空的，只有一輛又舊又難看的四輪馬車，和一輛很破的二輪馬車。

「這塊地後面的老房子都好特別，」宋戴克說著走了進去，「這種木頭山形牆，」他指著有個男人從窗子裡懷疑地望著我們的那棟房子說：「可是很有意思的老東西了。」

「你幹什麼？老兄？」那個人粗魯地問道。

「我們只是來看看這些特別的老房子，」宋戴克回答道，一面走向那輛小馬車後面，一面打開筆記本，好像要畫個草圖。

「呃，你們在外面也可以看呀。」那個男人說。

「沒錯，」宋戴克很客氣地說：「可是不那麼清楚，你知道。」

就在這時候，那本筆記本從他手裡滑落，好幾張紙散落在小馬車底下的地上，窗子裡的那個男人開心地笑了起來。

「不急！」宋戴克喃喃地說。我蹲下來幫他把那些紙撿回來——他的動作卻緩慢而笨拙得出奇。「好在地是乾的。」他手裡抓著那些撿回來的紙站了起來，很快地記下一點東西，把筆記本放回口袋裡。

「你們現在好滾了！」窗口的男人說。

◎宋戴克假裝滑落了筆記本

「謝謝你，」宋戴克回答道：「我想也是。」他很開心地點了點頭，就率先遵照那客氣的建議做了。

「馬奇蒙先生來過，博士，還有柏傑警佐和另外一位先生，」我們才回到家裡，波頓就說：「他們說五點左右會再來。」

「那，」宋戴克回答道：「現在已經是五點差一刻了，我們只有洗把臉的時間，你去把午茶準備好，在萊姆豪斯空中飛舞的白色粉粒並不全是珍珠母。」

我們的客人們準時到達，第三位正如我們所猜想的是所羅門・洛威。我以前沒有見過柏傑警佐，現在給我的印象是他一直想「引」宋戴克說話來轉移別人對他姓氏的聯想（譯注：警佐的姓氏Badger既是「獾」這種動物，也有「糾纏」的意思），可是並不成功。

「我希望你不會讓洛威先生失望，博士。」他輕浮地開口說道：「你已經把那頂帽子好好地看過了——我們從帽子上就看得出來——他希望你能向我們指出嫌犯是誰，姓名住址一應俱全。」他很神氣地對我們那位不幸的當事人咧嘴笑著，而洛威先生顯得比前一天早上更疲累而憔悴了。

「你有沒有——你有沒有任何——發現？」洛威先生很悲慘而急切地問道。

「我們很仔細地檢查過那頂帽子，我想我們已經確定了幾件很有意思的證據。」

「你檢查那頂帽子，有沒有得到什麼關於被偷走的東西是什麼之類的消息呀？博士？」

那位幽默的警佐問道。

宋戴克把一張像木雕面具般毫無表情的臉轉過去對著那位警官。

「我們認為，」他說：「可能是日本的藝術品，諸如墜子、古畫等等的。」

洛威先生發出驚喜的叫聲，而那位警探臉上輕浮的表情突然消失無蹤。

「我不知道你是怎麼發現的，」他說：「我們半個鐘點之前才聽說這件事，而電報是從佛羅倫斯直接打到蘇格蘭警場的。」

「也許你可以把那個竊賊形容給我們聽。」洛威先生用同樣急切的語調說。

「我敢說這位警佐能說得清楚。」宋戴克回答道。

「不錯，我想也是，」那位警官回應道：「他是個矮小強壯的人，皮膚很黑，頭髮花白，他的頭非常的圓，大概是個在白粉或是水泥廠裡工作的工人。我們就知道這麼多；要是你能再多跟我們說些別的，我們很樂意聽聽。」

「我只能提供幾點建議，」宋戴克說：「不過你也許會覺得有用。比方說，在萊姆豪斯的貝爾克特街十三號，住著一位姓三島的日本人，他在貝瑪公司的珍珠母廠裡工作，我想要是你去找他，讓他試戴你扣留的那頂帽子，大概會正好合適。」

那位警探趕忙在筆記上記了下來，而馬奇蒙先生——一向很佩服宋戴克的——靠坐在椅子裡，輕輕地笑著，搓著兩手。

「還有，」我的同事繼續說道：「在萊姆豪斯的南津街有一家馬車行，那裡雇用了另外一個叫伊東的日本人。你大概查得出前天晚上伊東人在哪裡；要是你碰巧在那裡看到一輛車號是二二四八一的馬車，那就好好地看一看。在車牌的外框上，你會發現六個小洞。那些小洞原先可能釘過曲頭彎釘，而那些釘子大概掛過一面偽造的車牌。反正，你會查清楚前天晚上十一點半左右，那輛車在什麼地方。我的建議就是這些。」

洛威先生從他椅子上跳了起來，「走吧——現在就走——馬上動身——不能再拖了。博士，真是千恩萬謝——一百萬個謝謝。來吧！」

他抓住那個警探的手臂，強將他拖向門口，一下子之後，我們聽見那兩位客人匆忙下樓的腳步聲。

「實在不值得跟他們詳細解釋，」在腳步聲遠去之後，宋戴克說：「大概也不用跟你講吧？」

「正好相反，」我回答道：「我正等著你讓我完全弄清楚呢。」

「那，好吧，我在這個案子裡的推論非常簡單，全是從人類學的證據來的。你也知道，人大約分成三種——黑種人、白種人和黃種人。但除了膚色之外，這些人種也各有其固定的特徵，尤其是在頭顱的形狀、眼窩和毛髮等等方面。

「像黑種人的頭顱是窄長的，眼窩也是窄長的，頭髮扁平而且像緞帶，通常會像鐘錶的彈簧般捲曲。白種人的頭顱呈橢圓形，眼窩是橢圓形，而頭髮的橫切面看來微扁或是橢圓形，而且大多呈波浪狀；可是黃種人或是蒙古族人，頭顱的形狀短而圓，眼窩短而圓，頭髮很直，橫切面呈圓形，所以說起來，黑種人是長頭、長眼窩、扁平頭髮；白種人是橢圓頭、橢圓眼窩、橢圓頭髮；而黃種人則是圓頭、圓眼窩、圓形頭髮。

「現在，在這個案子裡，我們碰到的是一個非常短而圓的頭。不過你不能都一概而論；英國人裡就有很多短頭顱的，可是等我在頭形之外又發現頭髮的斷面是圓形的之後，就很確定這個人是黃種人了。帽子裡發現珍珠母的粉末以及米飯的澱粉粒也有利於這種看法，因為珠貝工業和中國與日本特別有關係，而澱粉粒如果是在英國人的帽子裡，大概會是麥類的。

「然後談到頭髮，我已經向你說過，橫切面是圓形的，而且直徑很大。呃，我曾經檢驗過成千上萬根毛髮，而所見過最粗的就是日本人的頭髮；這頂帽子裡的頭髮就有那麼粗。不過認為那個竊賊是日本人的假設又得到好幾方面的證實。首先，他很矮，卻很壯而有力，而日本人是黃種人裡最矮的，而且非常的強壯有力。

「還有他把那位孔武有力的男管事——一位退休的警察——料理得那樣乾淨俐落，看來是日本的柔道，而這次竊盜的性質也合於日本人對藝術品的價值認定，最後是只有某一種東西被竊，表示這些失物具有某種，大概是某個國家的特性，而易於攜帶——你還記得那些東

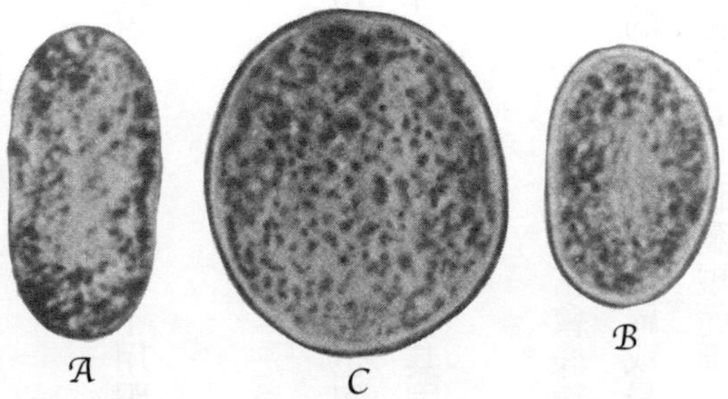

◎人類頭髮的橫切面：A是黑人的，B是英國人的，C是本案竊賊的

西價值在八千到一萬兩千鎊左右，卻只有兩個手提包大小——更像是日本的，而不是中國的藝術品，因為中國的比較大而重得多。不過，在我們見到二島之前，這一切只是假設——現在當然不是了。可是我也可能完全弄錯了呢。」

結果宋戴克並沒弄錯；現在在我的書房裡就放著一個古老的墜子，那是以撒．洛威先生在找回藏在萊姆豪斯的貝爾克特街十三號裡的贓物時送的謝禮。那件寶貝最初當然是送給宋戴克的，後來他轉送給我內人，說是若非我提出那是貝殼粉塵的話，這件竊案根本無從偵破，這話聽起來真太可笑了。

〔事件四〕

藍色亮片

宋戴克站在月台上左右張望，隨著開車時刻的接近而越來越著急。

「實在是太不幸了，」他在站員很花俏地揮動綠旗時說道，一面很不甘願地進了空蕩蕩的吸菸車廂。「我怕我們要錯過我們的朋友了。」他關上車門，在火車開始啟動時，又把頭伸出了窗外。

「哎，不知道那是不是他，」他繼續說道：「如果是的話，那他真是剛好趕上了火車，現在是在最後幾節車廂裡。」

宋戴克所說的那位仁兄是愛德華．史托福先生，是頗圖加街上史梅法律事務所的律師，他目前和我們之間的關係始於昨晚送到我們住處來的一封電報，那是一封預付回電費用的電報，內文如下：

「明日能否來此辯護？重要案件，所有費用由我們負擔——史梅法律師事務所。」

宋戴克回電表示同意，今天一大早，又來了一封電報——顯然是昨夜發的。

「將在八點二十五分由查令十字路站乘車前往渥德豪斯。如果可能會先拜訪——愛德華．史托福。」

不過他並沒有來。因為我們兩個都不認得他，也不知道他究竟是不是在月台上的人群中。

「真是太不幸了，」宋戴克又說了一遍。「因為這樣剝奪了我們事先了解這麼重要案件的機會。」他沉吟地裝了菸斗，到了倫敦大橋站看過月台又毫無結果之後，他拿起由書報攤上買來的報紙開始翻閱，眼光很快地一欄欄掃過，不理會編輯用來吸引讀者的段落和標題。

「毫無準備就一頭撞進案子裡，」他一面瀏覽報紙，一面說道：「真是大為不利，還沒機會對案情有個大致了解，就要面對細節問題。比方說——」

他停了下來，一句話還沒說完，我不解地抬頭看去，看到他剛翻過一頁，正專注地看著。

「杰維斯，這個看起來像是我們的案子。」他說著把報紙遞給我，指著那一頁最上面的一段新聞。那則報導很短，標題是「肯特郡恐怖凶殺案」，內容如下：

「昨日清晨在位於哈伯瑞支線之渥德豪斯鎮發現一驚人血案。係由一檢查一列甫進站列車之搬運工人發現。於開啓頭等車廂車門時，驚見一衣著時髦婦人躺臥地上之屍體，立即召來醫護急救人員，外科主任摩頓醫師抵達後，確認該婦人在數分鐘前斃命。

「由屍體狀況觀之，無疑是一極其凶殘之謀殺案，死因為頭部之穿透傷，由某種銳器造成，刺戳之力道極為猛烈，刺穿頭骨而直達腦部。犯罪動機為搶劫之可能已經排除，價值不菲之行李包仍在架上，死者之珠寶，包括數枚貴重鑽戒在內，均未失落。據傳當地警方已逮捕嫌犯云云。」

◎一名衣著時髦的婦人陳屍在頭等車廂內

「好可怕的事，」我說著把報紙還給他。「可是這段報導並沒有給我們多少消息。」

「的確不多，」宋戴克同意道：「可是還是有些東西讓我們想想。頭上有穿刺傷，是由銳器造成的——也就是說，可以假定那不是搶劫。呃，什麼樣的東西會造成這樣的傷口呢？在封閉的車廂裡，這種銳器是怎麼使用的？又是什麼樣的人會有這樣器具呢？這些都是值得考慮的基本問題，我把它們交給你，還有可能的動機問題——包括搶劫——以及除了謀殺之外可能造成這種傷害的其他狀況。」

「要找合適的凶器，選擇性並不大。」我說。

「非常有限，而且絕大部分，比方說是泥水匠的椅子，或是地質學家的槌子，都和某種特定的職業有關。你帶著筆記本嗎？」

我正好帶著，聽到這暗示之後，我把筆記本拿了出來，默默地繼續推測，而我的同伴也把他的筆記本放在膝蓋上，兩眼定視著窗外。就這樣一直思索著，偶爾在本子上記下點東西，一直到火車緩緩駛進哈伯瑞車站，我們得在這裡換乘支線列車。

我們下車的時候，我看到一位衣著整齊的男士從月台另外一頭匆匆地趕過來，著急地看著少數幾個在這站下車的旅客面孔，不久就看到了我們，很快地趕到面前，兩眼在我們臉上看來看去地問道：

「宋戴克博士嗎？」

「我是。」我的同事回答道：「而你呢，我想是愛德華．史托福先生吧？」

那位律師鞠躬為禮。「這真是一件可怕的事，」他相當激動地說：「我看到你有今天的報紙。真是件嚇人的事。在這裡找到你，我真大大地放心了。差點趕丟了火車，怕我錯過了你們。」

「聽說逮捕到了嫌犯。」宋戴克說。

「是的——是我弟弟，好可怕的事。我們往月台那邊走吧；我們的車還有一刻鐘才開。」

我們把行李箱和宋戴克旅行帶的工具箱放進空空的頭等車廂裡，然後，讓那位律師在我們中間，一起漫步走向沒人在的月台那頭。

「舍弟的情況讓我很難過，」史托福先生說：「可是還是讓我從頭說起吧，再由你們自己來判斷，那個遭到橫死的可憐人是伊笛絲．葛蘭特小姐。她以前是一個人體模特兒，曾經受雇於舍弟，他是個畫家——哈洛德．史托福，你知道，是皇家藝術院准會員。他——」

「我很知道他的畫，很好的作品。」

「我也這樣認為。呃，當年他還是個小伙子——二十歲左右——和葛蘭特小姐相當親密，其實很清純，不過並不隱密；可是她是個很規矩的女孩子，和大多數的英國模特兒一樣，也沒有人覺得有什麼不好。然而，他們之間有很多書信來往，還送了些小禮物，其中一樣是一條帶有小盒墜子的珠鍊，在小盒裡放了他的小像，還刻了『哈洛德送給伊笛絲』的字樣。

「後來，葛蘭特小姐因為嗓子很好而上了舞台，演的是喜歌劇，結果她的習慣和交往的人都有了改變；這時候，哈洛德訂了婚，當然急著想把那些信件取回來，尤其是要用其他不那麼有問題的禮物去把那小盒墜子換回來。那些信她最後是還給了他，可是她完全拒絕交出那個墜子。

「在過去這一個月裡，哈洛德一直住在哈伯瑞，到附近的鄉野去寫生，昨天早上他搭火車去辛格豪斯，那地方離這裡三站，是渥德豪斯的前一站。

「他在這裡的月台上碰到了從倫敦來，要往窩辛去的葛蘭特小姐，他們一起上了支線的火車，頭等車廂裡只有他們兩個人。好像她當時就戴著他送的小盒墜子，他又要求她答應用別的禮物交換，她像以前一樣拒絕了。他們之間的討論似乎變得讓雙方都很火爆而憤怒，因為木斯丹的站員和一個搬運工都注意到他們在吵架；這件事的結局是那位小姐把鍊子扯斷，連同小盒墜子一起丟向舍弟，而他們在辛格豪斯站很親切地分手，哈洛德下了車。他當時帶著所有的畫具，包括一把很大的亞麻布傘，傘柄是灰色的，底端還有根很粗的鋼鐵尖釘，用來插入地裡。

「他在辛格豪斯下車的時候大約是十點半；不到十一點，他已經到了他寫生的地點，開始作畫，一直不停地畫了三個鐘點，然後收拾好東西，正要走回車站去的路上，就碰到警察而遭逮捕。

「現在，再來看看所有不利於他的情況證據。他是別人看見和被殺女子在一起的最後一個人——因為在他們離開木斯丹之後，就再沒有人見過她；在別人看到她最後活著的時候，他正在和她吵架，他有理由可能希望她死，他手上有樣銳器——那個鐵尖——能造成使她致死的傷口，而且，在搜他身的時候，發現了那個小盒墜子和斷了的項鍊，顯然是以暴力取得。

「對這一切能提出的反證，當然是他的個性——他是個最溫柔而親切的人——還有他後來的行為——如果是他行凶的話，那他未免太過遲鈍了吧；可是，以律師的立場來看，我實在不能不認為目前的狀況對他不利到毫無希望的地步。」

「我們不要說什麼『毫無希望』，」宋戴克回答道，我們上了火車，「雖然我想警方相當有把握。調查庭什麼時候開呢？」

「今天下午四點。我已經取得驗屍官的許可讓你檢查屍體，參與司法解剖。」

「你知道傷口所在的確切位置嗎？」

「知道；在左耳後上方——一個很可怕的圓洞，從那裡到前額有一道不規則的割痕或是撕裂傷。」

「屍體的位置呢？」

「就躺在車廂地板上，腳朝另外一頭的車門。」

「頭上的傷口是唯一的外傷嗎？」

「不是；右頰還有一條長長的割傷還是瘀青——警方的醫生說是挫傷，認為是由某種沉重的鈍器所造成的。我沒有聽說有別的傷口或瘀青。」

「昨天有誰在辛格豪斯上火車嗎？」

「由哈伯瑞開車之後就沒人上車了。」

宋戴克默不作聲地想著這些證詞，陷入沉思，一直到火車開出辛格豪斯站後才抬起頭來。

「凶案就是在這一帶發生的，」史托福先生說：「至少，是在這裡到渥德豪斯之間。」

宋戴克心不在焉地點了點頭，全神貫注地在看看車窗外的一切。

「我注意到，」他開口說道：「在鐵軌中間散落了一些碎片，而且有些軌座楔看起來很新。最近有鐵路工人在做工嗎？」

「有啊，」史托福回答道：「我相信他們正在鐵路線上呢——至少，我昨天看見有一群工人在渥德豪斯附近做工，據說還燒掉了一個稻草堆；我來的時候還看到那裡在冒煙。」

「真的；中間那條線，我想算是一條側線吧？」

「是的；他們把貨車和空車廂都轉到這條側線上。那邊就是燒剩下的稻草堆——你看，還在冒煙呢。」

宋戴克茫然地望著那黑黑的一堆，然後一節空的運牛車廂擋住了他的視線。這節車廂後面連著一串貨車，再來是一列客車車廂，其中的一節車廂——頭等車廂——封了起來。火車現在突然地慢了下來，幾分鐘之後，我們就進了渥德豪斯站。

顯然關於宋戴克要來的傳言已經先我們而至，因為所有的人——兩名搬運工、一名督察員還有火車站的站長——全都滿懷期待地等在月台上，而站長走上前來，也不顧他的身份，幫我們提下行李。

「你想我可以去看看那節車廂嗎？」宋戴克向那位律師問道。

「裡面不行，博士，」站長在聽了要求之後說道：「警方封鎖了。你得問過那位警探。」

「哦，我想我可以看看外面吧？」宋戴克說，站長對這事立表同意，還要陪我們去。

「那裡還有其他的頭等車廂嗎？」宋戴克問道。

「沒有了，博士，只有一節頭等車廂，而死者是裡面唯一的乘客，這件事真把我們搞得一團亂。」他繼續說著，和我們一起順著鐵路走過去。「火車進站的時候，我正站在月台上，我們在看著鐵道那頭有堆稻草起了火，而且火勢還很大；我當時正說著我們該把運牛的車轉到中間那條線上去，因為，你知道，博士，煙和火星給風刮得往這邊來，我覺得會嚇到那些可憐的畜牲，傳頓先生可不喜歡他的牛群受驚嚇，說是會毀了牛的肉質。」

「他這話的確說得對，」宋戴克說：「可是請你告訴我，你覺得可能有任何人不讓別人看到地從那邊車門上下火車嗎？比方說，可能有一個人在這一站從那邊車門進到車廂，當火車減速進入下一站時下車，而不會讓任何人看見嗎？」

「不會吧，」站長回答道：「不過，我也不會說絕無可能。」

「謝謝你。哦，另外還有個問題，我看到你有一批工人在鐵道上做工。呃，這些工人是這一區的嗎？」

「不是的，博士，他們是外地人，每個都是，而且好多都還很粗野。不過我覺得他們都不是壞人。要是你懷疑他們之中有哪個牽扯上這件——」

「我沒有，」宋戴克有些唐突地插嘴道。「我什麼人也沒懷疑；可是我希望從一開始就知道和這案子有關的所有證據。」

「那是自然，博士。」那位侷促不安的站長回答道；我們默默地往前走。

「對了，你記不記得，」我們走近那節空車廂時，宋戴克說：「在發現屍體的時候，車廂那邊的門有沒有關上鎖好呢？」

「門是關著的，博士，可是沒有鎖上。怎麼了，你以為——」

「沒事，沒事。封鎖的就是這節車廂了？」

他不等對方回答，就開始查看那節車廂，而我很有禮貌地攔住我們那兩位同伴，免得擋了他的光，因為他們正打算擠過去。另外一邊車門的踏腳特別引起他的注意，等他把那節致命車廂的另外一邊仔細看過之後，他再慢慢地從這頭走到那頭，兩眼離車身不過幾吋的距離，好像他在搜尋什麼似的。

他在靠近車廂末端的地方停了下來，從口袋裡掏出一張紙，然後用舔濕了的指尖由踏腳板上撿起一些顯然很微細的東西，小心翼翼地放在紙上，再把紙摺起來，收進口袋裡。

接下來，他踩上踏腳板，由窗口窺視那節封鎖的車廂之後，由口袋裡取出一個吹藥器，或者叫指紋顯示器，將一陣淡如輕煙的粉末吹在中間車窗的邊緣上，集中注意力在顯出的一些不規則的斑點上，甚至還用一把小尺量了在窗子側框上的一個痕印。最後，他走下踏腳板，再仔細地看過這一邊的踏腳板之後，宣布說他目前已經查完了。

我們順著鐵道往回走的路上，經過一個工人，那個人好像對軌座楔和枕木仔細察看。

「那個人，我猜是個鐵路工人吧？」宋戴克向站長問道。

「是的，是那幫人的工頭。」對方回答道。

「我先停一下，跟他說兩句話，請你們慢慢往前走。」然後我的同事車轉身去，追上了那個男人，和他談了幾分鐘。

「我想我看到那位警探站在月台上。」我們走近車站時，宋戴克說。

「對，就是他，」我們的嚮導說：「我想他是要來看看你在找些什麼。」情形無疑地正是如此，雖然那位警官裝出一副只是巧遇的模樣。

「博士，我想你會想要看那件凶器吧？」他在自我介紹之後問道。

「那把有尖釘頭的傘。」宋戴克糾正道。「如果可以的話，我想看看，我們現在要去太平間了。」

「那你會經過警察局；所以，要是你願意看一下的話，我陪你們走過去。」

這個提議得到了同意，我們一起向警局走去，其中包括了那位站長，他可是好奇之極。

「我們到了，博士，」那位警探說著打開他辦公室的門鎖，請我們進去。「可別說我們沒把所有的證物讓辯方看過。這就是被告所有的東西，包括那件造成死亡的凶器。」

「得了，得了，」宋戴克抗議道：「我們不能未審先判。」他由那位警官手裡接過那件灰色的東西，用放大鏡仔細檢查過那可怕的尖釘之後，從口袋裡掏出一副銅製的測距器，小心地量過那個尖釘的直徑，還有連接著的傘柄的直徑。「現在，」他在把量得的數值記在筆記本上之後說：「我們要看看顏料盒和畫。哈，史托福先生，令弟是個非常整潔的人，顏料全放在定位，調色刀擦得乾乾淨淨，調色盤清洗過了，擦得發亮，畫筆也擦乾了——在變硬之前應該先洗過的——這一切都非常重要。」他把和空白畫布綁在一起的畫解下來，放在一張迎著光的椅子上，退後幾步看看。

「你跟我說這只是個三個小時的成果！」他驚嘆地對著那位律師說：「這真是了不起的成績。」

「舍弟的繪畫速度很快。」史托福沮喪地答道。

「不錯，可是這不僅是快得出奇；而且是在很快樂的狀況下完成的——充滿了興致和感情。不過我們不能再留在這裡多看這張畫了。」他將畫布放了回去，看了看那個小盒墜子和其他放在一個抽屜裡的東西，謝過那位警探，退了出去。

「那張畫和顏料盒在我看來很有意義。」他在我們走到街上時說。

「我也有同感，」史托福鬱鬱不樂地說：「因為它們和它們的主人一樣，都給關上鎖了起來。可憐的傢伙。」

他沉重地嘆了口氣，我們默默地走著。

停屍間的管理員顯然已經聽說了我們要來，因為他等在門口，手裡拿著鑰匙。在看過驗屍官開發的命令之後，開了門，而我們一起走了進去。但在看了那躺在石板桌上、幽靈般的覆蓋物體一眼後，史托福臉色蒼白地後退，說他會和停屍間管理員待在門外等我們。

一等門關好，從裡面上了鎖之後，宋戴克就好奇地四下環顧這間漆成白色的空蕩蕩的房間。一道陽光從天窗透進來，落在一具在覆蓋的布下一動也不動的沉默形體上，另一道斜光則照著門邊的一角，在那個角落裡有一排掛衣釘，和一張木板桌子，那位女性死者的衣物就掛著和放在那上面。

「杰維斯，這些可憐的遺物總有種說不出的悲傷之感。」我們站在那些衣物前面，宋戴克說：「對我來說，這些東西比屍體本身更富悲劇性，也更有讓人難過的暗示性。你看看這頂漂亮而時髦的帽子，還有所費不貲的裙子，那樣孤單寂寞地吊掛在那裡；桌上那件講究的內衣，摺得那樣整齊——我希望是停屍間管理員的老婆收拾的——還有那雙小小的法國皮鞋和網狀絲襪，這些高雅得讓人難過的東西，原本都屬於一個與人無害，帶著女性虛榮，快樂而無憂無慮的生命，卻在一眨眼間消殞，可是我們不該感情用事。另外一個生命正受到威脅，而需要我們來盡力挽救呢。」

他將那頂帽子從掛釘上取了下來，拿在手裡翻轉過來。我想那是頂叫做「廣緣女帽」的帽子——一大堆亂七八糟的薄紗、緞帶和羽毛，上面還綴滿了深藍色的小亮片。帽緣的一部分有個破洞，一動那頂帽子，就有很多閃亮的亮片從洞裡落了下來。

「由破洞的一般形狀和位置看來，」宋戴克說：「這頂帽子應該是歪向左邊戴著的」。

「不錯，」我同意道：「就像根茲博羅（譯注：Tomas Gainsborough 1727-1788，英國肖像畫家）那張《德汶郡公爵夫人像》裡的一樣。」

「一點也不錯。」

他把一些亮片搖得落進他手掌心裡，把帽子掛回釘子上，再將那些小圓金屬片放進一個信封裡，在信封上寫下：「帽子上的」後，放進口袋裡。然後走到長檯子前，很恭敬，甚至很溫柔地將罩布拉開，露出那位女性死者的臉部，那是一張很好看的臉，白得像大理石，表情寧靜而安詳，雙眼半開，臉的周圍是黃銅似的金髮；但是這樣的美貌卻被一道傷口破壞了。那道半是割傷，半是瘀青的傷痕在右頰上從眼角直劃到下巴。

「很漂亮的女孩子，」宋戴克說道：「一個黑頭髮的金髮女郎。用可怕的染髮劑把自己搞成這樣真是不該。」他把她的頭髮從前額往後順開，繼續說道：「上次用那種東西好像是十天前，髮根部分看得到大約四分之一吋的黑頭髮。你認為臉頰上的傷是怎麼來的？」

「看起來好像是倒下去的時候碰到什麼尖的東西，不過頭等車廂的座椅都是包著墊著的，我看不出她會撞上什麼。」

「不錯，現在我們來看看其他的傷口，你能不能記錄下來？」他把他的筆記本交給我，他一面說，我一面記。「頭部有一個重擊形成的圓洞，在左耳後上方一吋處——直徑，一又十六分之七吋；顱骨有星狀裂痕；內膜貫穿，深入腦內；頭殼的裂傷向前延伸到左眼窩邊；

傷口邊緣有薄紗的碎片和亮片。目前這樣就可以了，如果我們有需要的話，摩頓醫師會給我們更詳細的資料。」

他把量徑器和尺收了起來，從傷腫的頭皮上取下一兩根散髮，和亮片放在同一個信封裡，檢查過屍體上是否還有其他傷口（實際上並沒有發現）之後，把布蓋了回去，準備離開。

從停屍間出來的路上，宋戴克默默無言地沉思著，我猜他正在把他所得到的證據拼湊在一起。最後，好幾次以好奇的眼光看他的史托福先生說：

「遺體解剖在三點，現在才十一點半，接下來你想做什麼？」

宋戴克儘管想著心事，卻還像平常一樣專注而機敏地四下環顧，這時突然停了下來。

「你提到解剖遺體，」他說：「讓我想起來我忘了在這個案子裡把牛膽汁（譯注：ox-gall，用以去污或製作水彩顏料和藥品等）加進去。」

「牛膽汁，」我叫了起來，實在想不通這種東西和這位病理學家的查案技法之間有什麼關係。「你要拿這東西做什麼——」

可是我話說到這裡停了下來，想起了我這位朋友不喜歡在陌生人面前討論他的做法。

「我想，」他繼續說道：「一個像這麼大小的地方，大概沒有賣繪畫顏料的人吧？」

「我想是不會有，」史托福說：「可是你從賣牛肉的那裡就弄得到吧？對街上就有一家舖子。」

「真的，」已經在打量那家店舖的宋戴克同意道：「當然，牛膽汁是要先經過一番處理的，不過我們可以自己來過濾——我是說，如果肉鋪老闆有的話。反正，我們去試試看。」

他過了街，走向那間有「傅頓老店」金字招牌的店鋪，向站在門口的老闆自我介紹，說明他想要的東西。

「牛膽汁？」老闆說：「沒有呢，先生，我現在手邊沒有；不過我今天下午要宰一頭牛，到時候我可以給你一點。事實上，」他停了一下，繼續說道：「既然事情很重要，如果你想要的話，我現在可以馬上殺一頭牛。」

「你真是太好了，」宋戴克說：「我萬分感激。請問那頭牛非常健康嗎？」

「這批牛都好得很，先生，是我親自從那群牛裡挑出來的。不過你去看看吧——哎，挑出你想殺的那隻來。」

「你真的是太好了，」宋戴克很熱情地說：「我馬上到隔壁藥房去買個合適的瓶子，然後我可要占你這麼好心的便宜了。」

他匆忙地走進藥房，很快地又走出來，手裡拿了個白紙包；然後我們跟著老闆穿過他店鋪旁邊的一條窄巷，通到後面圍起來的一處小畜舍，裡面關了三頭非常漂亮的小公牛，發亮的黑色毛皮和牠們幾近直伸出來的灰白色長角形成強烈的對比。

「這些真是非常好的牛，傅頓先生，」宋戴克說。我們走到畜舍邊上，「而且狀況都非常的好。」

他靠在欄杆上仔細地檢查那幾頭牛，尤其是牠們的眼睛和牛角；然後，他走到最近的一頭牛前，舉起手杖來，在右角的下面很快地敲了一下，緊接著又敲了左角，那頭牛吃驚地望著他。

「從牛角，」宋戴克解釋著走向下一頭牛。「讓人可以對那頭牛的健康情形做某種程度的判斷。」

「老天保佑你，先生，」傅頓先生笑了起來。「牠們的角是沒有知覺的，否則那些角對牠們有什麼用？」

他的話顯然是對的，因為第二頭牛對兩隻角上那很響的一記敲打，就像第一頭牛似的漠然以對。然而，等宋戴克走向第三頭牛的時候，我不自覺地挨近去看；而我注意到在手杖敲到牛角的時候，那頭牛顯然很緊張地往後退，而再打一下的時候，牠就變得明顯地不安起來。

「牠看起來很不喜歡這樣，」老闆說：「就好像——哎喲，這可奇怪了！」

宋戴克剛把他的手杖靠在左邊的牛角上，那頭牛立刻痛得往後退，一面搖頭，發出呻吟。可是沒有空間讓牠退到別人搆不到的地方，因此宋戴克朝裡俯過身去後，能細看那支敏感的牛角，他非常仔細而專注地加以檢查，而那位屠夫老闆顯然很著急地在一旁看著。

「我希望你不會認為這頭牛有什麼問題。」他說。

「沒有進一步的檢查，我也說不上來，」宋戴克回答道：「可能只是這支牛角受到感染，要是你能從貼近頭部的地方把這支角鋸下來，送到旅館去給我的話，我就可以在檢查之後再告訴你，還有，為了怕有什麼錯誤，我會先做個記號，再包起來，以免在屠宰場裡再傷到。」

他打開紙包，拿出一個貼有「牛膽汁」標籤的廣口瓶，一張有膠木膠（譯注：**gutta-percha**，一種類似橡膠的熱塑性物質）的紙，一捲繃帶，還有一段封蠟。他把瓶子交給傅頓先生，再用有膠的紙和繃帶把牛角的末梢包了起來，再用封蠟封緊。

「我會親自把牛角鋸下來，和牛膽汁一起送到旅館去。」傅頓先生說：「半小時之內送到。」

他果然信守承諾，因為不到半個鐘點，宋戴克就坐在黑牛旅館裡我們套房客廳的窗邊小桌子前面了。桌面上鋪滿了報紙，報紙上放著那支灰色的長角。還有宋戴克旅行時攜帶的小工具箱，箱子打了開來，露出裡面的一架小顯微鏡和其他的配件。那位屠夫穩穩地坐在一張扶手椅上等著，用半懷疑的眼光看著宋戴克，等他的報告；而我則努力地用些開心的談話來讓史托福先生不致陷入全然的消沉，雖然我也偷偷地注意我那位同事有些神祕的舉止。

我看到他解開繃帶，把牛角湊在耳朵上，微微地前後擺動，我注意地看他用放大鏡仔細看過牛角的表面，也看到他從尖尖的頭上刮下一些東西，放在玻璃片上，滴上一滴試劑，開始用一對探針將刮下來的東西撥開。然後把載玻片放在顯微鏡下，仔細地觀察了一兩分鐘，猛地轉過身來。

「來看看這個，杰維斯。」他說。

我不等他再叫，就已經按捺不住好奇地走了過去，把眼睛湊在那具儀器上。

「怎麼樣?是什麼?」他問道。

「一個多極神經細胞——皺縮得很厲害，可是絕對不錯。」

「還有這個呢?」

他把載玻片換了一個新的點。

「兩個角錐形的神經細胞和一些纖維。」

「你說這些纖維是什麼呢?」

「我認為是腦的皮層組織，毫無疑問。」

「我完全同意你的說法，這樣的話，」他轉身對著史托福先生說：「我們可以說被告的辯證是已經完備了。」

「天啦，你這話是什麼意思?」史托福叫著站了起來。

「我是說我們現在可以證明葛蘭特小姐是在什麼時候，什麼地方，怎麼遇害的。過來坐在這裡，我會向你解釋。不用，傅頓先生，你不必走開。我們說不定得傳你出庭。」他繼續說道：「我們最好把所有的已知事實檢視一遍，看看都代表什麼意思。首先，我們注意到屍體的位置，腳靠近另外一側的門躺著，這表示說，死者倒下來的時候是坐著的，或者，更可能的是站在門邊。接下來是這個，」他由口袋裡掏出一張摺好的紙，打開來之後，露出的是一個很小的藍色亮片。「這是她帽子上釘的亮片之一，我在這個信封裡還有好幾個是我直接從那頂帽子上取下來的。

「這一片亮片是我在另一側車門踏板的末端撿到的，由那個所在的位置，幾乎可以確定葛蘭特小姐曾經把頭從那側的窗子伸了出去。

「下一件證物是我在那側窗台邊上吹灑一層薄粉而取得的，粉塵顯出了在右手邊的窗框（我是說，從車廂裡看是左手邊）的角上有一條三又四分之一吋寬的痕跡。

「現在再看屍體本身所提供的證據，頭顱上的傷口位於左耳的後上方，約呈圓形，最大的直徑有一又十六分之七吋，還有一道不整齊的傷口痕從那裡直通到左眼。在右頰上則是一道三又四分之一吋長的挫傷。此外沒有別的傷口。

「我們下面幾個證據都來自於這個，」他把牛角拿起來，用手指點了點，那位律師和傅頓先生都瞠目結舌地看著他。「你們注意到這是一支左邊的角，你們也記得當時這支牛角非常敏感，要是你把耳朵貼過來，在我搖動牛角的時候，你就會聽到在骨頭裡有碎裂之處磨擦的聲音。現在看看角尖，可以看到有幾道很深的縱向刮痕，而在這幾道刮痕底端，角的直徑，用這個量徑器量得是一又十六分之七吋。在這些刮痕上的是一層乾了的血跡，在最尖端則是一小團已經乾了的東西，由杰維斯醫師和我剛用顯微鏡檢查，證明是腦皮層。」

「我的天啦，」史托福急切地叫道：「你的意思是說——」

「讓我們先把所有的證據說完吧，史托福先生。」宋戴克打斷了他的話說：「現在，要是你仔細看這塊血跡，就會發現有小段頭髮黏在牛角上，透過放大鏡可以看到髮根，你會看到那是根金髮，可是靠根部的地方卻是黑的，而度量的結果，黑色部分長六十分之十四吋。

好了，在這個信封裡有幾根我由死者頭上取下來的頭髮，同樣是金髮，根部是黑的，而我也量過那些黑色的部分長六十分之十四吋，接下來，最後還有這個。」

他把牛角翻轉來，指著一小塊乾了的血，其中嵌著的是一片藍色亮片。

史托福先生和那位屠夫都默不出聲，驚訝地看著那支牛角；然後史托福先生深吸了一口氣，抬眼望著宋戴克。

「毫無疑問，」他說：「你能說明這件謎案，可是在我來說，我是完全迷糊了，雖然你讓我充滿了希望。」

「事情其實很簡單，」宋戴克回答道：「哪怕我們面前只有這一些從我們手裡所有證據裡選出來的部分，可是我會說明我的理論，由你來判斷。」他很快地在一張紙上畫了個草圖，繼續說道：「這些就是那列火車駛近渥德豪斯時的情形：這是客車，這是起火的稻草堆，這是運牛的貨車。這頭牛就在那列貨車上。我的假設是在這個時候，葛蘭特小姐正站在那裡，把頭伸到車窗外去看起火的稻草堆，她的寬緣帽歪在左邊，擋住了她的視線，看不到越來越接近的運牛貨車，然後這就是事發的情形。」他又畫了一張大點的圖。「其中一頭小公牛——就是這一頭——把牠的長牛角從欄杆中間伸了出去，牛角的尖端撞上了死者的頭部，將她的臉猛地推壓在窗角上，然後，在抽開的時候，刺進了死者的頭顱，因為猛力扭轉的緣故，牛角裡面發生了骨折。這種假設大有可能，符合所有的證據，而這些證據又別無其他解釋。」

那位律師就像昏了頭似地坐了好一陣；然後衝動地站了起來一把抓住宋戴克的雙手。「我不知道該對你說什麼，」他用沙啞的聲音叫道：「只能說你救了舍弟的性命，希望上帝會為這件事讓你有好報。」

那位肉舖老闆笑著從椅子上站了起來。

「在我看來，」他說：「好像牛膽汁只是一個幌子吧，呃，先生？」

宋戴克露出了莫測高深的微笑。

第二天我們回鎮上的時候，一行有四個人，其中包括哈洛德．史托福先生。驗屍官的陪審團很快做出「意外死亡」的判決，不久後就將他釋放，現在正和他的哥哥還有我坐在一起，極其專注地聽宋戴克分析這個案子。

「所以，你看，」宋戴克作結道：「在我抵達哈伯瑞之前，我對死因已經有了六種可能的看法，剩下的只是要選出一種合乎證據的來。而等我看到那輛運牛的貨車，撿到了那片小亮片，又聽到關於牛群的事，再看到那頂帽子和那些傷口之後，剩下的就只有把細節補充上去了。」

「而你始終沒有懷疑過我的清白嗎？」哈洛德．史托福問道。

宋戴克對他原先的當事人微微一笑。

「看過你的顏料盒和畫之後就沒有了，」他說：「更不用說那把有尖頭的傘柄啦。」

〔事件五〕

摩押文密碼

宋戴克和我悠閒地往東邊逛過去的路上，看到一大群人混雜在一起，排在牛津街上。由各種花朵的裝飾和垂掛的旗幟可以看出那又是一場有慈悲心的政府為了取悅那些目前流行的閒散懶人，以及為了讓小偷扒手紓困而不時舉辦的活動。因為有一位俄國的大公在攻擊中離開他可愛、卻示威太多的人民，正路過此處前往倫敦市政府；而一位向來很招搖的英國王子，也會在那位大公的車子裡。

到了靠近樂思朋廣場的地方，宋戴克停了下來，要我注意看一個模樣很精明的男人，那個人閒散地站在一處門口，手裡拿著菸。

「我們的老朋友柏傑警探，」宋戴克說：「他好像對那位穿著淺色大衣的先生深感興趣。你好嗎？柏傑？」因為這時候那位警探看到了他，向他鞠躬為禮。「你那位朋友是誰？」

「我也正想知道呢，博士，」那位警探回答道：「我已經跟了他半個鐘點了，還是摸不清楚他，可是他口袋裡有什麼挺大的東西，所以我得盯住他，等大公平安地走了之後再說。」他又快快不樂地加上一句：「我真希望那些討厭的俄國人會留在家鄉，他們給我們惹來沒完沒了的麻煩。」

「那，你是不是覺得會——出什麼事呢？」宋戴克問道。

「上帝保佑你，博士，」柏傑叫道：「他所經過的路線上全站滿了便衣警察，你知道，聽說有好幾個不要命的傢伙跟著大公到了英國，而且這裡也住了好多流亡人士，都想好好對付他一下呢。哎呀！他現在想幹什麼？」

那個穿淺色大衣的男子突然看到那位警探太過探詢的眼光，就衝進了路邊的人群中。匆忙之中，重重一腳踩在一個高大而看來很粗野的男人腳上，結果被那個人一把摔到路上，力道大得讓他趴倒在地。時機真是不幸之至。一個騎馬的警員正策馬退向群眾，還沒弄清楚旁觀群眾為什麼發出喊聲，他的馬一隻後蹄已經猛力地踩在那個仆倒在地的男子背上。

警探招手叫一名警員從人群中到我們這邊來；可是就在我們走到那受傷男子面前時，他已經很勉強地站了起來，帶著一張蒼白而茫然的臉四下環顧。

「你有沒有受傷？」宋戴克很溫和地問道，一面專注地看著那對充滿懼意和不解的眼睛。

「沒事，您啦，」對方回答道：「只是覺得怪怪的——像陷下去似的。」

他把一隻顫抖的手放在胸口，宋戴克一面擔心地看著他，一面低聲向警探說：「盡快叫輛馬車或是救護車來。」

從紐曼街叫來一輛馬車，把那個受傷的人送進車裡之後，宋戴克、柏傑和我也上了車，沿樂思朋廣場駛去。在路上，我們那位病人的臉色越來越灰白而緊張不安；呼吸既淺又不平穩，牙齒微微打顫。馬車轉進了古吉街，然後——非常突然地，一霎眼間——有了變化。他的眼皮和下巴都放鬆了，眼光也變得迷濛，整個人在角落裡縮成一團，全身癱軟，成了個肌膚還活著，其實已經死了的人。

「老天啊！這個傢伙死了！」警探用震驚的聲音叫道——因為就算是警察，也是有感情的。他坐在那裡瞪著那具屍體，死者的頭部隨著馬車的顛簸而上下擺動，最後我們駛進了米德塞斯醫院的院子裡。警探很快地下了車，突然重振起精神幫忙搬運工人把遺體搬放在一張有輪子的推床上。

「不管怎麼樣，我們現在會知道他是誰了。」他說著，和我們一起跟在推床後面走到太平間。宋戴克毫不同情地點了點頭。他心裡屬於醫學方面的本能這時強過了他法律方面的想法。

駐院醫生俯身在推床上，很快地檢查了一番，一面聽我們說明意外發生的經過。然後他直起身來，看看宋戴克。

「我看是內出血，」他說：「反正，他已經死了，可憐的傢伙！——跟尼布申尼撒二世（譯注：Nebuchadnezzar, 630?-562BC，巴比倫國王，曾侵佔敘利亞和巴勒斯坦，攻陷並焚毀耶路撒冷，將大批猶太人擄至巴比倫，在位時興建了巴比倫塔和空中花園）一樣死透了。啊！來了個條子；現在是他的事了。」

一名警佐呼吸急促地走了進來，吃驚地從屍體望到警探，可是警探一點也不浪費時間，伸手就掏空了死者的口袋，抓出最早吸引了他注意的那件鼓突的東西；結果那是一個外面綁了紅色膠帶的牛皮紙包。

「天啦，是豬肉餅！」他在切斷紅色膠帶，打開紙包之後，滿面沮喪地叫道。「警佐，你最好查查他其他的口袋。」

這番搜索找出一小堆各式各樣的東西，但除了一樣之外，對那個人身份的追查並沒多大幫助；那唯一的例外是一封信。封了口，但沒有貼郵票，信封上由一個教育程度奇低的人寫著寄到蘇活區希臘街二一三號，艾道夫・荀伯格先生收。

「我猜他是打算親手送去，」警探用充滿渴望的眼光朝那封好的信看了一眼說：「我想我自己送去吧，你最好也跟我來，警佐。」

他把信放進口袋裡，讓警佐收拾其他的東西，自己率先走了出去。

「我想，宋戴克博士，」他在我們走進班納街時說道：「你不走我們這邊吧！不想去見見荀伯格先生嗎？呃？」

宋戴克想了想。「呃，那裡並不遠，我們不妨看看這件事的結果。好吧，我們一起去。」

希臘街二一三號是一棟讓人想起教堂裡風琴的那種房子，大門兩邊的框柱上都裝了一排銅的拉鈴把手，就像風琴上的音栓。

警佐以一副音樂家的姿態仔細打量著這些東西，在估量過這件樂器的功能之後，選了右手邊正中間的那個音栓，很快地拉了一下；二樓的一扇窗戶應聲而開，一顆腦袋探了出來，可是那只讓我們看到一眼，因為一看到警佐往上看的眼光，馬上就以驚人的慌張速度縮了回去，我們還來不及多想這神祕的現象，大門就開了，一個男人走了出來。他正準備隨手關上大門，警探攔住了他。

「艾道夫・荀伯格先生住在這裡嗎？」

那個剛出來的人是個紅髮的猶太人，他透過金邊眼鏡沉吟地打量我們，一面重覆著那個名字。

「荀伯格——荀伯格嗎？啊，不錯，他住在三樓，我剛剛才看到他上樓去，三樓後進。」他朝開著的大門比了比，舉帽為禮從我們身前走過，到了街上。

「我想我們最好上樓去。」警探說著，懷疑地看了那排拉鈴把手一眼。然後他開始往樓上走，而我們都跟在他後面。

三樓後方有兩扇門，因為其中一扇門開著，裡面是一間無人居住的臥室，所以警探就很快地敲了下另外那扇門。門幾乎立刻打了開來，一個面相凶惡的矮小男人用敵視的眼光看著我們。

「什麼事？」他說。

「艾道夫．荀伯格先生嗎？」警探問道。

「怎麼樣？他怎麼了？」對方叱問道。

「我想和他談談。」柏傑說。

「那你他媽的來敲我的門做什麼？」對方追問道。

「啊，他不是住在這裡嗎？」

「不是。二樓前面。」我們這位朋友說著，準備關門。

「對不起，」宋戴克說：「請問荀伯格先生長得什麼樣子？我是說——」

「什麼樣子？」這家的住戶打斷了他的話。「他就像個該死的猶太佬，留著一把紅鬍子，戴著金邊眼鏡！」在做完這番印象派的速寫之後，他就斷然地中止了這次面談，把門砰地關上，還上了鎖。

警探氣憤地罵了一聲，轉身走向樓梯，而那位警佐已經急匆匆地在往一樓走，宋戴克和我像先前一樣地跟在後面。到了門口，我們發現那位警佐正上氣不接下氣地在盤問一個衣著光鮮的年輕人。我在我們進屋子去的時候看到他從一輛馬車上下來，現在他正站在那裡，脅下挾了本筆記本，一面很小心地削著支鉛筆。

「詹姆士先生看到他出來，長官，」警佐說：「他往廣場那邊去了。」

「他看起來是不是很匆忙的樣子？」警探問道。

「的確，」那位記者回答道：「一等你們進了屋子，他一下就跑掉了，你們現在趕不上他的。」

「我們並不想追上他。」警探不高興地回嘴道；然後，退到那頗為急切的記者聽不到的地方，放低了聲音說：「那毫無疑問的就是荀伯格先生了，而且很明顯的是他這麼溜之大吉一定有什麼原因；所以我認為我可以拆開那封信來看看。」

他說到做到，很整齊地把信封拆開之後，把裡面的信紙抽了出來。

「哎喲！」他兩眼盯著紙上叫道：「這是什麼東西？這不是速記，到底是什麼鬼東西？」

他把那張紙遞給宋戴克，宋戴克拿起來迎著光看了看，再挑剔地摸了下那張紙，以極大的興趣開始仔細檢查。那是半張薄薄的信紙，兩面都寫滿了奇怪而難解的文字，用棕黑色的墨水一路寫下去，其中沒有任何空格來區分哪些部分是一個字；但要不是寫著這些字的是現代的物質，還會以為那是某種古老手稿或是早經遺忘的古籍抄本的一部分呢。

「你看得懂嗎？博士？」警探很著急地問道。他等了一下，因為宋戴克正皺著眉頭在看那些奇特的文字。

◎摩押文

「沒看懂多少，」宋戴克回答道：「這些文字是摩押文（譯注：Moabite，摩押Moab是聖經創世紀中羅德之子，其後裔所建之國在死海之東，即現今約旦境內西南部）或腓尼基文（譯注：腓尼基Phoenicia為地中海東岸古國，約在現今黎巴嫩和敘利亞的沿海一帶）——事實上，也就是最原始的閃族（譯注：近代主要指阿拉伯人和猶太人，古代包括希伯來人、巴比倫人、腓尼基人、亞述人等）文字——要由右往左讀。這種語文我想是希伯來文。反正，我在裡面找不到希臘字，而且我看到一組字很可能組成我認得的少數幾個希伯來文——像badim，就是『位於』。可是你最好還是找專家來解讀。」

「如果是希伯來文的話，」柏傑說：「我們就能處理了，我們能找的猶太人多得很。」

「你最好把這張紙送到大英博物館，」宋戴克說：「交給負責腓尼基古物部門的人去解讀。」

柏傑警探很狡猾地笑了笑，把那張紙收進他的皮夾裡。「我們先看看自己能解決多少，」他說：「不過，還是多謝你的忠告，博士。不行，詹姆士先生，目前我不能給你什麼消息；你最好到醫院去打聽。」

「我猜，」我們往回家去的路上，宋戴克說：「那位詹姆士先生已經蒐集到了足夠他用的資料了。他想必從醫院就跟著我們，我相信他現在已經在腦子裡想好了他那篇『詳盡』的報導。而且儘管那位警探那樣小心，我卻不敢說他沒偷看到那張神祕的信紙。」

「對了，」我說：「你看那張文件怎麼樣？」

「很可能是密碼，」他回答道：「是用很原始的閃文字母寫成的，你也知道那和原始的希臘文一模一樣。像腓尼基文、希伯來文和摩押文，還有最原始的希臘文的銘文一樣，從右寫到左，那張紙是一張很普通的信紙，上面有水印的線條，而墨水用的是很普通的中國墨汁，像繪圖員用的那種，洗不掉的。目前就只有這些證據，要是不能對那些文件本身再多做研究的話，這些證據對我們也沒太多用處。」

「為什麼你認為這是封密碼信，而不是一份直接以希伯來文寫成的文件呢？」

「因為那顯然是某種祕密消息。呃，所有受過教育的猶太人都多少懂得希伯來文，儘管只能讀寫現代那種方方正正的希伯來文字母，可是要把這種字母代換過去也是件很容易的事，單只用那種古文沒法保密，所以我想等到那些專家解釋出來之後，所得到的譯文會只是一團亂七八糟，認不出是什麼來的字句。不過我們且等著看吧，目前我們已經有的資料也有不少很有意思的地方，很值得我們想一想。」

「比方說什麼呢？」

「哎，我親愛的杰維斯，」宋戴克告誡地對我搖著手指說：「拜託，不要讓思想怠惰。我剛提到的證據你都有了，把那些證據分開來跟合起來考慮一下，再想想它們和這個情況之間的線。你自己有個很聰明的腦袋可用，別想只壓榨我的頭腦。」

第二天早上的報紙充分證明了我同事對詹姆士先生的看法，所有發生的事情，和幾件並不曾發生的事情，都鉅細靡遺而栩栩如生地加以報導，還有很長一段談到那張「在該已故無政府主義份子身上所找到」而且「以其個人獨特之速記法或密碼寫成的」文件。

新聞的最後一段雖然討人歡心地——卻全屬揑造——宣稱「在此一複雜而重要之案件中，警方明智地求取得約翰．宋戴克博士之襄助，以其聰明才智及豐富經驗，該項怪異之密碼無疑即可得以破解。」

「太捧我了，」宋戴克從醫院回來，在我把那段報導唸給他聽之後說道。「不過要是因此引得那些朋友送點用炸藥之類做成的小禮物到我們家的樓梯上或地窖裡的話，那就有點尷尬了。對了，我剛在倫敦橋上見到米勒局長，詹姆士先生所謂的『密碼』讓蘇格蘭場大為騷動。」

「當然的嘛。他們有什麼進展嗎？」

「他們因為自己無法解決，到底還是接受了我的建議，送到大英博物館去了，博物館的人轉介了波伯班教授，那位偉大的古文書學家，因此他們把文件交給了他。」

「他有沒有表示什麼意見？」

「他有點臨時性的看法。在很快地看了一下之後，他發現其中有幾個希伯來文夾在一些顯然毫無意義的字母裡，他當場把那些字譯出來給局長，而米勒就做了幾份複寫本，分發給他部門的一些高級警官，所以現在呢」——說到這裡，宋戴克發出一聲輕笑——「蘇格蘭場現在舉行一場補字——或者不如說是補義——的競賽，米勒請我也去參加，因此給了我一份複寫本來練習我的才智，還附了一張那份文件的照片。」

「你要參加嗎？」我問道。

「我才不要呢，」他回答著笑了起來。「首先，他們並沒有正式向我請教，所以我只是個雖然有興趣、卻很被動的旁觀者。其次，我有我自己的想法，時機到了就會求證，可是如果你想參與競賽的話，我倒有權把照片和譯文給你看，我現在把這兩樣東西交給你，希望你能好好享受。」

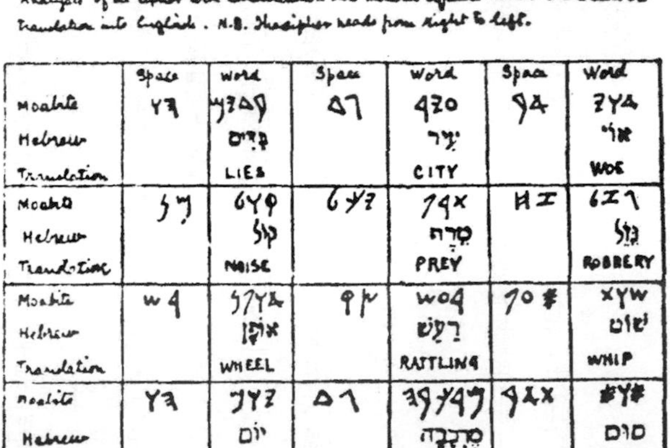
Analysis of the cipher with transliteration into modern square Hebrew characters and translation into English. N.B. The cipher reads from right to left.
DAY
CHARIOT
HORSE

◎波伯班教授的解碼表

他把由他皮夾裡取出來的一張紙和那張照片交給我，帶著看笑話的表情望著我讀出前面幾行。

「可嘆，城市，謊言，竊盜，獵物，噪音，鞭子，響動，車輪，馬匹，戰車，日子，黑暗，幽黯，雲霧，黑暗，清晨，群山，人群，強壯，大火，他們，火焰。」

「乍看之下好像看不出什麼，」我表示說：「那位教授有什麼樣的說法呢？」

「他的說法——當然是暫時性的——是這些詞構成了要傳的消息，其他的字母不過是把詞與詞之間的空格填滿而已。」

「可是，」我抗議道：「這種說法不是太淺顯了嗎？」

宋戴克大笑起來。「這的確是簡單得像小孩子的玩藝，」他說：「非常有意思——可是很讓人氣餒，更可能的狀況是這些詞都是假的，剩下的字才是要傳的消息，也可能解答根本是在另外的方向。不過你聽！那輛馬車是不是到我們這裡來的？」

的確是的。車子停在我們住處門前，過了一下之後，有急促的腳步聲走上樓來，緊接著在我們門上響起了敲門聲。我打開門，發現自己面對著一個穿著講究的陌生人，他很快地看了我一眼，然後越過我的肩膀往房間裡找著。

「杰維斯醫師，」他說：「看到你和宋戴克博士都在家，我就放心了，因為我有急事要找你們，」他應我的邀請走了進來，繼續說道：「我叫巴頓，不過你們並不認識我，雖然我見過你們兩位，我到這裡來，是想請問一下是不是哪一位——最好是兩位都答應——今晚去見一下我哥哥。」

「這個，」宋戴克說：「要看是什麼狀況，還有令長兄在什麼地方。」

「狀況嘛，」巴頓先生說：「在我看來非常可疑，我會對兩位和盤托出——當然是要絕對保密的。」

宋戴克點了點頭，朝一張椅子比了下。

「我哥哥，」巴頓先生坐下之後，繼續說道：「最近結了第二次婚，他今年五十五歲，妻子只有二十六歲，我可以說這場婚姻其實——唉，很不成功，而且，在過去的兩個禮拜裡，我哥哥已經發生過兩次不知從何而起，卻極其疼痛的胃疾，連醫生都不知道是什麼病，所有的治療全不見效，他的疼痛和難過可說是與日俱增，讓我覺得如果不馬上處理的話，他恐怕就來日無多了。」

「在吃過東西之後會不會痛得更厲害？」宋戴克問道。

「一點也不錯！」我們的客人叫道：「我知道你想的是什麼，我也一直有這樣的想法；我擔心到一再想弄到點他吃的東西來做樣本。今天早上我終於成功了。」他說到這裡，從口袋裡掏出一個廣口瓶，打開外面包著的紙，把瓶子放在桌上。「我早上去看他的時候，他正在吃竹芋當早餐，說是味道有點澀嘴，照他妻子說是糖的問題，因為我身上藏著這個瓶子，所以在他妻子離開的時候，偷偷地把我哥哥吃剩的竹芋弄了些到瓶子裡，如果你們能加以檢驗，告訴我竹芋裡有沒有什麼不該有的東西，那我真是感激不盡。」

他把瓶子推了過來，宋戴克拿到窗邊，用一根玻璃棒把裡面的東西挑出一點來，以放大鏡仔細看著那一小團黏糊糊的東西；然後把放在窗邊桌上的顯微鏡外的鐘形罩拿掉，把那有問題的東西塗了一些在一塊載玻片上，放進顯微鏡下。

「我看到裡面有一些結晶的小粒子，」他在略微看了一下之後說：「看起來像砒霜。」

「啊！」巴頓先生跳了起來，「我就怕是這個，可是你確定嗎？」

「不確定，」宋戴克回答道：「可是這種東西很容易查驗。」

他按了連接到實驗室裡的鈴，那位實驗室的助手以他一貫的敏捷應召而來。

「麻煩你準備檢驗砷毒的儀器（譯注：Marsh's apparatus，由James Marsh, 1794-1846，於一八三六發明的儀器裝置和檢驗砷毒的方法，後爲人廣泛使用），波頓。」宋戴克說。

「我有裝置好的，博士。」波頓回答道。

「那拿一副把酸倒進去之後送來給我，再帶一片磁磚來。」

他的助手默不作聲地走了之後，宋戴克轉身向巴頓問道：

「我想我們會驗出有毒來，如果真的在竹芋裡發現了砒霜的話，你希望我們怎麼辦呢？」

「我要你們去見我哥哥。」我們的當事人回答道。

「為什麼不讓我寫封信拿去給他的醫生呢？」

「不行，不行，我希望你去一趟——我希望你們兩位一起來——讓那件可怕的事就此中止。想想看！這是生死交關的事呢，你不會拒絕的！我求你不要拒絕我，要在這可怕的情況下伸出援手。」

「呃，」宋戴克說，他的助手重新出現。「我們先看看檢驗的結果如何。」

波頓走到桌子前面，放下一個小燒瓶，裡面裝的東西正冒著汽泡，另外還有一個標明是「次氯酸鈣」的瓶子，以及一塊白色瓷磚。燒瓶上裝了個安全漏斗，有根玻璃管通到外面，前面是一個小小的噴嘴，波頓很小心地劃著火柴貼近噴嘴。馬上從那裡就跳出一朵小小的、淡紫色的火焰。宋戴克拿起那塊磁磚，湊在火上燒了幾秒鐘，使得磚面上起了一小圈水汽，他的下一步是用蒸餾水把竹芋稀釋成流質狀態，然後把一小部分倒進漏斗裡。從管子裡緩緩流進燒瓶，很快地和冒泡的東西混在一起。火焰幾乎立刻起了變化，由淺紫逐漸變成淡青色，同時上面浮著淡淡的白煙。宋戴克再次把磁磚拿到火焰上，但這一回，發青的火焰才一接觸到磁磚表面，那裡就出現了一塊閃亮的黑印。

「這就相當清楚了，」宋戴克說著打開了試劑的瓶塞。「不過我們還要做最後的查驗。」他把次氯酸鹽的溶劑倒了幾滴在磁磚上，黑印馬上褪色而消失了。「現在我們可以回答你的問題了，巴頓先生，」他把瓶子塞好，轉身對我們的當事人說：「你帶來給我們的樣本裡確實含有砒霜，而且量還相當的大。」

「那，」巴頓先生叫著從椅子上站了起來，「你們會來幫我把我哥哥從這可怕的危難中拯救出來吧。不要拒絕我，宋戴克博士，看在老天的份上，不要拒絕。」

宋戴克想了一下。

「在我們決定之前，」他說：「我們得先看看我們已經排好的工作有哪些。」

他別有深意地看了我一眼，走進了辦公室，我有些不解地跟了進去，因為我知道我們今晚沒有別的事。

「哎，杰維斯，」宋戴克把辦公室的門關上之後說道：「我們該怎麼辦？」

「我想我們一定得去一趟，」我回答道：「看起來情況很緊急。」

「的確，」他同意道：「當然，這位仁兄畢竟也可能跟我說的是實話。」

「那你覺得他沒說實話嗎？」

「對。故事編得很動人，可是竹芋裡的砒霜太多了。不過，我想我還是該去一趟。這是職業上必須冒的危險，不過你倒不必把頭往繩圈裡伸。」

「謝謝你啊，」我有點不高興地說：「我看不出有什麼危險，不過要是有什麼的話，我也該有難同當。」

「很好，」他微微一笑地回答道：「我們兩個都去，我想我們照顧得了自己。」

他回到客廳裡，把我們的決定告訴巴頓先生，對方的寬慰和感激，看來真可憐。

「可是，」宋戴克說：「你還沒有告訴我們，令長兄住在什麼地方。」

「雷士福，」他回答道：「在艾色克斯的雷士福。那是一個很偏遠的地方，不過要是我們能趕上七點一刻從利物浦街站開的火車，一個半小時就能到那裡了。」

「回來的時候呢？我想你也知道火車的時刻吧？」

「哦，當然，」我們的當事人回答道：「我會注意不讓你們誤了回來的火車。」

「那我馬上就來。」宋戴克說著，拿起了那個還在冒著氣泡的燒瓶，進了實驗室，幾分鐘後，他帶著他的帽子和大衣走了回來。

載我們當事人來的馬車仍在等著，不久之後，我們穿過大街小巷，朝車站駛去，到了那裡還有時間給我們自己買了晚餐，很悠閒地挑選我們要坐的車廂。

在我們旅程的前一部分，我們那位同伴興致高昂，他狼吞虎嚥地吃完了飲食籃子裡的冷雞肉，豪飲著有些淡而無味的紅酒，津津有味到就好像他和這個世界毫無關係似的。吃過飯之後，他變得極端高興，但是，隨著時間過去，他的神態漸漸顯得有些緊張不安，他沉默下來，若有所思，好幾次偷偷地看錶。

「真討厭，火車誤點了！」他惱怒地說：「已經晚了七分鐘了。」

「早晚差幾分鐘沒什麼關係。」宋戴克說。

「哎，當然沒多大關係，可是——啊，謝天謝地，我們到了！」

他把頭伸出對面的車窗外，急切地朝鐵路那頭看去；然後，他跳起身來，火車還沒停穩，他已經衝到外面的月台上。

就在我們下車的時候，月台那頭警告的鈴聲響起，巴頓先生趕著我們穿過空蕩蕩的售票處出了車站，進站列車的轟隆聲蓋過了我們剛坐的那班車離站的聲音。

「我的馬車好像還沒有到，」巴頓先生焦急地望著車站前面的路叫道。「你們在這裡等我一下，我去問一問。」

他衝回售票處，然後穿行到月台上，這時上行的火車正轟然開進站來。宋戴克以快而穩的步子跟在他後面，由售票處的門裡望出去，看著走在他前面的那個人；然後他轉身招手叫我過去。

「他往那邊去了。」他指著一道跨越鐵道的鐵製陸橋說；我抬頭一看，看見襯在昏暗夜空前，有一個飛奔的身影跑向上行月台。

他還沒跑到三分之二的地方，列車長尖利的哨音已經響起。

「快來，杰維斯，」宋戴克叫道：「車子開了！」

他跳下軌道，而我馬上跟在他後面，我們跨越鐵軌，一起爬上一輛空的頭等車廂的踏腳板。宋戴克那把萬用摺刀的附件裡有一支火車車廂的萬能鑰匙，現在已經拿在手裡。很快地開了車門，等我們進了車廂之後，宋戴克很快地跑過去，望向外面的月台。

「時間正好！」他叫道：「他在前面的某一節車廂裡。」

他重新鎖好了門，坐了下來，開始往他的菸斗裡裝菸絲。

「現在呢，」我在火車開出站後說道：「也許你可以為我解釋一下這場小小的喜劇。」

「樂於從命，」他回答道：「如果說還需要解釋的話。可是你總不會忘了詹姆士先生在有關希臘街那件案子的報導裡恭維我們的話，很明顯地讓別人以為那份神祕的文件是在我的手裡。我看了那則報導之後，就知道我得注意有人想把那東西弄回去，只不過我沒想到來得這麼快。不過，在巴頓先生既沒有介紹信，又沒事先約好的情形下來訪的時候，我對他就頗為懷疑。等他要我們兩個都來的時候，我的懷疑就更深了。等我發現他送來樣本裡的毒藥量多得離譜之後，又讓我的懷疑加深了一層。在我讓他挑了要搭的火車班次之後，我到實驗室裡去查了一下時刻表；發現由雷士福回倫敦的最後一班車會在我們抵達那裡十分鐘之後開車，顯然這是個要把我們兩個調開，好讓他的朋友到我們家來搜尋那份失蹤文件的計畫。」

「原來如此；難怪他因為火車誤點而那麼著急，可是你為什麼要來這一趟呢？既然你都知道了這是個『陰謀』。」

「我親愛的朋友，」宋戴克說：「只要可能，我是從來不肯錯過一場有趣的經驗的。這趟就有這種可能，你不覺得嗎？」

「可是萬一他的朋友們已經闖進我們家了怎麼辦？」

「對那種事早就準備好了，不過我想他們會等巴頓先生——還有我們的。」

我們搭的那班車，因為是當天的最後一班上行列車，所以每站都停，而且開得很慢，等我們到利物浦街站時，已經過了七點鐘。我們很小心地下了車，混在人群之中，跟著毫無所覺的巴頓先生走過月台，由出口走到外面的街上。他似乎並不很匆忙，因為他在停下來點上一支雪茄之後，就由新大街漫步走去。

宋戴克雇了一輛馬車，讓我上了車，關照車夫到克利夫區的小舍弄。

「盡量往後坐，」他說，我們的馬車行過新大街，「我們現在要趕過我們那位開心的騙子了——事實上，他就在那邊，活生生是個傻子，低估了對手的智慧。」

到了克利夫區小舍弄之後，我們將馬車打發了，躲進黑暗狹窄小弄的陰影裡，兩眼盯著內寺巷的入口。大約二十分鐘之後，我們看到我們那位朋友由艦隊街的東側走了過來。他停在大門口，用門環敲了下門，和夜班門房講了幾句話，就消失在門裡。我們又等了五分鐘，讓他有時間離開大門入口附近，然後走過街去。

門房見到我們吃了一驚。

「有位先生剛剛到你們家去呢，先生，」他說：「他告訴我說你們正在等他。」

「一點也不錯，」宋戴克冷冷一笑道：「我是在等他，晚安。」

我們偷偷溜進了巷弄裡，經過教堂，穿過陰暗的迴廊，盡量繞開所有的燈光和照亮的門口，最後進了紙商大樓，再從王椅巷裡最黑的一段過去，宋戴克接著直奔我們的朋友安世提的住處，也就是離我們住處有兩戶的地方。

「我們為什麼到這裡來？」我在上樓梯的時候問道。

可是我不必多此一問，因為從我們朋友家打開的門裡，就可以看見黑黑的房間中，除了安世提本人之外，還有兩個穿了制服的警察和兩名便衣人員。

「到目前為止還沒有信號，博士。」一名便衣說道。我認出他是我們這一區的警佐。

「不錯，」宋戴克說：「可是那位主持人已經到了，比我們早來了五分鐘。」

「那，」安世提驚嘆道：「各位先生，各位女士，舞會馬上就要開始了，地板打好了蠟，小提琴調好了音，而且——」

「拜託，先生，別那麼大聲，」那位刑警說：「我想有人從皇室巷那邊來了。」

事實上，好戲已經上場了，我們藏身在黑暗的屋子裡，由窗口小心地望下去，看到一個偷偷摸摸的身影由陰影中走了出來，過了馬路，毫無聲息地偷挨到宋戴克家的門口。很快地又有第二個身影跟了上來，接著是第三個，在他們之中，我認出了我們那位難以捉摸的當事人。

「現在注意聽訊號，」宋戴克說：「他們不會浪費時間，討厭的鐘要報時了！」

內寺的輕柔鐘聲和聖丹世坦教堂以及地方法院兩處比較響亮的鐘聲混在一起，緩緩地敲響午夜十二點正的時刻；在最後的餘響漸漸消失之後，有件金屬的小東西，顯然是個銅板，掉落在我們窗下的人行道，發出清脆的響聲。

一聽到這個聲音，所有的人都跳起身來。

「你們兩個先走。」便衣警佐對那兩個穿制服的警察說，他們穿著膠底靴子，遵命悄無聲息地偷偷下了石頭樓梯，走上人行道，我們其餘的人跟在後面，沒有那麼注意保持安靜，在我們跑到宋戴克的住處時，聽到樓上有快而輕悄的腳步聲。

「你看，他們已經動手了。」一名警員輕聲地說著，用燈籠照著我們客廳外的門，撬開的痕跡清晰可見。

警佐嚴肅地點了點頭，關照警員守在原地，率先走上樓去。

我們上樓時還聽到上面繼續傳來微弱的聲音，到了二樓的樓梯口，我們看到一個人迅速但不匆忙地從三樓下來，那個人正是巴頓先生，我不得不佩服他在經過那兩位便衣警探時臉上表情的鎮定，但他突然看見了宋戴克，臉上鎮定的神色陡然消失。他大驚失色地瞪大了眼睛，像嚇呆了似地停了下來，然後他衝了過去，狂奔下樓，不一會之後，一聲悶哼和一陣扭打的聲音傳來，讓我們知道他受到了攔阻，再往上走，我們又碰到了兩個人，這回他們匆促得多，卻不那麼鎮定地想要推開我們逃走，可是那位警佐擋住了路。

「哎呀！」他叫道：「這可不是莫亞吉；還有這可不是湯姆．哈瑞斯嗎？」

「沒事，警佐。」莫亞吉一副可憐的樣子說道：「我們走錯了地方，如此而已。」

警佐寬容地笑了笑。「我知道，」他回答道：「可是你老是走錯地方，莫亞吉；現在你得跟我到你該去的地方了。」

他把手伸進他抓到的犯人大衣裡，很敏捷地掏出一把很大的折摺式鐵橇；這下子這個小偷不再表示抗議了。

等我們回到一樓時，我們發現巴頓先生正苦著一張臉等著我們，一隻手被銬在一名警員手上，而波頓正一臉不以為然地望著他。

「我今晚不打擾你了，博士，」警佐帶著他那一小隊屬下和俘虜說：「明早再來找你，晚安，博士。」

那一行人下樓出門，我們和安世提一起回我們家去再抽一斗菸。

「那個叫巴頓的是個能手，」宋戴克說：「很有機智和說服力，而且聰明，可是不該老跟些笨蛋在一起，我不知道警方是不是能了解這件小事的重要性。」

「要是能明白的話，那他們可比我聰明多了。」我說。

「當然啦，」安世提插嘴道，他就喜歡這麼「無禮」地對前輩說話，「因為根本就沒什麼聰明才智的問題。這只是宋戴克在吹牛，他自己其實也像在五里霧中呢。」

不管究竟如何，警方對這件事實在太感困惑，因為第二天早上，我們接待的客人不是別人，正是蘇格蘭場的米勒局長。

「這件事太奇怪了，」他開門見山地說：「我是說，這件闖空門的案子，他們為什麼要闖到你家來。而且還就在教堂這裡？你這裡沒什麼值錢的東西吧？比方說，沒有他們所謂的『好貨』吧？」

「最多只有銀茶匙。」宋戴克回答道。他基本上就反對用鍍金鍍銀的餐具。

「好奇怪，」局長說：「非常奇怪！我們收到你通知的時候，以為這些無政府主義的蠢蛋把你牽扯到那件案子裡——我猜想你也看到報紙了——為了某些原因來搜你的房間。我們以為我們這下逮到那幫子人了，沒想到我們抓到的只是一群我們看都看膩了的小賊。我告訴你，博士，你以為釣到一條鮭魚，拉起來才知道是條大黃鱔的時候，可讓人著惱得緊呢。」

「想必是令人大失所望。」宋戴克忍住笑，表示同意道。

「的確，」那位警官說。「倒不是說我們逮到這批小毛賊還不高興，尤其是哈吉特，就是自稱巴頓的那個——哈吉特可是個滑溜得緊的小子，而且很神祕——不過我們現在不想碰上令人失望的結果，因為在裴談荷珠寶店的珠寶大竊案上，我可以告訴你，我們連一點線索的影子都沒有。還有這件無政府主義份子的案子，我們也完全在黑暗之中。」

「密碼的問題呢？」宋戴克問道。

「啊，去他的密碼！」局長著惱地叫道：「那個波伯班教授也許是個很有學問的人，可是他對我們可沒什麼幫助。他說那張文件上寫的是希伯來文，他翻譯出來的叫人莫名其妙。你聽聽！」他由口袋裡掏出一疊紙，把一張那份文件的照片放在宋戴克面前，開始唸那位教授的報告。「『該文件係由眾所週知之摩押文寫成』（那是什麼鬼東西，從來沒聽說過，眾所週知，還真的呢！）『此種語文為希伯來文，其中字詞由一組組字母隔開，此等字母並無意義，顯係用於誤導及混淆閱讀者。各字詞並非完全依順序排列，但若查看某些其他字詞，則可得一連串可解之文句，其中之意義容或並不十分清楚，但無疑有其暗喻。解碼之方法如附表所列，全部譯文則請見附件，需注意者，書寫該文件之人顯然對希伯來文並不嫻熟，由其文句缺乏文法結構即可知之。』這就是那位教授的報告，博士，這幾張是他的解碼表，我光是看著，頭都昏了。」

他把一疊格子紙交給宋戴克，我的那位同事專注地看了一陣，然後轉交給我。

「非常有系統，而且很徹底。」他說：「可是現在讓我們看看他所得到的最後結果吧。」

「那也許非常有系統，」局長不滿地說著，翻找著那疊紙，「可是我告訴你，博士，那全是胡說八道！」他咬牙切齒地說出最後那幾個字，把那位教授費盡心力所得的最後結果摔在桌子上。「喏，」他繼續說道：「這就是他所謂的『全部譯文』，我想一定會讓你汗毛直豎。簡直像是從瘋人院裡來的信。」

宋戴克拿起第一張紙，把譯文和密碼對照之下，一絲笑意偷偷地浮現在他通常不動聲色的臉上。

「含義的確有點模糊。」他說：「不過重組的本事倒是很了不起；而且，我認為教授大概是對的，也就是說，他所提供的字詞很可能就是密碼中省略掉的那一部分，你看呢？杰維斯？」

他把那兩張紙遞給我，其中一張上寫的是解碼後的密語，另外一張則是譯文，其中已經省略的字填補進去。第一張上寫的是：

「可嘆　城市　謊言　竊盜　噪音　鞭子　響動　車輪　馬匹　戰
車　日子　黑暗　陰鬱　雲霧　黑暗　清晨　群山　人群　強壯　大
火　他們　火焰。」

我拿起第二張紙，大聲唸出譯文：

「可嘆這個該死的城市！充滿了謊言和竊盜。噪音來自鞭子，還有響動的車輪，昂首闊步的馬匹，以及疾駛的戰車。

「日子是黑暗而陰鬱的，一個被雲霧和濃濃黑暗籠罩的日子，而清晨在群山之上展開，人群偉大而強壯。

「大火在他們面前吞噬一切，而在他們身後，有火焰升起。」

紙上的譯文到此為止，在我把那張紙放下來的時候，宋戴克用疑問的眼光看著我。

「填補的部分多得不成比例，」我表示反對道：「這位教授『提供』的占了譯文的四分之三以上。」

「一點也不錯，」局長插進話來：「全是教授的話而不是原先的密碼。」

「不過，我還是認為譯文是對的。」宋戴克說：「我是說就譯文本身來說。」

「天啦！」那位懊惱的警官叫道：「博士，難道說你認為那玩藝的真正意思就是那些胡言亂語嗎？」

「我並沒有那樣說。」宋戴克回答道：「我只說他的譯文是通順的；不過我懷疑那會是密碼的正確譯文。」

「你研究過我給你的那張照片嗎？」米勒突然急切地問道。

「我看過，」宋戴克含而糊之地說：「不過要是你有原件在身上的話，我倒想看看。」

「我有，」警官說：「波伯班教授連同譯文一起送回來了。你可以看看，不過要不經特別授權，我可不能把那文件留在你這裡。」

他把那張文件從皮夾裡取出來遞給宋戴克，宋戴克接過來，拿到窗子邊去仔細查看。又由窗口走進隔壁房間裡，關上了房門；緊接著有一個輕微的爆響讓我知道他點著了瓦斯暖爐。

「當然啦，」米勒又把那份譯文拿了起來說：「這些胡言亂語倒像是腦筋不清楚的無政府主義者會說的話；問題是好像沒什麼意義。」

「對我們毫無意義，」我同意道：「可是那些字句可能有什麼事先就約定的意思在內，另外還有字詞之間的那些字母。也有可能是那些字母才真正是密碼。」

「我也向教授建議過這一點，」米勒說：「可是他根本不聽，他很確定那些字母都沒有意義。」

「我想他大概弄錯了，而且我認為我的同事也這樣想。不過現在我們來聽聽他有什麼說法。」

「哦，我知道他會怎麼說，」米勒恨恨地說：「他會把那玩藝放在顯微鏡下面，然後告訴我們說是誰造的那張紙，用的墨水有哪些成份，然後我們又還是在原地踏步。」這位局長顯然非常沮喪。

我們又坐了一陣子，默默地想著那位教授語焉不詳的譯文字句，最後，宋戴克終於手裡拿著那份文件走了出來。他把文件輕輕地放在警官身邊的桌子上，然後開口問道：

「這算是一次正式的諮詢嗎？」

「當然啦，」米勒回答道：「上面授權給我來向你請教譯文的事，不過並沒有說到原件的問題。不過，要是你希望進一步加以研究的話，我也可以幫你安排好。」

「不用了，謝謝你。」宋戴克說：「我已經用完了，證明我的理論是對的。」

「你的理論！」局長熱切地叫道：「你是說──？」

「既然你是正式向我諮詢，我不妨把這個交給你。」

他拿出一張紙來，局長接過去開始看著。

「這是什麼？」他抬起頭來，不解地皺著眉頭向宋戴克問道：「這是哪裡來的？」

「這就是密碼的解讀。」宋戴克回答道。

局長再看了一遍紙上所寫的內容，更感困惑地皺起了眉頭，再次望向我的同事。

「這是開玩笑吧，博士，你在耍我。」他悻悻然地說。

「沒那回事，」宋戴克回答道說：「這是真正的信息。」

「可是這不可能呀，」米勒叫道：「杰維斯醫師，你看。」

我從他手裡把那張紙接過來看了一眼，就不難明白他為什麼那樣吃驚了。紙上以粗大的字跡清楚地寫了短短兩行，內容是：

「裴家珠寶在瓦多街四一六號二樓後進煙囪裡因老莫亞吉說要藏起來莫亞吉是老大。」

「那麼那個傢伙根本不是什麼無政府主義囉？」我叫了起來。

「不是的，」米勒說：「他是莫亞吉那幫人裡的一個。我們早就懷疑莫亞吉跟那件案子有關係，可是我們沒辦法查到他身上。老天爺！」他說著拍了下大腿，「如果真是這樣，我就可以去起贓物了！博士，能借給我一個袋子嗎？我現在馬上趕到瓦多街去。」

我們給了他一個空的手提箱，然後由窗口望著他快步朝那邊趕了過去。

「不知道他是不是能找到那批贓物，」宋戴克說：「這得看曉得東西藏在哪裡的人會不會不止一個。哎，這是一件很離奇的案子，而且很有教育性。我猜我們的朋友巴頓先生和那個躲躲閃閃的荀伯格是製造出那件文學珍品的共犯。」

「我能問問你是怎麼判讀出那玩藝的嗎？」我說：「好像沒花多少時間。」

「是沒有。只是試了一下我的假設；你根本不必問這個問題的，」他故作嚴肅地對我說：「因為你兩天前就已經有了所有必要的證據了。不過我會準備一份文件，明天早上做給你看。」

「結果米勒那趟很成功，」我們吃過早飯後抽菸斗時，宋戴克說道：「他所謂的『全部贓物』都『藏在煙囪裡』，沒人動過。」

他把不久前由信差連同空手提箱一起送來的那張便箋遞給我，我正準備要看，突然聽見我們的門上響起了敲門聲。我請進門來的訪客是一個有點憔悴而衣著隨便的老先生，進門之後就用詢問的眼光透過近視眼鏡輪流地看著我們兩個。

「兩位請容我自我介紹一下。」他說：「在下是波伯班教授。」

宋戴克鞠躬為禮，請他上坐。

「我昨天下午去了趟蘇格蘭場，」我們的訪客繼續說道：「在那裡聽說了你了不起的解碼工夫，以及極具說服力而能證明結果正確的證據。因此我又把那份密件借了去，花了一整個晚上去研究，可是就是無法將你的結果和那些字母連在一起。不知道我是否有這個榮幸能麻煩你向我說明你解碼的方法，以免我會再有好幾晚沒法睡覺。你可以相信我一定會保密。」

「那張文件你有沒有帶在身上？」宋戴克問道。

那位教授將文件從皮夾子裡取了出來，遞給我的同事。

「你大概注意到了，教授，」宋戴克說：「這是一張條紋紙，上面沒有水印吧？」

「不錯，我注意到了。」

「而用的是不褪色的中國墨水所寫成的？」

「對，對，」那位學者不耐煩地說：「可是我感興趣的是上面所寫的字，不是紙和墨水。」

「一點也不錯。」宋戴克說：「不過，三天前我看到這份文件的時候，讓我感興趣的卻是墨水。『為什麼，』我問我自己：『會有人要用這麼麻煩的東西？』——因為看來是用磨墨而得的墨汁所寫的——『明明可以就用很好的墨水來寫嘛。』中國墨汁比一般墨水好在哪裡？如果是用來畫畫，那的確有很多好處，可是用在寫字上只有一個優點：就是弄濕了也沒影響。那麼最明顯的推論就是可能因為某些原因會讓紙弄濕，而這項推論又引發另一個想法，而我昨天能做了這樣一個實驗——喏。」

他把一個平底杯裝滿了水，將那份文件捲了起來，放進杯裡。紙上立刻顯示一些很奇怪的灰色字跡。幾秒鐘之後，宋戴克將那張濕濕的紙取出，迎著光舉了起來，可以很清楚地看到兩行透明的字，就像是很清楚的水印一樣。以粗大的字體橫寫在其他的字上，寫著：

「裴家珠寶在瓦多街四一六號二樓後進煙囪裡因老莫亞吉說要藏起來莫亞吉是老大。」

那位教授甚為不樂地看著這兩行字。

「你想這是怎麼寫成的。」他冷著臉問道。

「我會做給你看，」宋戴克說：「我已經準備了一張紙來示範給杰維斯醫師看的。這非常之簡單。」

他從辦公室裡取出一小塊玻璃板，還有一個洗照片用的盤子，裡面用水泡著一張薄紙。

「這張紙，」宋戴克說著將紙撈了出來鋪放在玻璃板上。「已經泡了一整夜，相當鬆軟。」

他把一張乾的紙蓋在那張濕紙上，然後用一支硬鉛筆在乾紙上用力地寫下「莫亞吉是老大」。把上面那張紙拿開之後，字跡已經變成深灰色，印在那張濕紙上，把那張濕紙迎光拿起，那行字顯得清楚而透明，就像用油寫的一樣。

「等到紙乾了之後，」宋戴克說：「字跡就完全消失了，可是只要再把紙浸濕，字跡又

◎宋戴克迎著光拿起紙張讓波伯班教授看仔細

會顯現出來。」

那位教授點了點頭。

「很聰明，」他說：「事實上，這是種偽的重寫本（譯注：palimpsest，將羊皮紙或碑上原有的文字擦括掉重寫的東西）。可是我不明白那個無知的人怎麼能寫出困難的摩押文來。」

「那不是他寫的，」宋戴克說：「那份所謂的『密碼』大概是那幫人的頭頭之一寫的，他毫無疑問會把這些紙張拿給其他成員當空白紙張來做祕密通信之用。用摩押文的目的顯然是想讓人不去注意紙張本身，以防萬一這類信件落進別人手裡，而我得說看來還真能達到目的的呢。」

那位教授吃了一驚，想起他花的那番工夫。

「是啊，」他恨恨地說：「不過，先生，我是個學者，不是警察。每個人有自己的一行。」

他抓起帽子，簡單地說了聲「再見」，就很不高興地衝出了房間。

宋戴克輕輕地笑了起來。

「可憐的教授！」他喃喃說道：「我們那位愛耍弄的朋友巴頓先生可有得苦頭吃了。」

〔事件六〕

中國富商的珍珠

波德瑞布先生在熊熊爐火的欄杆前伸長了腳趾，一看就是個很懂得舒服享受的人。

「你可真是個特別有禮貌的人，宋戴克。」他說。

他是位老人，臉紅紅的，很胖，很快活，長了一頭蓬鬆白髮，厚厚的雙下巴，衣著奢華得讓人覺得他有舊世代的特色。的確，在他把紫紅色的鼻子埋進酒杯裡，沉吟地看著他雪茄菸頭上的火光時，看起來活脫就是個上一代幹得不錯的律師形象。

「你可真是個特別有禮貌的人，宋戴克。」波德瑞布先生說。

「我知道，」宋戴克回答道：「可是都已經知道的事為什麼又要提起？」

「我就是想到了這一點，」那位律師說：「像我這樣一個不請自來的不速之客，坐在你自己的扶手椅上，烤著你的火，抽著你的雪茄菸，喝著你的葡萄酒——而且還是上等的好酒呢——你卻對我為什麼到這裡來的原因一點也不表示好奇。」

「你知道，我接受上天賜的禮物，卻不問問題。」宋戴克說。

「真帥呀，宋戴克——而且是個不跟人交際應酬的傢伙，」波德瑞布先生回應道，皺紋像扇子似地在他眼角展了開來；「不過，事實上，我算是為談公事而來——你知道，總是很樂於有藉口來找你的——不過這回是要問你關於一件很奇怪案子的意見。是年輕的卡佛里的事。你還記得何雷士·卡佛里嗎？呃，就是他的兒子。何雷士是我以前的同學，他過世之後，他的兒子福芮德有點黏著我。我們住在偉橋，是很近的鄰居，也是很好的朋友。我喜歡福芮德，他是個好人，雖然跟他家所有的人一樣，有點古怪。」

「福芮德．卡佛里出了什麼事？」宋戴克看到那位律師停了下來，就開口問道。

「呃，事實上，」波德瑞布先生說：「最近他好像有點怪異——不是發瘋哦——至少，我覺得不是——可是毫無疑問地，相當怪異。呃，他們有很多財產，有好多很感興趣的親戚，結果當然是有人主張把他關進精神病院裡。他們怕他會做出什麼牽涉到家產的事，或是產生殺人的傾向，還說他可能會自殺——你還記得他父親是怎麼死的——可是我覺得這些全是胡說八道。這傢伙不過就是有點古怪，如此而已。」

「他有些什麼症狀呢？」宋戴克問道。

「哦，他覺得到處都有人跟蹤和監視他，會有錯覺；照鏡子的時候看到別人的臉，你知道，就是這一類的事情。」

「你還真說得不清不楚呢。」宋戴克評論道。

波德瑞布先生對我親切地笑了笑。

「這傢伙真愛講實證啊，杰維斯。可是你說得對，宋戴克；我太不清不楚了。不過，福芮德馬上就會到了。我們一起下來的，我自作主張讓他到這裡來找我。你不在意的話，我們讓他來把他的錯覺說給你們聽。同時我先把些基本的資料告訴你。麻煩大約是一年前開始的。他碰上一次鐵路車禍，把他嚇壞了。後來他出海去想藉此恢復元氣，結果船在暴風雨中螺旋槳壞了，在海上漂流。這對他的精神狀態可是毫無改善。後來他去了趟地中海一帶，一兩個月之後，回到家裡，一點也不比出去的時候好多少。不過，我想是他來了。」

他過去開門，讓進來一個高瘦的年輕男子，宋戴克很親切地加以歡迎，請他坐在火邊的一張椅子上。我好奇地望著我們這位訪客。他是那種典型的神經質——瘦削，脆弱，急切。瞪大的一雙藍眼瞳孔很大，我可以很清楚地看到這種人特有的「虹膜震顫」——瞳孔不停地收縮擴張，顯示出神經的平衡狀態不穩——半張的嘴，不停動著的尖細手指，都是他失常的徵候。他正是那種會成為先知和狂熱信徒、殉道者、改革家和三流詩人的人。

「我正在和宋戴克先生談到你那些神經上的問題，」波德瑞布先生說：「希望你不會在意。他是個老朋友了，你知道，而且他對這事很感興趣。」

「他真好。」卡佛里說，然後他滿臉通紅地說道：「可是那其實不是神經的問題，你知道。那不可能是主觀的感覺。」

「你認為不可能是嗎？」宋戴克問道。

「對，我確定都不是。」他又像個女孩子似地臉紅了起來，用他那對迷朦的大眼睛望著宋戴克。「可是你們這些做醫生的，」他說：「對所有的靈異現象都懷疑得可怕。你們全都是唯物主義。」

「不錯，」波德瑞布先生說：「當醫生的對超自然的事都不那麼熱中，這倒是事實。」

「不如你把你的經驗告訴我們，」宋戴克勸說道：「就算我們沒法解釋那些現象，至少給我們一個相信的機會。」

卡佛里想了一下，然後，熱切地望著宋戴克說道：

「很好；只要你不覺得煩的話，我就跟你說。那是個很奇怪的故事。」

「我已經把你在海上和到地中海一帶去的事告訴了宋戴克博士。」波德瑞布先生說。

「那，」卡佛里說：「我就先從那些真正和那些怪事有關的情形說起吧。第一次發生那種事是在馬賽。我當時在一家古玩店裡，看一些阿爾及利亞和摩爾人的磁磚，突然掛在一個玻璃盒子裡的一件墜子似的小飾品吸引了我的注意。那是一塊長方形的黑檀木，中間只鑲了一顆約莫有四分之三吋長的梨形珍珠。黑檀木的四邊都上了漆——大概是為了遮掩接縫——還寫了一些中國字，頂上有個小小的金色花樣，中間穿了個洞，想必是用來穿鍊子或繩子用的。除了那粒珍珠之外，整件東西非常之像一塊長形的中國墨條。

「呃，我很喜歡那件東西，也花得起錢來放縱自己滿足這點並不過份的興趣。老闆開價五鎊；他向我保證那顆珍珠是上好品質的真貨，可是顯然他自己也不相信這句話。不過，對我來說，那看起來像是一顆真正的珍珠，我決定冒險買下；因此我付了錢，而他鞠躬送我出門時，臉上帶著滿足的微笑——我幾乎可以說那是個得意的笑容。要是他跟著我去了那家經常去諮詢專業意見的珠寶店的話，他大概就不會那麼高興了；因為那位珠寶商告訴我說珍珠絕對是真貨，價值近一千鎊。

「一兩天之後，我碰巧把我新買的這件東西給幾個我認得的人看。他們是乘著遊艇來到馬賽的，對我會買這樣東西覺得很有意思，聽說我花了多少錢之後，全都對我大聲嘲笑。

「『哎呀，你這個蠢蛋，』其中有個叫哈立威爾的人說：『十天前我只要花半鎊，或是五先令就能買到了，早知道我就買了下來，再轉賣給你。』

「聽說是有個水手在港口一帶兜售這個墜子，而且還帶上了他們的遊艇去賣。

「『那傢伙還急著想脫手哩，』哈立威爾回想起這件事，咧嘴笑道：『發誓說那是顆無價之寶的真正珍珠，願意自己吃虧低價賤賣。可是我們以前也聽說過這一套。不過，古玩店老闆大概想到可能會碰上個不識貨的外行，看來還真給他賺到了，那個古玩店老闆運氣真好。』

「我很有耐心地聽他們嘲弄，等他們都說累了之後，我才把那個珠寶商的話告訴他們。他們嘔得要死；等到我們把那個墜子拿去給一個正好在城裡的寶石商人看，而他當場出價五百鎊要向我買的時候，他們的話就連小學生辯論社都比不上了。當然這個故事很快傳了開去，在我離開的時候，已經成了當地最大的話題。一般的看法是那個在一艘進港來的運茶船上工作的水手，從一個中國乘客身上偷了那個墜子；結果有十七個中國人來說那是他們的失物。

「這事之後不久，我回到了英國，因為我的神經還在受驚的狀態，就住在我堂哥艾佛瑞家中休養，他在偉橋有一棟大房子。當時他有個朋友也住在那裡，是一位羅傑頓上尉，那兩個人好像關係很親密。我一點也不喜歡那個羅傑頓。他是個很好看的男人，待人親切，能言善道。但事實上——我當然只是私下這樣說——他是個壞蛋。他以前在近衛兵團裡，我不知道他為什麼原因離開了；不過我確實知道他在幾個俱樂部裡玩撲克牌和百家樂，賭得很大，而且聽說他是個運氣好得頗不尋常的賭客，他也常去賭馬，總之很明顯的不是個好人，我實在不懂我堂哥怎麼會和他那麼要好，雖然我必須承認，自從我離開英國以後，艾佛瑞的習慣是越來越壞了。

「我買到好東西的消息似乎比我回來得還快，因為有一天我把那個墜子拿給他們看的時候，發現他們早就知道了。羅傑頓從一個海員那裡聽說了這件事，而且我依稀覺得他還聽到了些我沒聽過的事，只是他不想告訴我；因為在我堂哥和他經常談起那顆珍珠的時候，兩個人之間的神色總有深意，而且說的話意有所指，讓我不能不注意到。

「有一天，我碰巧和他們談到在我回家的路上所遇到的一件事。我到英國坐的是一條霍特航運公司的大中國船，和一般又擠又吵的客輪不一樣。有天下午，大概是出海兩三天之後吧，我拿了本書回我的客艙，準備在喝下午茶之前先安安靜靜地看一陣子書。但是沒過多久我就打起瞌睡來，而且想必睡了一個多鐘點。我突然醒了過來，睜開眼睛時，發現房門半開著，一個穿著中式服裝、衣著光鮮的中國人正往裡面看我。他立刻將門關上，而我被他嚇得呆了好一陣子。然後我才從床上一躍而起，打開門來向外看。可是走廊裡空空的。那個中國人就像變魔術似地消失不見了。

「這件小事讓我緊張不安了一兩天，我這樣其實很蠢；可是我的神經都緊繃著——我怕現在還是如此。」

「不錯，」宋戴克說：「這件事沒什麼神祕的。那種船上有很多中國船員，你看到的那個大概是個水手長，就是這些船上水手的頭頭。也可能是一個中國乘客，逛到了不該去的地方。」

「一點也不錯，」我們的當事人同意道。「可是再回頭來講羅傑頓的事。我在說那段故事的時候，他特別有興趣地注意聽著，等我說完之後，他用很奇怪的表情看著我的堂哥。『這可真是件怪事咧，卡佛里，』他說：『當然，也可能只是巧合而已，可是真的看起來好像有什麼問題，說起來，在那個——』

『閉嘴，羅傑頓，』我的堂哥說：『我們可別開這種玩笑。』

『他在說什麼呀？』我問道。

『哦，不過是他在哪裡聽到的一些無聊的蠢話。你可別跟他說啊，羅傑頓。』

『我不懂為什麼不能告訴我，』我有點不高興地說：『我又不是小孩子。』

『不錯，』艾佛瑞說，『可是你是個病人。你不能受驚嚇。』

「實際上，他拒絕再多談這件事，害得我充滿了好奇。

「不過，就在第二天，我把羅傑頓單獨找到吸菸室去，和他談了談。他剛下了一百鎊的注而沒能押中，我想他應該硬不起來。我果然沒有失望，為了向我商量借錢的事，他對我百依百順，說只要我答應不讓艾佛瑞知道是他說的，他願意把所有的事都講給我聽。

『哎，你要知道，』他說：『關於你那顆珍珠的這個傳說，只不過是流傳在馬賽一帶的無稽之談。我不知道是哪裡傳出來的，也不知道是哪個無聊的傢伙編造的，我是由地中海船隊裡一個叫強尼的人那裡聽來的。如果你想要的話，我可以給你一份他那封信的抄本。』

「我說我倒真的想要一份。結果，就在當天晚上，他給了我一份他朋友來信的抄本，重點大概是這樣的：

「大約四個月以前，在廣州的港裡停了一艘英國的三桅大帆船。船名不詳，不過那不是故事的重點。貨已經都上了船，水手也約雇好了，只等官方的手續辦妥之後，就要啟程回國。在那艘船前面，停在同一個碼頭上的，是一艘丹麥船，因為在海上發生了碰撞，現在正等候海事法庭的裁決。船上的貨都卸下了，船員也解雇了，只剩下一個年紀很大的人，留在船上看守。呃，那艘英國船上大部分的貨都是一個中國富商的財產，而這個人在那艘船裝貨的時候經常會到船上來。

「有一天，這個中國人正在船上的時候，碰巧有三個水手正坐在廚房裡抽菸，一面和廚子聊天——那個名叫吳立的中國老廚子把那位中國富商指給他們看，說那個人多有錢，而且向他們保證說大家都相信他隨身帶著的東西都值錢得可以買下這整船的貨。

「哎，這對那個中國富商來說真是不幸之至，因為那三個水手恰巧是船上最壞的幾個壞坯子；正好說明了船上一般所謂的道德標準在哪裡。吳立本人也不是什麼好人；事實上，他根本是個大壞蛋，後來搶劫那位富商的計畫好像就是他定下的。

「那個計畫可說是極其簡單又冷血殘暴。在大船啟航的前一晚，那三名水手，尼爾生、傅科特和巴瑞特帶著威士忌酒到那條丹麥船上去，把那名看守的人灌得大醉，再把他鎖在一間空的艙房裡。而吳立則暗中通知那位富商說他有些貨被偷走了，放在那艘空船上。富商聽說之後，匆匆趕到碼頭邊，由那三名水手接上船去，他們已經把後艙門打開。巴瑞特跑下鐵梯帶路，那位富商跟在後面；可是等到他們到了下面的一層甲板上，望進漆黑的後艙裡時，他似乎害怕起來，開始往上爬了回去。這時尼爾生拉過一根穿在上面一塊木頭上，用來吊貨的繩索來做了個繩圈。等到那位中國富商上來的時候，他俯在艙口欄板上，把繩圈套住富商的頸子，用力拉緊，然後他和傅科特用力拉扯另外那頭的繩子。那個不幸的中國富商就從梯子上給拉開了，等到他身子懸空之後，那兩個壞蛋放鬆了繩子，讓他由艙門直墜到下層去，然後他們把繩子栓住，走到下面去。巴瑞特已經點上了一盞小燈，在微光中，他們看到那個中國富商在離艙底幾呎的地方像個鐘擺似地前後晃動著，垂死的身子還在抖動。現在原先在碼頭上看著這一切的吳立也下來了，這四個壞蛋一點也不浪費時間地開始搜那吊在空中的屍體。讓他們既意外又難過的是什麼值錢的東西都沒找到，只有一塊鑲了一顆珍珠的黑檀木；不過吳立雖然很明顯地對這點贓物感到失望，卻向他的同夥保證說單只這一件東西就值得了，他特別指出那顆珍珠的大小和無比的美。在這方面，幾個水手對珍珠一無所知，可是事情已經做了，也只能求一個最好的結果；於是他們把繩子栓在下層甲板的樑上，把多餘的部分割掉之後帶走，回到他們自己的船上。

「二十四小時之後，那個守船的才清醒過來，逃出了鎖住他的那間艙房，到這時候，另外那艘船早就出海了，而且又過了三天之後，那位中國富商的屍體才被人發現。警方搜查兇手，可是因為守船的人並不認識他們，所以對他們的下落也毫無線索。

「這時候，那四個凶手對如何分贓的事傷透腦筋。因為那樣東西無法分割，而且顯然一定得交給其中一個人來保管。最先這個責任落在吳立身上，他們一回到船上，就把那個墜子收進他的櫃子裡，說好只要他同夥的人提出要求，他就隨時都得取出來讓他們檢查。

「接下來的六個禮拜，沒有發生什麼不尋常的事，然後出了一件怪事。有天晚上，那四個壞蛋正坐在廚房外面，廚子突然發出一聲充滿驚訝和恐怖的叫喊。其他三個人回過頭去，想看看是什麼事讓他們的同夥這樣吃驚，結果他們也一樣嚇得呆住了；因為在艙室升降口——那艘大船是艘平甲板的船——站著那個被他們謀害了的中國富商。他靜靜地站在那裡，看了他們整整一分鐘，而他們也嚇得愣在當場回望著他。然後他向他們招了招手，就從艙口下去了。

「他們因為驚訝和恐懼而有好一陣子愣在當場，動彈不得。最後他們鼓起勇氣，私下向其他的船員打探；可是沒有一個人——包括船上的小廝在內——知道什麼有乘客的事。實際上，除了吳立之外，船上沒有別的中國人。

「第二天早上天亮之後，廚師的副手到廚房去燒水，發現吳立吊死在天花板的一個掛鉤下。廚子的屍體已經僵硬而冰冷，顯然已死了幾個鐘點。這個悲慘的消息很快地傳遍全船。另外三個人趕快把那個珍珠墜子從死者的櫃子裡取出來，以免被上面的人查到。那個便宜的鎖用一根彎曲的鐵絲就很輕易地打開了，那件珠寶也拿到了手；可是現在的問題是該由誰保管，原先大家都急切地想把那件珍寶抓在手裡，現在卻都避之唯恐不及。可是總得有人負責，經過漫長的爭論之後，尼爾生被迫把東西收在他的櫃子裡。

「兩週過去了。那三個壞蛋像暗藏著焦慮的人那樣冷靜地做著各自的工作，休息的時候則坐著談在艙口出現的幽靈和他們那個已故同夥的神祕之死。

「然後打擊來了。

「那時候正是值夜的第二班過後，所有的水手都集結在前甲板上，準備在那一陣壞天氣之後拉起帆來。突然之間，尼爾生發出一聲沙啞的喊叫，衝到巴瑞特面前，遞出他櫃子的鑰匙。

「『喏，你，巴瑞特，』他叫道：『下去把那受詛咒的東西從我櫃子裡拿出來。』

「『做什麼？』巴瑞特問道。然後他和站在旁邊的傅科特一起朝船尾望去，看尼爾生在瞪著兩眼看什麼。

「他們兩個都馬上臉色白得像鬼一樣，渾身顫抖得幾乎站立不住；因為那位中國富商就站在艙口，以穩定而冷漠的眼光回望著他們充滿恐懼的視線。而就在他們看著的時候，向他們招招手，走下艙去。

「『你聽到沒有？巴瑞特？』尼爾生喘著氣說：『拿著我的鑰匙，照我的話去做，否則──』

「就在這時候，上面下令大家到桅頂上面把所有的帆張起來；這三個人各自去到工作崗位，尼爾生攀著前面主桅的繩索上去，其他的兩個則到了中間的桅頂。把工作做完之後，都在左舷值哨的傅科特和巴瑞特下到甲板上，因為他們是下一班，所以先去睡覺。

「等他們半夜起來值勤時，他們去找在右舷站哨的尼爾生，可是到處都找不到他。他們以為他偷溜到下面去了，因此並未聲張，不過還是很替他擔心。等到右舷值崗的人在四點鐘到甲板上時，尼爾生並沒有和其他人一起出現，這兩個人就緊張起來而向別人查問。這下才發現從前晚八點以後就沒有人見過他，這事報告給負責勤務的長官，他命令全員集合。但是尼爾生仍然沒有出現。因此展開全船上下的徹底搜索，但那個失蹤的人依然不見蹤影，大家認定他一定是跌下海裡去了。

「不過到了八點鐘，兩名水手被派到桅桿上去把前桅帆張好。他們幾乎是同時抵達那裡，剛剛爬上繩梯，其中一個突然叫了一聲；然後兩個人一路從後支索上滑了下來，臉都白得像豬油一樣。一落到甲板上，就把負責勤務的長官找了來，站在船首斜桅的後面，用手指著上面。有幾個水手，包括巴瑞特和傅科特，也跟了來，全都抬頭往上看；他們看到尼爾生的屍體吊掛在頂桅帆前面，吊在一根束帆索下晃動著，在船身隨著海浪上下時，不停地撞在鼓張的帆上。

「那兩個還活著的人現在懷疑是不是還該和那顆珍珠有任何關係。可是那顆珍珠的珍貴價值，加上現在是兩人對分，而不是分成四份的事對他們頗具誘惑力。他們把東西從尼爾生的櫃子裡取走，然後因為沒有其他方法來決定由誰保管，所以決定丟銅板。銅板轉過正反之後，珍珠進了傅科特的櫃子。

「從那一刻起，傅科特就一直過著提心吊膽的生活。在甲板上的時候，他的兩眼永遠會望向那個艙口，而在下面輪值的話，只要不睡覺的時候，就會愁眉苦臉坐在他的櫃子上，不知在想些什麼。可是兩個星期過去了，這趟旅程只有幾天就告一結束，那個可怕的中國富商仍然不見蹤影。

「最後那艘船還有二十四小時不到的時間就要抵達馬賽了，船上大部分的貨都是運到那裡的。大船準備進港，包括那具吊貨的滑輪在內，很多東西都要檢修保養。這個工作有一部分落在傅科特和巴瑞特的身上，大約在第二班勤務的中段——黃昏七點左右，他們坐在甲板上，正在整理一根粗索末端的環眼結。面向前方的傅科特突然看到他的同伴臉色發白，以充滿了恐懼的表情瞪著船尾那邊。他馬上扭過頭去看巴瑞特在瞪著什麼。原來是那個中國富商，站在艙口，冷冷地望著他們；就在傅科特轉頭過去和他四目相交時，那中國人招了招手，走下艙去。

「在那天剩下的時間裡，巴瑞特都始終緊跟在他嚇壞了的朋友身邊，到底下值班的時候，他也盡量維持清醒，不讓他朋友離開他的視線。那一夜什麼事也沒有，第二天早上，他們到甲板上值上午的班時，港口已經在望。這兩個人才第一次分開來，巴瑞特到船尾去幫忙掌舵，而傅科特則被派去把要運上岸的滑輪裝好。

「半個鐘點之後，巴瑞特看到大副站在欄杆上，把身子伸出船外，一手抓住了後桅縱帆的支帆索，向船邊看過去。然後他跳回甲板上，憤怒地叫道：『前面的！那個傢伙在右舷的繫錨架下面搞什麼鬼？』

「在前甲板的人都衝到船邊去看；有兩個人拉著一條繩子把身子伸出了欄杆外，第三個衝到船尾去找大副。『那個人是傅科特，長官，』巴瑞特聽到他說：『他在繫錨架那裡上吊了。』

「巴瑞特一下班就到他那個已故同夥的櫃子那邊，用工具撬開了鎖，把珍珠拿了出來。現在那是他一個人的東西了，現在船只剩一兩個鐘點就要到達目的地了，他想不必再怕那個遭到謀害的原來的主人。一等船靠了碼頭，他就要溜上岸去，即使只能以比較低的價錢賣掉，也要把那件珠寶脫手。事情看來非常簡單。

「但是真正做起來卻完全不是那麼回事。他開始的時候是向衣著光鮮的陌生人搭訕，願意以五十鎊的價錢出讓那個墜子；可是他得到的回應只是會心的微笑和搖頭拒絕。同樣的情形經歷了十幾次之後，又被一個心生懷疑的憲兵在街上跟了好久，使他著急起來。他去了幾家店舖，也上了停在港裡幾艘遊艇，每次遭到拒絕就降一點價，最後他急得只要幾個法郎就肯賣了。可是仍然沒有人要買。每個人都理所當然地認定那顆珍珠是贗品，而且大部分的人都認為那是偷來的贓物。情況讓他越來越絕望。夜晚——還有可怕的值班——就要來臨，那顆珍珠卻還在他手裡。他現在甚至情願一文也不要地白送給人家，可是不敢這樣試，因為這樣會讓他受到最強烈的懷疑。

「最後，在一條小街上，他看到那家小古玩店。他裝出一副毫不在乎而開心的樣子，走進店裡，說那個墜子只賣十個法郎。老闆看了看，搖搖頭，遞還給他。

「『你願意出多少呢？』巴瑞特問道，面對著可能遭到的最後拒絕而冷汗直冒。

「老闆伸手到口袋裡摸了摸，拿出兩個法郎來，把手伸了出去。

「『很好！』巴瑞特說。他儘可能鎮定地把錢接過來，大步走出了店門，放心地嘆了口氣，把墜子留在那個老闆手裡。

「那件珠寶掛在一個玻璃盒子裡，再沒有人去理會，一直等到大約十天之後，有個英國來的觀光客，走進店裡，一眼就看中了那件東西。結果老闆向他索價五鎊，保證說珍珠是真的，沒想到那個觀光客竟然信以為真。他很後悔沒開個更高的價錢，可是生意成交了，那個英國人帶著他買的東西走了。

「這就是羅傑頓上尉的朋友所說的故事，我詳詳細細地說給你聽了，因為抄本給了我之後，我已經把它看過好多遍。你大概毫無問題地會認為這只是無稽之談，認為我是個迷信的笨蛋，才會相信這種事。」

「這個故事看來好在它多彩多姿而不在它的可信程度，」宋戴克同意道。「我能不能請問一下，」他繼續說道：「羅傑頓上尉的朋友有沒有說明他或者是任何其他的人，怎麼聽到這個故事的？」

「哦，有的。」卡佛里回答道：「我忘了提到那個水手，巴瑞特，在他賣掉那顆珍珠之後不久，就在船上卸貨時從艙口掉了下去，傷得很重。送到醫院之後，第二天就死了；就是他臨死前躺在那裡自己承認了謀殺的罪行，也說了這件事前後的情形。」

「原來如此，」宋戴克說：「我想你認為這個故事是真有其事囉？」

「一點也不錯，」卡佛里回望著宋戴克時臉紅了起來，他繼續說道：「你知道，我不是個學科學的人，所以我相信的事物不只限於可以秤量的。宋戴克博士，天下有些事遠超過我們小小的知識範圍之外；有很多被科學家和傲慢的唯物主義者放在一邊，閉起眼睛來加以忽略的事物。我寧願相信那些顯然存在的事情，哪怕我沒法加以解釋。而我認為，這種態度比較謙虛，也比較聰明。」

「可是，親愛的福芮德。」波德瑞布先生抗議道：「這根本是胡說八道的童話嘛。」

卡佛里轉身對那位律師說：「要是你看到我所看過的那些，你不但會相信；你根本就會知道那是真的。」

「那把你看到的事情告訴我們吧！」波德瑞布先生說。

「只要你們願意聽，我就會說。」卡佛里說：「我會繼續說那顆中國富商的珍珠的奇怪歷史。」

他點上一支菸，繼續說道：

「我到山毛櫸林舍——你知道，那就是我堂哥的房子——的那天晚上，發生了一件很荒謬的事，我之所以會提起，是因為和後來發生的事大有關係。我很早回到房間裡，在睡前先坐在那裡寫了幾封信。等我寫完信之後，我開始四處檢查我的房間。你們想必記得我當時是在很緊張不安的狀態，養成了在脫衣服上床睡覺之前先檢查房間的習慣。要看過床底下，還有房間裡所有的五斗櫃或壁櫥裡面。這一回，我在這新房間裡四下環顧的時候，看見還有另外一扇門，我馬上過去把門打開，看會通到哪裡。我一打開門，就大吃了一驚，發現自己正望著一個很窄的壁櫃還是通道，牆上有一排掛衣釘，上面有佣人替我掛上的好幾件衣服；另外那頭也是一扇門，而我站在那裡往裡看時，突然驚覺到有個人站在那裡，把門半拉開著，默不作聲地在打量我。我呆站在那裡瞪著他看了一陣，心跳得像打鼓一樣，四肢顫抖；然後我砰地關上了門，跑去找我的堂哥。

「他正和羅傑頓在撞球間打球，我走進去的時候，兩個人猛地抬起頭來看我。

「『艾佛瑞，』我說。『從我房間通出去的那條走道通到哪裡？』

「『通到哪裡？』他說：『怎麼回事？哪裡也通不到。原先是通往一條相交的走廊，可是房子修建的時候，那條走廊改掉了，你那條走道就封了起來，現在只是一個壁櫃而已。』

「『呃，裡面有一個人——至少剛剛有一個人在那裡。』

「『胡說八道！』他叫道：『不可能的！我們去看看那個地方。』

「他和羅傑頓站了起來，我們一起到了我的房間。當我們拉開那扇壁櫃的門往裡看時，三個人都大笑起來。在另外那頭打開的門口現在有三個人在望著我們，謎底揭曉了。壁櫃那頭裝了一面大鏡子來遮住原先連接走廊而切斷的部分。

「這件事當然讓我受到我堂哥和羅傑頓上尉的取笑，可是我常常希望那面鏡子沒有裝在那裡，因為我再三因為匆忙打開櫃門，沒有想到那面鏡子，而就像碰上一個由一扇打開的門直往我衝來的人影似地嚇得半死。事實上，這事讓我很不舒服到以我那樣神經緊張的狀態來說，差點想要我堂哥給我換一個房間；可是，碰巧在和羅傑頓聊天的時候提到這件事，讓我發現那位上尉對我的膽小極表輕蔑，大傷了我的自尊心，所以我就沒再談換房的問題。

「現在我要講到一件非常奇怪的事，這件事我會很坦白地說出來，雖然我明明知道你們會說我是個騙子或是個瘋子。我離家外出了兩個禮拜，回來的那天已經很晚了，我直接回到我的房間，脫了一部分衣服。我一手拿著衣服，一手拿著一支蠟燭，打開了壁櫃的門。先站了一下，不安地望著我的身影，它站在走道那頭打開的門口，手裡拿著支蠟燭，回望著我；然後我走了進去，把蠟燭放在一個架子上，把我的衣服掛起來。等我掛好衣服，正伸手去拿蠟燭的時候，突然瞥見鏡子裡有什麼奇怪的東西。那裡映照的不是我手裡的蠟燭，而是一盞很大的彩紙燈籠。我嚇得呆站在那裡，望著鏡子裡面；然後我看到我自己的身影也變了，本來應該是我自己身影所在的地方，變成了一個中國老人，站在那裡面無表情地看著我。

◎鏡中的幽靈

「我想必在那裡站了將近一分鐘，無法動彈，也幾乎無法呼吸，和那樣可怕的一個人面對面。最後我轉身逃走，而在我轉身時，他也轉過身去，我回頭看到他匆匆地走開。等到了門口時，我停了一下，用手把著門，將蠟燭高舉在頭上，回頭看去；而他也這樣停住了，回頭看我，一手把著門，將燈籠高舉在頭上。

「我不安得好幾個小時都沒法上床睡覺，一直在房間裡走來走去，其實我已經精疲力盡。我不時地忍不住再朝壁櫃裡窺探，但在鏡子裡沒有看到別的，只有我自己的身影，手裡拿著蠟燭，由半開的門向我窺視。每次我一看到自己那張蒼白而充滿恐懼的臉，就急忙將門關上，打著寒顫掉頭走開，因為那些有衣服掛在上面的掛衣釘似乎都在呼喚我。最後我終於上了床，在入睡之後，我做了個決定，要是我能活到第二天的話，我就要寫信到廣州的英國領事館去，要把那顆珍珠還給被殺富商的親人。

「第二天我把信寫好寄出之後，覺得好過多了，不過我還是一再想起那像石像一樣面無表情的身影；而且不時地會有股忍耐不住的衝動，想打開壁櫃的門去看裡面的鏡子和掛了衣服的掛衣釘。我把幽靈來訪的事告訴我堂哥，可是他只是大笑，表明了他不相信；而那位上尉則很不客氣地勸我別做個迷信的笨驢。

「那之後有好幾天我都過得很平靜，讓我開始希望我的那封信已經安撫了那被殺中國富商的靈魂；可是到了第五天，傍晚六點鐘左右，我正好需要壁櫃裡掛著的一件大衣口袋中的幾張文件，就走進去取。我沒有點蠟燭進去，因為當時天還沒黑，不過我把壁櫃的門敞開著，讓光可以照進來，我要的那件大衣掛在靠近壁櫃最裡面的地方，離那面大鏡子只有四步遠，就在我走過去的時候，我一直緊張不安地看望著我在鏡中的影子朝我走過來。我找到了我的大衣，伸手進去找那些文件時，還一直以懷疑的眼光看著我的影子。而就在我看著的時候，發生了再奇怪不過的事情。鏡子好像突然暗了一下或是起了一陣煙霧，然後，等到鏡子裡又清亮了之後，我看見有個黑影站在身後打開的門透進來的亮光前，正是那個中國商人。我只看了一眼，就跑出了壁櫃，激動得渾身顫抖；可是等我轉身去關門的時候，注意到鏡子裡映照的是我自己的身影。那個中國人在一瞬間消失了。

「顯然我的信並沒能達到目的，這使我陷入絕望；尤其是在那天我又感到必須要去看壁櫥牆上那排掛衣釘的可怕衝動。這種衝動所代表的意義是不會弄錯的，而每次我一過去，都很不甘願地勉強自己離開，而且怕得全身發抖。不過有一件事對我有些鼓舞作用；那就是每一次那個中國人都沒有像他對那些水手似地向我招手。所以也許我還有可以躲過一死的路。

「接下來的那幾天裡，我很認真地想了各種方法來逃過籠罩頭上的厄運。最簡單的做法就是把珍珠給別的人，這完全不列入考慮；那樣和殺人沒什麼兩樣。在另一方面，我也不能等著我那封信的回音；因為即使我還能活著，大概在得到回音之前，我早就已經瘋掉了。可是就在我考慮該怎麼辦的時候，那個中國人又出現在我面前；然後，只過了兩天，他又來找我。那就是昨天晚上。我一直盯著他，像著了迷一樣，渾身起了雞皮疙瘩，而他站在那裡，手裡提著燈籠，直望著我的臉。最後他把手朝我伸了出來，好像要我把那顆珍珠給他；然後鏡子黑了，而他突然消失不見；在他原先所站的地方只剩我自己的影子由鏡子裡望著我。

「這最後一次的現身讓我下定了決心，今早我離家的時候，那顆珍珠在我口袋裡，等我走在滑鐵盧橋上時，我把身子靠在欄杆上，把那玩藝扔進了水裡。之後我有好一陣子覺得放心了；我已經把那受詛咒的東西擺脫掉，而沒有牽扯到別人。可是後來我開始覺得一種新的不安。我一整天都越來越確定我做錯了。我那樣只是讓珍珠的主人永遠拿不到了，我應該像中國人的做法那樣埋起來，這樣的話，珍珠的靈氣就會和它主人的靈魂合在一起了。

「可是現在已經無法改變了。不論是好是壞，事情已經做了，只有上帝才知道會有什麼樣的結果。」

說完之後，卡佛里深深地嘆了口氣，用他那修長而纖細的兩手捂住了臉。我們全都沉默了一陣，而我覺得深深地感動了；因為儘管這件事不實得詭異，卻有種悲戚，甚至可說是悲劇的意味，讓我們都能真正地感受到。

波德瑞布先生突然一驚，看了下錶。

「天啦，卡佛里，我們會趕不上火車了。」

那年輕人鎮定下來，站起身子。「如果現在就走的話，大概正好趕上。」他說著又加上一句：「再見。」他跟宋戴克和我握了握手。「你們很有耐性，我怕我太無趣了。來吧，波德瑞布先生。」

宋戴克和我跟著他們到了外面的樓梯口，我聽到我的同事壓低了聲音，但很急切地對那位律師說：「讓他遠離那棟房子，波德瑞布，暫時也別放他離開你的眼前。」

我沒有聽到那位律師的回話，可是等我們回到房間裡之後，我注意到宋戴克的神色，我還從來沒看過他這麼激動。

「我不該讓他們走的。」他叫道：「我真該死！要是我夠聰明的話，我就該想辦法讓他們趕不上那班火車。」

他點上菸斗，大步地在房間裡走來走去，兩眼盯著地下，一臉沉思的表情。最後，我發現他怎麼也不說話，就清了我的菸斗，上床睡覺去了。

第二天早上，我正在穿衣服，宋戴克走進了我的房間，他板著臉，神情嚴肅，手裡拿著一封電報。

「我今早要到偉橋去。」他簡單明瞭地說著把那張電報遞給我。「你要去嗎？」

我由他手裡接過電報，看著：

「天啦，快來！F．C．去世。你明白的——波德瑞布。」

我把電報交還給他，一時震驚得說不出話來。這簡短的訊息瞬間讓這場可怕的悲劇來到我的眼前，那悲傷而空虛的生命得到這樣悲慘的結局也讓我被一陣深深的憐惜之情席捲。

「好可怕的事呀！宋戴克，」最後我終於開口叫道：「居然被一個只不過是詭異的幻象給殺了。」

「你以為是這樣嗎？」他冷冷地問道。「呃，我們會弄清楚的；可是你會去吧？」

「會。」我回答道；在他走了之後，我很快地把衣服穿好。半個小時之後，我們很快地吃完早餐，站起身來時，波頓走了進來，拿著一小包捲起來的各式工具和一串萬用鑰匙。

「這些要放在袋子裡嗎？博士？」他問道。

「不用，」宋戴克回答道：「放在我大衣口袋裡。哦，這裡有封信，波頓，我要你送到蘇格蘭場去，是給副局長的，一定要弄清楚你給對了人之後才能離開。這封電報打給波德瑞布先生。」

他把鑰匙和那包工具收進口袋裡，然後我們一起下去等馬車來。

到了偉橋車站，我們看到波德瑞布先生正極其沮喪地在月台上走來走去。看到我們時，他稍微開心了點，很誠心地握我們的手。

「你們兩位肯在臨時通知之下趕來，真是太好了。」他熱情地說：「我能感受到你們的好意，你當然了解吧？宋戴克？」

「當然，」宋戴克回答道：「我猜那個中國人向他招手了。」

波德瑞布先生吃驚地轉過身來，「您怎麼猜到的？」他問道。然後不等回答就從口袋裡掏出一封信來，交給了我的同事。「那可憐的傢伙留下這個給我，」他說：「佣人在他的梳粧台上找到的。」

宋戴克看了看那張短箇後遞給我。上面只有幾個字，是用顫抖的手匆忙寫就的。

「他向我招手，我得走了，再見，親愛的老朋友。」

「他堂哥對這件事有什麼看法？」宋戴克問道。

「他還不知道這件事，」那位律師回答道。「艾佛瑞和羅傑頓清早吃完早餐就出去了，為了什麼事騎自行車到加德福去，還沒有回來。這件可怕的災難是他們離開不久之後發現的。女佣送了杯茶到他的房間去，卻很驚訝地發現他沒有睡在床上。她緊張地跑下樓去報告管家，管家立刻上樓去搜查那個房間；可是找不到那個失蹤者的蹤影，只找到給我的那封信，然後他才想起去看看壁櫃裡面。他一打開門，先因為自己映照在鏡子裡的影子而大吃了一驚；然後就看到可憐的福芮德吊死在靠近壁櫃頂端鏡子前的一根掛衣釘上。這實在是件很悲慘的事——啊，我們到了，在等我們的那個就是管家。史蒂文斯，那艾佛瑞先生還沒來囉？」

「還沒有，您哪。」那一頭白髮，滿面驚恐的人顯然是因為厭惡那棟房子才在大門口等著，現在因為我們到達了才放心地往回走。我們走進屋子之後，他一言不發地請我們上到二樓，走過一道走廊，停在走廊盡頭，「就是這個房間，您哪。」他說完之後，就轉身下了樓。

我們走進房間裡，波德瑞布先生踮著腳跟在後面，害怕地東張西望。又緊張地看了看躺在床上被屍布覆蓋的形體。宋戴克則走了過去，輕輕地將布單拉開。

「你最好不要看，波德瑞布，」他彎身看著屍體說。他摸了下死者的四肢，又檢查了下那條仍然繞在脖子上的繩索，末端的參差不齊見證了那些佣人在解下屍體時的恐懼。然後他把布單蓋回原狀，看了下錶。「事情大概發生在半夜三點鐘左右。」他說：「可憐的傢伙，他想必為這種衝動掙扎了很久！我們現在去看看那個壁櫃。」

我們一起走到房間角落的那扇門前，打開之後，我們看到有三個人影在另外那頭打開的門口對望著我們。

「這實在很嚇人，」那位律師低聲地說道，帶著些擔心的表情望著那三個人影向我們迎了過來。「那可憐的小子根本就不該到這裡來。」

那裡的確是個很讓人毛骨悚然的地方，我們走進那又黑又窄的通道，看著另外三個黯淡的身影悄無聲息地迎向我們，模仿著我們的一舉一動時，我禁不住想到這絕不是像福芮德·卡佛里這樣一個既神經質又迷信的人該來的地方，將近那排掛衣釘最後的地方有一根上面掛著半截綁箱子用的繩子，波德瑞布先生害怕地指了指，可是宋戴克只約略看了一眼，然後走到那面鏡子前面，非常仔細地檢查起來。那是一面很大的鏡子，將近有七呎高，和壁櫃等寬，深入地下約有一呎，而且看來好像是由後方裝進這個隔間的，因為在上方和下方，都有木框擋在前面。我正在觀察這些的時候，一面很好奇地看著宋戴克。他先用指關節敲打著玻璃；然後他擦亮一根火柴，湊在鏡子前，仔細地看著反映在鏡子裡的火焰。最後，他把臉頰貼在玻璃上，把拿著火柴的手伸直出去，但仍靠在鏡子前，再順著鏡面去看反影。接下來他吹熄了火柴，走回房間裡，等我們都出來之後，關上了櫃門。

「我想，」他說：「我們一定會被驗屍官傳訊的，不如先看一下蒐集到的證據，我看到窗子前面有張寫字檯，我建議你，波德瑞布，先記下你昨天晚上所聽到的事情，寫一個摘要，杰維斯記錄下屍體的狀況。你們兩位寫這些的時候，我要四下去看一看。」

「我們可以找個更讓人開心一點的地方去寫，」波德瑞布先生嘟囔道：「不過——」

他那句話並沒說完，就在桌子前面坐了下來，找出幾張紙來，把一支筆蘸上墨水來激發他的思想，這時候宋戴克靜靜地溜出了房間，而我開始仔細地檢查屍體。其間不時被那位律師打斷，讓我幫他回想一些情形。

我們這樣忙了將近一刻鐘之後，聽到外面傳來匆忙的腳步聲，房門突然打開，有個人衝了進來。波德瑞布站起身子，伸出手來。

「你這趟回來真傷心，艾佛瑞。」他說。

「不錯，我的天！」新來的那個人叫道：「太可怕了。」

他斜眼看了看床上的屍體，用手帕擦了下額頭。艾佛瑞．卡佛里不是很討人喜歡。他像他堂弟一樣，相當的神經質，可是由他臉上就看得出來他沉迷酒色，現在他的臉色蒼白，帶著不忍卒睹的恐懼表情。更過份的是，他走進來的時候帶來了一陣白蘭地酒的氣味。

他一點也沒注意到我，走到那張寫字檯邊，就在他站在那裡，低聲與那位律師交談的時候，我突然發現宋戴克站在我身邊，他剛剛悄沒聲息從卡佛里沒有帶關的房門溜了進來。

「把波德瑞布的那封信給他看。」他低聲地說道：「然後讓他進去看那根掛衣釘。」

說完這個神祕的要求之後，他就像來時一樣悄無聲息地溜出了房間，卡佛里和那位律師都沒有注意到。

「羅傑頓上尉有沒有和你一起回來？」波德瑞布正在問他。

「沒有，他到鎮上去了，」對方回答道：「可是他不會去多久。這事一定讓他震驚不已。」

就在這時候，我走了過去，「你有沒有把死者留給你的那封很特別的信給卡佛里先生看過？」我問道。

「什麼信？」卡佛里大吃一驚地問道。

波德瑞布先生把信取出來遞給了他。卡佛里看完之後連嘴唇都變白了，信在他手裡不住抖動。

「他向我招手，我得走了。」他讀道，然後他偷偷地看了那位律師一眼。「誰招了手？他這話是什麼意思？」

波德瑞布先生簡單地說明了其中的意思，又說：「我以為你早知道這些事呢？」

「對，對，」卡佛里有點不知所措地說：「你現在提到我就想起來了。可是這真是好可怕，好奇怪啊。」

這時候我又插進嘴去。「有一個問題，」我說：「也許相當重要。和這個可憐的傢伙上吊的繩子有關。你能不能指認那條繩子呢？卡佛里先生？」

「我！」他叫了起來，兩眼瞪著我，又擦了下他那張蒼白臉上的汗水。「我怎麼指認？繩子在哪裡？」

「有一部分還掛在壁櫃裡的掛衣釘上。你能去看一下嗎？」

「如果你能取來的話──你知道，我──呃──當然可以──看一看──」

「採證之前不能破壞現場，」我說：「可是你當然不是害怕──」

「我沒有說我害怕，」他憤怒地反駁道：「我為什麼要害怕？」

他用像顫抖似的奇怪姿態，大步走到壁櫃前，一把將門打開，衝了進去。過了一下，我們聽見一聲恐怖的喊叫，他衝了出來，臉色發青，喘息不止。

「怎麼了，卡佛里？」波德瑞布先生叫道，一面警覺地站了起來。可是卡佛里卻說不出話來。他跌坐進一張椅子裡，默不作聲驚恐地對我們看了一陣；然後他往後一仰，發出一陣尖聲狂笑。

波德瑞布先生不解地看著他。「怎麼了，卡佛里？」他又問了一次。因為沒有得到回答，他也走到壁櫃前從那扇打開的櫃門走了進去，先好奇地向裡面看了看，然後他也發出了一聲驚叫，匆匆地退了出來，看來蒼白而狼狽。

「老天保佑！」他脫口而出地道：「這個地方鬧鬼嗎？」

他沉重地坐了下來，瞪著仍然在歇斯底里地狂笑的卡佛里，而我也充滿了好奇，走到壁櫃去看看造成他們這種獨特反應的原因。在我拉開那位律師剛才關上的那扇門時，我必須承認自己也嚇了一大跳；因為顯然開著的門很清楚地映照在鏡子裡，但我自己的身影卻由一個中國人的身影所取代。在因為吃驚而停頓了一下之後，我走進了壁櫃，朝鏡子走去；那中國人的身影也同時走進門向我迎面而來。就在我走到超過一半的地方時，鏡子裡突然變黑了；一道旋轉的閃光，那個中國人就在那一瞬間消失，等我走到鏡子前面時，面對著我的是我自己的身影。

我轉身回到房間裡，相當明白了是怎麼回事，帶著新生的厭惡感覺看著卡佛里。他仍然面對那不知所措的律師坐著，一時抽搐著哭泣，一時又歇斯底里地狂笑。他那樣子實在很難看，過了一下之後，宋戴克走進房間來，站在門口，用厭惡的眼光看著他，我正朝那邊走過去。這時候有個人從宋戴克身邊擠了進來，大步走到卡佛里身邊，抓住他的手臂用力搖晃。

「別鬧了！」他憤怒地叫道：「聽到了沒有？別鬧了！」

「我沒辦法，羅傑頓，」卡佛里喘息道：「他把我嚇死了——那個中國人，你知道。」

「什麼！」羅傑頓脫口叫道。

他衝到壁櫃門口，朝裡看了看，轉過身去怒罵了一句，然後走出了房間。

「波德瑞布，」宋戴克說：「我想跟你和杰維斯到外面說一句話。」在我們跟著他走出來之後，他繼續說道：「我有樣很有意思的東西給你們看，在這裡面。」

他輕輕地拉開旁邊一扇門，裡面是一個沒有放家具的小房間。在房間的那邊有一個突出來的壁櫃，羅傑頓上尉站在壁櫃門口，正用鑰匙開門。他惡狠狠地轉過身來，但臉上卻帶有一絲緊張，向我們問道：

「這樣闖進來是什麼意思？你們這兩個傢伙又是什麼人？你們知不知道這是我私人的房間？」

「我就猜到是這樣，」宋戴克不動聲色地回答道：「那櫃子裡的東西也都是你的了？」

羅傑頓的臉都白了，可是還是虛張聲勢地問道：「你是說你居然敢闖進我私人的壁櫃裡嗎？」

「我的確查看過了，」宋戴克回答道：「我可以告訴你再怎麼轉那把鑰匙也沒用，因為我已經把鎖弄壞了。」

「見你的鬼！」羅傑頓叫道。

「真的；你知道，我正在等一位警官帶搜索令來，所以我希望所有的東西都原封不動。」

羅傑頓因為恐懼和憤怒而臉色發青，他一副威脅的樣子大步走到宋戴克面前，突然又改變了主意，叫道：「我一定要解決！」就跑出了房間。

宋戴克由口袋裡掏出一把鑰匙，把房門鎖好之後，轉到壁櫃前面。他把鑰匙抽出來，用一根很硬的鐵絲將鎖還原，再使用鑰匙開了門。走進去之後，我們發現自己置身在一個狹窄的壁櫃裡，和另外那個房間的壁櫃非常相似，但因為裡面沒有鏡子，所以比較黑。掛衣釘上掛了幾件衣服，等宋戴克點燃一支蠟燭放在架子上之後，我們就看到了更多的細節。

「這裡有些他的東西，」宋戴克說。他指著掛在一根掛衣釘上的東西，一件中國人縫製的藍色緞子長袍，一頂後面拖了條假辮子的瓜皮帽，還有一張做得非常精美的紙糊面具。「仔細看了。」宋戴克說著，把那個面具取了下來，讓我們看裡面的標籤，上面寫著：「巴黎雷納德」，「精心製作」。

他脫下外套，穿上那件長袍，戴上面具和瓜皮帽，在那黯淡的燭光下，瞬間變成了一個唯妙唯肖的中國人。

「只要再多一點時間，」他指著一雙中國式的布鞋和一盞很大的紙燈籠說：「整個裝扮就更完全了；可是這已經足夠回應我們的朋友艾佛瑞了。」

「可是，」波德瑞布先生看著宋戴克除去化裝的衣物說道：「我還是不明白——」

「我馬上會向你解釋清楚，」宋戴克說。他走到壁櫃的底端，輕敲著右手邊的壁櫃，說道：「這是那面鏡子的背面。你看得到是掛在上了油的巨大鉸鍊上，下面由一個裝了橡皮墊的底座撐住，而底座顯然裝了滾輪。再看看沿著牆邊有三條黑色的繩索，都穿過上面的滑輪。現在，我拉這根繩索，注意看會怎麼樣。」

他用力地拉了下其中一根繩索，那面鏡子立刻悄無聲息地隨著巨大的底座向裡打了開來，最後被一個橡皮的緩衝器擋住，停在壁櫃對角線的位置。

「我的天啦！」波德瑞布先生叫道：「好特別的東西！」

結果的確很奇怪，因為這面鏡子正好斜在看來像是一長條通道的兩個壁櫃之間，兩頭各有一扇門。走近到鏡子前面，我們發現鏡子原先所在的地方是一片普通的玻璃，顯然是放在那裡以防止有人從一邊壁櫃走進另一個壁櫃而發現了其中的詭局。

「這些事真讓人困惑，」波德瑞布先生說：「我現在實在弄不清楚。」

「我們先把這裡弄完，」宋戴克回答道：「然後我再解釋。注意這塊黑的布幕，我一拉第二根繩索，就會滑過壁櫃這邊來，遮掉光線，現在鏡子就不會反射任何影像到另外那個壁櫃裡，看起來只是一片漆黑。現在我要拉第三條繩索。」

他拉了一下，鏡子又無聲無息地轉回原處。

「在我們出去之前，只有另外一件東西要看，」宋戴克說：「那就是另外那塊面向牆壁的鏡子。這個當然就是福芮德・卡佛里原先在壁櫃底端所看到的那面鏡子；那面鏡子後來移開了，換上了這面會轉開的大鏡子。現在，」他等我們走出壁櫃到了房間裡面之後繼續說道：「讓我來仔細說明其中的機關。我聽到可憐的福芮德・卡佛里說他的故事之後，就很清楚地知道那面鏡子是『假的』，我畫了張可能是怎麼裝置的簡圖，結果完全正確。這就是那張圖。」他從口袋裡掏出一張紙來，交給那位律師。「上面一共有兩個部分，第一部分畫的是鏡子在一般的正常位置，也就是壁櫃的底端，一個人站在A點，當然看到他反映的身影面對他在A1點。第二部分畫的鏡子轉了四十五度，現在站在A點的人完全看不到他自己的身影了；可是如果有另外一個人站在另一個壁櫃裡的B點，A點的人卻可以看見B點的反射身影出現在B1——也就是說，恰好是鏡子在正前方時他自己的身影所在的位置。」

「現在我明白了，」波德瑞布先生說：「可是到底是誰設下這個機關？又為了什麼呢？」

「讓我問你一個問題，」宋戴克說：「艾佛瑞．卡佛里是不是他最近的近親？」

「不是；福芮德還有個弟弟。不過我知道福芮德最近立了張遺囑，對艾佛瑞大為有利。」

「那這就是原因所在了。」宋戴克說：「這兩個壞蛋陰謀要逼得那可憐的傢伙自殺，羅傑頓應該是主謀，顯然是提到船上的中國人讓他想到這個主意，編出故事來刺激可憐的福芮德的迷信心理，捏造出那個遭謀殺的中國富商和被偷的珍珠等等的離奇故事。你還記得一直到說了那個故事之後，幽靈才開始出現，在那之前福芮德還離開那棟房子到別處去了一陣。顯然就是趁他不在的時候，羅傑頓把原先的鏡子取了下來，裝上可以轉動的裝置，同時向戲劇道具商那裡買來中國人的衣服和面具。他一定是想在偵查之前能悄悄地把可轉動的鏡子取下來，和其他道具一起拿走，再把原來的鏡子裝回去的。」

「天啦！」波德瑞布先生叫道：「這真是我所聽到過最惡名昭彰，也最下作的事。這兩個壞蛋一定要關到牢裡，這話就跟說我現在活著一樣沒錯。」

可是在這點上，波德瑞布先生錯了；因為一發現他們的詭計被人看破之後，那兩個同謀就離開了那棟房子，才入夜就已經安全地逃到了英法海峽的另外一邊；而那位律師唯一得到的滿足就是基於所揭發的事實，那份遺囑就此作廢。

至於宋戴克，他直到今天仍然不能原諒自己當初居然讓福芮德．卡佛里回家去送死。

〔事件七〕

鋁柄匕首

「急診」——要立即善盡專業責任的強制性召喚——通常是醫師，而不是法律工作者會有的經驗，而我以為我在職業上放棄了診療的部分而專注在法醫學方面之後，大概就不會再碰上那種情況了；進餐受到打擾，休憩遭到中斷，半夜裡來按門鈴，這一切都已成過去；但實際上卻不是這麼回事。說起來法醫學者是處在兩種專業的邊緣地帶，兩方面的事都會遇到，所以我同事或我自己都會經常臨時受命去提供我們的專業服務。我現在要敘述的正是這樣的一個案例。

神聖的「沐浴」儀式已經完成，筆者這位剛擦乾身子的人正準備進行穿衣的第一個步驟時，聽到樓梯上響起一陣急促的腳步聲，然後是我們實驗室助手波頓在我同事的房門口提高了聲音說：

「樓下有位先生，博士，他說他有最緊急的事必須馬上見你。他看來很激動，博士——」波頓還在繼續講著的時候，又聽到另外一陣更為急促的腳步聲，然後是個陌生的聲音在叫宋戴克。

「我是來請求你立刻伸出援手的，博士；發生了一件最可怕的事，是一件恐怖的謀殺案，你現在能和我一起去嗎？」

「我馬上就和你一起走，」宋戴克說：「被害人死了嗎？」

「死了，又冷又僵，警方認為——」

「警方知道你來找我嗎？」宋戴克打斷了他的話問道。

「知道。要等你到了之後才開始調查。」

「很好，我幾分鐘內就準備好。」

「如果你可以在樓下等等的話，先生，」波頓勸說道：「我可以幫博士趕快準備好。」

他用這樣很有手腕的說詞把那位不速之客哄回到客廳裡，不久之後又悄悄地上樓來，端著一個放早餐的小托盤，把上面的餐點分別送到我們各人的房間裡，還適時地發表了「不該空著肚子去辦謀殺案」的意見。這時候，宋戴克和我已經以只有醫生和快速變裝表演家才有的速度把衣服穿好，幾分鐘之後，一起下了樓，關照實驗室準備一些宋戴克通常在從事調查時需要攜帶的東西。

我們走進客廳時，那位正著急地踱來踱去的客人，寬心地喘了口氣，一把抓起帽子。

「你們準備好出門了嗎？」他問道。「我的馬車在門口等著。」然後也不等我們回答，匆忙出門，走在我們前面下了樓梯。

馬車是一輛很寬敞而有頂蓋的四輪大馬車，幸好能容得下我們三個人。我們才一上車，關上車門，車伕就揮鞭趕馬，很快地上了路。

「我最好在路上先把相關的情形跟兩位說一下，」我們那位激動的朋友說：「首先，我姓寇帝斯，亨利．寇帝斯；這是我的名片。啊！這是另外一張名片，我應該先給你們才是。我的律師，馬奇蒙先生，在我發現那可怕的狀況時，正和我在一起，是他要我來找你們的。他還留在現場，在你到之前，不讓別人亂動。」

「他這樣做法很聰明。」宋戴克說：「可是現在請先告訴我們究竟是怎麼一回事。」

「我會的，」寇帝斯先生說：「被殺的那個人是我的姻親，阿佛烈．哈崔吉，我很遺憾地說他是個——呃，他是個壞人。要這樣說他，讓我很難過——你知道，de morfuis（不可以說死者的壞話）——可是，就算讓人很痛苦，我們也還是得實話實說。」

「完全正確。」宋戴克同意道。

「我和他之間有過很多次非常不愉快的來往——這些馬奇蒙會跟你說——昨天我留了個條子給他，約他見個面，把事情解決一下，時間定在今天早上八點鐘，因為我必須在中午以前出城去。他回了封很短的信，說他會在約定的時間和我見面，而馬奇蒙先生很好心地答應陪我去。我們依約一起在今天早上到他的住處，準時在八點時到達。我們按了好幾次門鈴，又用力地敲門，可是毫無反應，就下樓去找樓下的門房。這個人好像已經在院子裡注意到哈崔吉先生客廳的電燈一直亮著，而根據夜班門房的說法，燈亮了一整夜；所以他懷疑出了什麼事，就和我們一起上樓去，按了門鈴，又用力敲門，然後，因為裡面還是沒有動靜，他就把備份鑰匙插進鎖孔，想把門打開——卻打不開門，因為裡面閂住了。因此那位門房找來一名警員，商量過之後，我們決定可以把門撞開；門房找來一支鐵撬，在我們齊心合力之下，終於把門撬開了。我們走了進去，結果——我的天啦！宋戴克博士，在我們眼前的景象好恐怖啊！我的姻親死在客廳的地板上。他挨了一刀——給刺死了；而且那把匕首還沒有拔出來，就插在他的背上。」

他用手帕擦了擦臉，正準備繼續他關於這場災禍的敘述時，馬車進入了西敏寺街和維多利亞街之間的一條安靜的側街，停在一排又高又新的紅磚樓房前，門房慌慌張張地跑出來拉開車門，我們在大門前下了車。

「我姻親的公寓在三樓，」寇帝斯先生說：「我們可以坐升降機上去。」

那位門房已經趕在我們前面，站在那裡用手拉著繩索。我們上了升降機，不到幾秒鐘，就到了三樓。那個門房非常好奇地跟著我們由走廊走過去。在走廊盡頭有一扇半開的門，被撬打得相當厲害。門上以白色的字標著「哈崔吉先生」的字樣；從門裡走出那個有點像狐狸的柏傑探長。

「我真慶幸你來了，博士，」他在認出了我同事之後說道：「馬奇蒙先生正像隻看門狗似地坐在裡面，只要我們有哪個敢走進那個房間，他就會咆哮起來。」

這話有抱怨的意思，可是說話的人在態度上有種得意的模樣，讓我懷疑柏傑探長想必已經偷偷地查看過了。

我們走進一個小小的玄關或是門廳，由那裡進入了客廳，發現馬奇蒙先生正堅守崗位，旁邊還有一名警員和一名穿了制服的警探。我們走進去時，三個人都輕輕地站起來，低聲地和我們招呼。然後，大家不約而同地望向房間那頭，有好一陣子都沉默無語。

整個房間讓人感覺非常陰鬱而可怕。最常見的東西上似乎都籠罩了一種悲傷而神祕的氣氛；在最熟悉的形體下似乎隱藏著邪惡的感覺。最讓人深有所感的是那種懸疑的氣息——很普通的日常生活突然停住——在一霎眼之間就此切斷了。電燈仍然亮著微弱的紅光，雖然夏日的陽光已經透過窗子流瀉進來；那張沒有人坐的椅子旁邊放著的半空酒杯和打開的書本，都像在低聲訴說著那來得迅速又突然的災難，就像這些等著的人那些放低的聲音和輕悄的動作，但最駭人的，還是那幾個鐘點前還是活生生的人體，現在卻一動也不動地仆臥在地上。

「這真是件謎案，」柏傑探長終於打破沉默地說道：「雖然在某個程度上，也算很清楚了。由屍體本身就可以看得出來。」

我們走了過去，低頭看看那具屍體。那個人可算是一個老人，躺在壁爐前的一塊空地板上，臉朝下，兩臂伸開。那把匕首細細的刀柄從左肩下方的背部伸了出來，除了嘴唇附近的一抹血跡之外，這是唯一顯示死亡的地方。在離屍體不遠的地方，有一把給時鐘上發條用的鑰匙，我抬頭看了看壁爐上的鐘，看到鐘面的玻璃罩打開了。

「你看，」那位探長注意到我的眼光，進一步說：「他站在壁爐前面，給鐘上發條。兇手偷偷地走到他後面——上發條的聲音想必讓人聽不見兇手的動靜——把他刺死。而且你看，由匕首刺在左邊背上的位置，可以知道兇手一定是個左撇子。這一切都很清楚了。不清楚的是，兇手是怎麼進來，又怎麼出去的。」

「我想，屍體沒有移動過吧？」宋戴克說。

「沒有。我們派人請了警方的醫生伊格騰大夫，他證實這個人已經死了。他等下會再來見你們，安排遺體解剖的事。」

「那，」宋戴克說：「我們就先不要動遺體，等他來了再說，不過要先量一下體溫，匕首的把手上要先驗指紋。」

他由他的手提包裡取出一支很長的體溫計，還有一個吹藥器，又叫指紋顯示器的東西。他先把體溫計放進死者衣服下貼近腹部的地方，然後用吹藥器把一陣很細的黃色粉末吹到匕首的黑皮刀柄上。柏傑探長急切地蹲下去檢查刀柄，而宋戴克把原先均勻附著在刀柄上的粉末吹掉。

「沒有指紋，」柏傑失望地說。「他想必是戴了手套。可是上面刻的字卻是很好的線索。」

他一面說，一面用手指著匕首的金屬護手上，有拙劣的字跡刻著「TRADITORE」。

「這是義大利文的『叛徒』，」探長繼續說道：「我從門房那裡打聽來的消息正合於這個說法。我們等下把他找來，你要聽聽這件事。」

「現在呢，」宋戴克說：「因為陳屍的位置在開調查庭時可能會很重要，我先拍一兩張照片，再按比例畫一個簡圖。你說，都沒有移動過任何東西嗎？是誰把窗子打開的？」

「我們進來的時候，窗子就已經是開著的。」馬奇蒙先生說：「你記得吧，昨天晚上很熱，其他的東西都沒人動過。」

宋戴克從他的手提包裡取出一架摺疊式的照相機，一個伸縮自如的三腳架，還有一把測量用的量尺，一根黃楊木的比例尺，以及一本素描簿。他把照相機放在屋角，拍了一張包括屍體在內的室內全景。然後他走到門口，拍了第二張照片。

「杰維斯，能不能請你站到鐘前面，」他說：「伸起手來好像要上發條的樣子？謝謝；請不要動，讓我拍一張照片。」

我就以謀殺案發生時死者所站的姿勢等著照片拍好，然後，在我走開之前，宋戴克先用粉筆把我兩腳所站的位置標畫出來。然後他把三腳架放在粉筆標注的地方，由那個位置再拍了兩張照片，最後又拍了屍體的照片。

照片拍完了之後，他接著就以高超的技巧很快地在素描簿上畫下這個房間的平面圖，標出所有物件的準確位置，用的是四分之一吋比一呎的比例——對這項工作，那位探長卻有點不耐煩。

「你真不嫌麻煩，博士，」他評論道：「也不怕浪費時間。」他刻意地看了下錶。

「不錯，」宋戴克說著把他畫好的草圖由簿子裡撕了下來。「我會盡量收集和案件有關的所有事實。也許後來會發現毫無價值，也許結果非常的重要；事先誰也不知道，所以我全部加以收集。不過，我想是伊格騰大夫到了。」

那位警方的醫生非常恭敬地向宋戴克致意之後，我們馬上進行檢查屍體。我的同事將體溫計抽出來，記下讀數，將體溫計交給伊格騰大夫。

「大概死了有十個小時，」伊格騰大夫看了下說：「這實在是一件很讓人不解的謀殺案。」

「的確，」宋戴克說：「杰維斯，摸一下那把匕首。」

我碰了下刀柄，感覺到刀子和骨頭磨擦。

「戳穿了一根肋骨！」我叫道。

「不錯；力道非常的大。而且你看他的衣服微微往上斜轉過來，好像刀子刺進去的時候還轉了一下。這一點很特別，尤其是和這一刀的用力連在一起。」

「這當然很特殊，」伊格騰大夫說：「不過我覺得這對我們沒什麼用處，在移屍之前，要先把匕首拔出來嗎？」

「當然要，」宋戴克回答道：「否則移動之下又可能造成新的傷。不過，等一下，」他由口袋裡掏出一根繩子，在把匕首抽出來一兩吋之後，將繩子拉成和刀身平行的一條線，然後讓我捏住繩子的兩頭，再由他將刀子完全抽了出來。等刀子抽出之後，衣服上的皺摺就消失了。「注意看，」他說：「這條繩子表示刺殺的方向，而衣服上的割痕和傷口不一致，角度相當大，正是刀子轉動的狀況。」

「不錯，這點很奇怪。」伊格騰大夫說：「不過，正像我們剛才說的，我懷疑這對我們有什麼用處。」

「目前，」宋戴克冷冷地回應道：「我們只是在收集證據。」

「的確，」對方表示同意道，臉有點紅。「也許我們最好把屍體移到臥室去，就傷口做個初步的檢查。」

我們把屍體抬進了臥室，查看傷口之後，並沒有什麼新的發現，我們用床單將遺體蓋上，回到了客廳裡。

「呃，各位，」探長說：「你們已經檢查過屍體和傷口了，也量過了地板和家具，還照了相，畫了圖，可是我們好像並沒有什麼進展。這個人在他自己家裡遭人殺害，這間公寓只有一個入口，卻在凶案發生的時候是由裡面閂住的。窗子離地大約有四十呎高；任何一扇窗子附近都有排雨水的水落管；管子都埋設在牆裡，牆上連蒼蠅可以落腳的地方都沒有。壁爐架是新的，而所有的煙囪連一隻大點的貓都爬不進去。現在的問題是，凶手是怎麼進來，又怎麼出去的呢？」

「可是，」馬奇蒙先生說：「事實上他就是進來了，而現在他不在這裡；所以他想必已經出去了；也因此他一定能出得去。再進一步說，也一定能查得出他是怎麼出去的。」

探長冷笑了一下，但沒有回應。

「整個狀況，」宋戴克說：「看起來是這樣的：死者好像是一個人在家；房間裡看不出有第二個人在的痕跡，而且桌子上只有一個半空的酒杯。他當時正坐在那裡看書，顯然是注意到鐘停了——停在十二點差十分；他把書面朝下，放在桌子上，站起身來去給鐘上發條，而就在他上發條的時候遇害身亡。」

「是給一個左撇子的人偷偷走到他後面把他刺死的。」探長加上一句道。

宋戴克點了點頭。「看起來像是這樣。」他說：「不過我們現在把門房叫進來吧，聽聽他要跟我們說什麼。」

要找那個門房並不難，事實上，他當時正從信箱口的縫裡往裡面窺探呢。

「你知道昨天晚上有誰到這裡來過嗎？」在他畏畏縮縮地走進來時，宋戴克向他問道。

「進出這棟房子的人很多。」門房回答道：「可是我不知道是不是有人到這一家。我看到寇帝斯小姐九點左右來過。」

「我女兒！」寇帝斯先生吃了一驚地叫道：「我倒不知道這件事。」

「她大概是九點半離開的。」門房說。

「你知道她是為什麼事來的嗎？」探長問道。

「我可以猜想得到。」寇帝斯先生答道。

「那就不要說，」馬奇蒙先生插嘴道：「任何問題都不要回答。」

「你盯得真緊，馬奇蒙先生，」探長說：「我們並沒有懷疑那位年輕的小姐。比方說，我們就沒問她是不是左撇子。」

他說這話時特別看了寇帝斯先生一眼，我注意到我們的當事人突然變得臉色死白，而那位探長很快地轉開眼光，好像他根本沒有注意到那個變化。

「再把那些義大利人的事說給我們聽聽，」他對門房說：「他們之中最先來的那個是什麼時候來的？」

「大概是一個禮拜以前。」門房回答道：「他是個看起來很普通的人——好像是個街上拉手風琴賣藝的——他帶了封信來給我的房客。那個信封很髒，上面寫的是『致：布拉克豪斯大廈，哈崔吉老爺』，字寫得很難看。那個人把信交給我，要我轉給哈崔吉先生；然後就走了，我把信拿過去放在他的信箱裡。」

「後來呢？」

「哎，就在第二天，有個老義大利婆娘——像是那種台子上放著一籠鳥來看相算命的女人——過來坐在大門外面。不久之後，我把她請走，可是，天啦！她不到十分鐘又回來，連鳥帶人一起來，我又把她趕走——我是不停地趕她，她就不停地回來，最後把我搞得都不耐煩了。」

「好像你從那之後又注意到一些事吧，」探長咧嘴笑道，一面還朝受害者那扇很顯眼的凸肚窗看了一眼。

「也許是吧，」門房驕傲地回答道：「呃，第二天來的是個賣冰淇淋的人——**他**呀，是那種沒出息的人。守在外面，就像是黏在人行道上了似的。不停地請跑腿的小廝試吃，我要讓他走開，他就叫我別妨礙他做生意。做生意，才怪哩！哎，那些男孩子倒都盯上了，一個接一個的，用舌頭把杯子底都舔乾淨了，搞得我差點氣炸了，而且**他**還這樣整了我一整天。

「然後，再過了一天來的是個玩手搖風琴的，還帶了隻骯髒的猴子。他最討厭了，而且褻瀆神聖，**那個傢伙**，一直把讚美詩和滑稽的小調混在一起，像『萬古磐石』、『聖潔貝里』和『抓魚趕貓』、『翻牆去採花』夾雜著演奏。只要我去趕他，那隻混蛋的小猴子會來咬我的腿；然後那個人就會咧開嘴來笑著，開始演奏『坐看雲飄過』。我告訴你，那可真叫人噁心。」

他回想起當時的情形，擦了下額頭上的冷汗，探長很欣賞地微微一笑。

「這就是那群人裡最後的一個嗎？」探長問道，門房繃著臉點了點頭。探長又問道：

「你是不是還能認得出那個義大利人交給你的那封信呢？」

「應該可以的。」門房很神氣地回答道。

探長匆忙地走出了房間，一分鐘之後，手裡拿著一個信夾走了回來。

「這個在他胸前的口袋裡，」他說著把那個鼓鼓的皮夾子放在桌上，拉過一把椅子來。

「呃，裡面有三封信綑在一起。啊！應該是這封吧。」他解開絲帶，拿出一個上面以拙劣字跡寫著「致：哈崔吉老爺」的骯髒信封。「這是不是那個義大利人交給你的那封信？」

門房很仔細地看了看。「沒錯，」他說：「就是這封信。」

探長將信紙由信封中抽了出來，打開之後，他的眉毛挑了起來。

「你看這是怎麼回事，博士？」他說著把信遞給了宋戴克。

宋戴克默不作聲地看了一陣，然後他拿著信走到窗前，從口袋裡掏出放大鏡，仔細地檢查那張信紙，先用倍數小的鏡片看過，然後改用高倍數的放大鏡細看。

「我以為你用肉眼就能看見了的，」探長對我很狡猾地一笑道：「意思很清楚嘛。」

「不錯，」宋戴克回答道：「很有意思的東西。你怎麼說呢？馬奇蒙先生？」

那位律師把信接了過來，我站在他後面看著。那的確是件很奇怪的東西。用紅墨水寫在一張最普通常見的信紙上，字跡和信封上一樣拙劣，寫著：「給你六天時間做你該做的事，看到上面的記號，就知道如果做不到會有什麼後果。」所謂上面的記號是一個骷髏頭和兩根交叉的骨頭，很清楚，可是技巧很差地畫在信紙上端。

「這個，」馬奇蒙先生說著把那封信遞給寇帝斯先生。「就說明了他昨天寫的那封信是什麼意思了。我想，那封信你帶著吧？」

「帶了，」寇帝斯先生說：「在這裡。」

他由口袋裡取出一封信來，大聲唸道：

「好的；你要來就來吧，雖然來得不是時候。你那充滿威脅意味的信讓我覺得很有意思。值得到全盛時期的賽德勒威爾斯劇院（譯注：Sadler's Wells，倫敦著名的表演場所，首創於一六八三年，在原址曾七度改建，劇院名稱始終不變，現以舞蹈演出爲主）去演出。

「阿佛烈．哈崔吉。」

「哈崔吉先生有沒有去過義大利？」柏傑探長問道。

「啊，去過，」寇帝斯先生回答道：「他去年在喀普里差不多耽了一整年。」

「哎，那就給了我們線索了。看，這裡還有另外兩封信，是E．C．區的郵戳——番紅花丘（譯注：Saffron Hill是倫敦一條小街，以前是下層社會的貧民窟所在）就在E．C．區吧，你們看看這個！」

他打開那幾封神祕信件的最後一封，我們看到在那個memento mori（死亡象徵）之外，只有一行字：「小心！記得咯普里！」

「要是你這邊都弄好了的話，博士，我要先走，到小義大利區去看一看。那四個義大利人應該不會太難找，而我們有這位門房可以指認他們。」

「在你走之前，」宋戴克說：「我有兩件小事想先弄清楚一下。一件是那把匕首：我想現在在你口袋裡，我可以看一下嗎？」

探長很不甘願地把匕首拿了出來，交給我的同事。

「這是件很獨特的凶器，」宋戴克說，他沉吟地看著那把匕首，還轉來轉去地看各個部分。「在形狀和材質上都很獨特。我以前從來沒見過用鋁做的刀柄，而用於裝釘書本的摩洛哥皮革也很不尋常。」

「用鋁是為了輕便，」探長解釋道：「而我想做得那麼窄是為了藏在衣袖裡。」

「大概是吧。」宋戴克說。

他繼續檢查的工作，接著拿出了他口袋裡的放大鏡，讓探長很是開心。

「我從來沒見過像他這樣的人！」探長開玩笑地叫道：「他的座右銘想必是『吾當放大汝』。我猜他接下來就要量刀子了。」

探長說得不錯，宋戴克在簿子上照凶器畫了個草圖之後，就從他的手提包裡取出一把摺尺和一支很精細的測徑器，用這些工具很仔細而精確地把那把匕首各部分的尺寸一一加以量

◎鋁柄匕首

度，再把所得的每項數字標註在草圖上，而且加上一些對細節的簡短描述。

「另外一件事，」最後，他把匕首還給探長時說：「關係到對面的房子。」

他走到窗前，向外望著一排和我們這邊相似的高樓背面，大約有三十碼遠，和我們之間隔著一塊種著灌木，而且有好幾條碎石小徑分割開來的地。

「要是那些房間裡昨晚有人住的話，」宋戴克繼續說道：「我們說不定可以找到一位這件罪案的目擊證人。這個房間裡燈火通明，所有的百葉窗都是拉起來的，所以在任何一個窗口的人都能直接看到這個房間裡，而且看得很清楚。這點也許值得查一查。」

「嗯，這倒是真的。」探長說道：「不過我認為，要是有誰看到了什麼的話，他們一看到報上的新聞，早就會出面了。不過我現在得走了，而且得封鎖現場。」

我們下樓的時候，馬奇蒙先生表示他晚上會再來找我們。「除非，」他加上一句話：「你們現在就要我提供什麼消息。」

「我要，」宋戴克說：「我想知道這個人死了有誰會得利。」

「這點，」馬奇蒙先生回答道：「是個很奇怪的故事，我們往在樓上窗子裡看到的那個花園那邊走吧，在那裡不會受到打擾。」

他向寇帝斯先生招了招手，等探長坐著警車走了之後，我們就請門房讓我們進了花園。

「你剛剛所問的問題，」馬奇蒙先生好奇地抬頭望著對面那幾棟高樓說：「答案十分簡單。阿佛烈．哈崔吉死亡後能立刻獲得利益的，只有他的遺囑執行人以及唯一的遺產受贈人，那個人叫里奧納德．吳爾夫。他和死者沒有親屬關係，只是一個朋友，但是他繼承全部的財產——大約有兩萬鎊。情形是這樣的：阿佛烈．哈崔吉是兩兄弟裡的哥哥，他的弟弟查爾斯比他父親去世得早，留下了守寡的妻子和三個兒女。十五年前，做父親的死了，所有的財產全部留給阿佛烈，意思是要他照顧他弟弟的家人，把孩子們當他的子女。」

「沒有立遺囑嗎？」宋戴克問道。

「在他兒子遺孀的朋友們的巨大壓力下，老先生在過世前不久立下了一份遺囑；可是當時他年紀很長，行為幼稚，所以阿佛烈以受到不當影響為理由申請判決遺囑無效，最後果如所願。從那之後，阿佛烈．哈崔吉就再沒有付過一文錢給他弟弟的家人。要不是有我這位當事人，寇帝斯先生，他們說不定就餓死了；照顧那一家孤兒寡婦的重擔全落在他身上。

「呃，最近會要實際來解決這個問題，有兩個原因。第一個原因是查爾斯的長子艾德蒙已經成年了。寇帝斯先生讓他學習當一名律師，現在他已經合格，也有與人合夥開業的大好機會，我們一直在對阿佛烈施壓，要他遵照他父親的遺願提供必要的費用。結果遭到他的拒絕，而我們今天早上來找他，就是為了談這件事。第二個原因牽涉到一件很奇怪而不名譽的事。有這麼一個叫里奧納德．吳爾夫的男人，是死者的一個密友。我可以說他是個很壞的人，他們的交往對兩個人來說都沒什麼值得一談的。另外還有個叫海絲特．葛麗妮的女人，她手裡抓著死者的把柄，目前我們不必細說。呃，里奧納德．吳爾夫和死者阿佛烈．哈崔吉之間達成一份協議，其條款是：（一）由吳爾夫娶海絲特．葛麗妮為妻，為此（二）阿佛烈·哈崔吉將全部財產無條件地給予吳爾夫，在哈崔吉死亡時執行。」

「財產已經移轉了嗎？」宋戴克問道。

「不幸得很，已經移轉了。我們原先希望看是不是能在哈崔吉生前替那位寡婦和她的孩子們弄到點什麼，毫無疑問的是，我當事人的女兒，寇帝斯小姐昨晚也是為同一件事來找他——行為相當隱密吧，因為那件事在我們手裡辦著呢；可是，你知道，她和艾德蒙·哈崔吉訂婚了——我想他們那次會面一定很不愉快。」

宋戴克沉默了好一陣，慢慢地在碎石小徑上走著，兩眼盯著地下；不過並不是很茫然地，而且用搜尋專注的眼光掃過矮樹叢和灌木，好像他在找什麼似的。

「那個里奧納德·吳爾夫是個什麼樣的人呢？」他問道：「他顯然是個下流的惡棍，可是在其他方面怎麼樣？比方說，他是個傻瓜嗎？」

「我覺得他一點也不傻。」馬奇蒙先生說：「他以前是個工程師，而且，我相信他還是個能力很強的機械技師。最近他得了一筆財產，就把時間都花在賭博和吃喝玩樂上。結果，我想他目前手頭相當拮据。」

「外表呢？」

「我只見過他一次，」寇帝斯先生回答道：「我只記得他個子很矮，金髮，很瘦，臉刮得很乾淨，左手少了根中指。」

「他住在哪裡？」

「住在艾珊，肯特郡，艾珊的摩頓格蘭，」馬奇蒙先生說。「現在，要是你想要的資料都有了的話，我真的得走了，寇帝斯先生也還有事。」

那兩個人和我們握了握手，匆匆離開，剩宋戴克沉吟地望著骯髒的花床。

「這是一樁很奇怪也很有意思的案子。杰維斯，」他說著蹲下來看一叢月桂樹底下。「那位探長像聞到氣味的狗——一條最明顯的繩子上綁了條最顯眼的紅鯡魚；可是那是他的事。啊，門房來了，想必是來套我們話的，其實——」他對走來的門房親切地微笑著問道：「你剛說這些房子前面是在哪條街上？」

「柯特曼街，先生，」門房回答道：「差不多全是辦公室。」

「門牌號碼呢？比方說，三樓開著的那扇窗子？」

「那是六號；可是正對著哈崔吉先生房間的那棟房子是八號。」

「謝謝你。」

宋戴克走了兩步，突然又轉身對著門房。

「對了，」他說：「我剛剛在窗口掉了樣東西下來——一塊小小的金屬片，像這樣的，」他在名片後面很整齊地畫了一個圓盤，中間有個六角形的孔。他把卡片交給門房。「我說不準會落在哪裡，」他繼續說道：「這些扁扁的東西大概是這麼大；不過你可以請園丁找一找。要是他能送到我住的地方，我會給他一鎊金幣的酬勞，因為那對別人雖然不值一文，對我來說卻是很有價值的。」

門房伸手觸帽行禮，我們走出門時，我回頭看了一眼，看到他已經在樹叢裡找起來了。門房要找的那個東西讓我想了好久。我根本沒看到宋戴克掉了什麼東西，而且他也不會那樣不小心地拿什麼重要的物件。我正準備問他這件事時，我們轉進了柯特曼街，他走到六號的大門口，開始仔細地看住戶的名牌。

「四樓，」他唸道：「『湯馬斯．巴婁先生，經紀人』，哼！我想我們要去拜訪一下巴婁先生。」

他很快地走上石頭台階，我跟了上去，一路氣喘吁吁地上到了四樓。他在那位經紀人的門口停了一下，我們兩個都很好奇地聽著裡面很不尋常的腳步聲。然後他輕輕地打開門，往裡面張望。這樣過了將近一分鐘後，他回過頭來對我咧嘴一笑，悄沒聲息地將門整個推開。裡面有一個瘦高個子的十四歲少年正很有技巧地在練習扯鈴；而且專心到連我們走進來，關上了門，他都沒注意到。最後扯鈴沒掛好在線上而飛進了一個很大的字紙簍裡；那個男孩子轉過身來，看到我們，馬上一臉不明所以的表情。

「讓我來吧，」宋戴克說著，很不必要地在字紙簍裡翻了一陣，把那個玩具交還給少年。「我不必問巴婁先生在不在。」他說道：「或者他是不是馬上就會回來吧。」

「他今天不會回來了。」那少年說道，一面因為尷尬而流著汗，「我進來之前他就已經走了，我今天遲到了點。」

「原來如此，」宋戴克說：「早起的鳥兒有蟲吃，晚起的鳥有扯鈴玩。你怎麼知道他不會回來了呢？」

「他留了張條子。就是這個。」

他把那張紙條拿了出來，上面以紅墨水寫著整齊的字跡。宋戴克仔細地看過，然後問道：

「你昨天把墨水台打破了吧？」

那男孩子驚訝地瞪著宋戴克。「是呀，」他回答道：「你怎麼知道的？」

「我並不知道，否則我就不必問了。可是我看到他這張字條是用製圖的針筆寫的。」

宋戴克在少年懷疑的注視下繼續說道：

「我之所以來拜訪巴婁先生，是想看看他會不會就是我以前認得的哪位；可是我想你就可以告訴我了。我那位朋友很高，很瘦，很黑，沒有留鬍子。」

「那就不是了，」那男孩說：「他是很瘦，可是既不高也不黑。他留著花白鬍子，還戴了眼鏡和假髮。假髮我是一看就看得出來的。」他很精明地加上一句。「因為我爸爸就戴假髮，他都把假髮掛在鉤子上梳理，我要是笑的話，他就會罵人。」

「我的朋友左手受過傷。」宋戴克追補了一句。

「這我就不知道了，」那少年說：「巴婁先生一直都戴著手套，反正，左手一定都戴著手套。」

「哎，好吧！我給他留個條子，碰碰運氣啦，麻煩你給我一張便條紙。你有墨水嗎？」

「瓶子裡還剩了一點，我幫你用筆蘸蘸。」

他從櫃子裡取出已經打開了的一包便宜信紙和一包那一類的信封，將筆伸進墨水瓶底蘸了墨水之後，遞給宋戴克。宋戴克坐了下來，很快地寫了張短箇。他將信紙摺好，正準備寫信封，突然好像又改變了主意。

「我想到底還是不要留字條的好。」他說著把那張摺好的紙放進口袋。「算了，就告訴他我來找過他——我是何瑞思．包傑先生——說我一兩天之內再來看他。」

那個年輕人帶著困惑的表情看著我們出去，甚至跑到樓梯口來，那裡比在欄杆後面看得更清楚；一直到他意外地和宋戴克四目相交，就趕快把頭猛地縮了回去，倉惶退走。

說老實話，宋戴克的行徑讓我和那個辦公室的小弟一樣困惑；我完全看不出那和我以為他在調查的事情有任何關連；等到他停在樓梯口的窗子前面，由口袋裡掏出那張信紙來，用放大鏡仔細檢查，又拿起來迎著光看著，還發出笑聲，我就再也忍不住我的好奇了。

「運氣，」他說：「儘管不能取代謹慎和智慧，卻也是很有用的，真的，我的好兄弟，我們的成績太好了。」

等我們回到了門廳裡，宋戴克在管理員室門口停了下來，向裡面親切地點了點頭。

「我剛剛上樓去找巴婁先生，」他說：「他好像很早就離開了。」

「是的，先生，」那個男人回答道：「差不多是八點半的時候走的。」

「那可真早；想必他來得更早囉？」

「我猜是的吧，」那個男人咧嘴一笑地同意道：「不過他走的時候我才來上班。」

「他有沒有帶著行李？」

「有的，先生。有兩個箱子，一個方的，一個又窄又長，大約有五呎長吧，我還幫他拿上了車子。」

「我猜，是輛四輪的馬車吧？」

「是的，先生。」

「巴婁先生在這裡沒租多久吧？」宋戴克問道。

「不錯，是上一季的結帳日（譯注：quarter day，又稱季度日，爲季度的結帳日，英國是三月廿五日、六月廿四日、九月廿九日和十二月廿五日。美國則爲一、四、七、十等月份的第一天）——差不多六個禮拜前才來的。」

「啊，算了！我得改天再來了，再見。」宋戴克大步走出了那棟房子，直接走到隔壁一條街上的那家租車行。他在那裡停了一兩分鐘，和一輛四輪馬車的車伕談了一下，最後對方給了我們一個在新牛津街的地址。用謝謝和半個英鎊的金幣將車伕打發了之後，他消失在一家店裡，留下我在外面看著那些陳列在櫥窗裡的車床、鑽孔機和金屬條。他接著由店裡拿著一個小包裹出來，迎著我詢問的眼光，向我解釋道：「一條鋼條和一塊金屬，給波頓的。」

他接下去所買的東西更怪異了。我們當時正走在賀朋街上，他的注意力突然轉到一家家具店的櫥窗上，櫥窗裡陳列了一些報廢的法國製的武器——一八七〇年悲劇的遺物——現在賣給人家當裝飾品。他略略看了一下之後，走進店裡，不久之後拿了一把長長的刺刀和一支老式的步槍走了出來。

「買這些武器做什麼？」我們轉進了菲特爾弄，我向他問道。

「安家護院呀，」他很快地回應道：「你會同意說先開一槍，再用刺刀一刺，就能把最大膽的強盜擊退吧。」

我想到這樣保家護院的荒謬畫面，不禁笑了起來，但還是在想著我這位朋友這些奇怪的舉動究竟是什麼意思，我覺得這一定和布拉克豪斯大廈的凶案有關，只是我找不出究竟關係何在。

在吃過一頓很晚的午飯之後，我匆匆地趕出去處理今早那件急事所打斷的公務，留下宋戴克一個人用一塊圖板、丁字尺、比例尺，還有圓規等等的把他的草圖畫成合乎比例而準備的平面圖；而波頓手裡拿著那個牛皮紙的包裹，焦急而期盼地望著他。

我在黃昏時回家的路上，趕上了馬奇蒙先生，他也正往我們的住處去，所以我們就一起走著。

「我收到宋戴克來的一封信，」他對我說：「問我要一份筆跡的樣本，所以我想我不如自己送過去，聽聽他有沒有什麼消息。」

我們進門時，發現宋戴克正和波頓在熱烈地討論著，而讓我大吃一驚的是，看見在他們面前的桌子上放著的正是那件凶案中所使用的那把匕首。

「我帶來了你要的樣本，」馬奇蒙說：「我原以為找不到的，可是，運氣很好，寇帝斯還保留了他從有問題的那位先生那裡寄來的唯一一封信。」

他把那封信由他的皮夾子裡取出來，交給宋戴克。宋戴克很仔細地看看，顯然很滿意。

「哎，」馬奇蒙拿起那把匕首說：「我以為那位探長把這個帶走了呢。」

「他是把原件拿走了。」宋戴克回答道：「這是個複製品，是波頓為了做實驗，根據我畫的圖做的。」

「真的！」馬奇蒙驚叫道，很佩服地看了波頓一眼；「複製得一模一樣——而且還做得這麼快。」

「對常做鐵工的人來說，」波頓說道：「其實是很容易做的。」

「這一點，」宋戴克加上一句說：「是一件很重要的證據。」

就在這時候，一輛馬車來到門口。過了一下之後，聽到如飛的腳步聲在樓梯上響起。一陣猛烈的敲門聲，波頓打開門後，寇帝斯先生狂亂地衝了進來。

「出了可怕的大事了，馬奇蒙！」他喘著說：「伊笛絲——我的女兒——以謀殺罪名被抓起來了。柏傑探長到我們家來把她帶走了，我的天啦！我快要瘋了！」

宋戴克伸手按住那個激動男人的肩膀。「不要激動！寇帝斯先生，」他說：「我向你保證，不會有事的。我猜想，」他加上一句話：「令嬡是左撇子吧？」

「不錯，她是左撇子，真是不幸的巧合。可是我們該怎麼辦呢？天啦！宋戴克博士，他們把她關進牢裡——進監獄了——你想想看！我可憐的伊笛絲。」

「我們馬上就可以讓她放出來的。」宋戴克。「不過你聽！有人來了。」

輕快的敲門聲證實了他的話；我起身將門打開，發現面前站著的是柏傑探長。在一陣極端尷尬之後，這位探長和寇帝斯先生都表示為了禮讓對方而願意先行告退。

「別走，探長，」宋戴克說：「我想要和你談談。也許寇帝斯先生可以在，呃，一個鐘點之後再來，好不好？我希望，到那時候我們就有消息給你了。」

寇帝斯先生連忙同意，像平常一樣急躁地衝了出去。等他走了之後，宋戴克轉身對著探長，冷冷地說道：

「你好像很忙吧，探長？」

「是呀，」柏傑回答道：「我可是腳下都沒閒著；而且已經有很強有力的證據逮捕了寇帝斯小姐。你看，她是別人看到最後和死者在一起的人；她對他懷有恨意；她是個左撇子，你還記得凶手是個左撇子吧。」

「還有別的嗎？」

「有呀！我去見過那幾個義大利人，整件事情全是捏造的。有個穿了寡婦衣服，戴了面紗的女人付錢讓他們到那棟房子外面裝神弄鬼，留給門房的那封信也是她給他們的。他們還沒有指認她，可是看起來身形和寇帝斯小姐一樣。」

「門由裡面反鎖住了，她是怎麼出去的呢？」

「啊！就是呀！目前這還是個謎——除非你能給我們一個解釋。」探長說這話時微微咧嘴一笑。然後又說：「既然我們破門而入的時候，那裡一個人也沒有，那麼凶手一定是用什麼方法出去了，這點你不能否認。」

「可是我就是否認這一點，」宋戴克說。「你看來很吃驚，」他繼續說道（他的話當然毫無疑問是真的），「可是這整件事實在非常明顯。我一看到屍體就馬上知道了內情。那裡顯然沒有可以離開那間公寓的出口，而你們進門的時候裡面也確實沒有別人，那麼，很清楚的是：**凶手根本就沒有到過那裡。**」

「我一點也不懂你的意思。」探長說。

「呃，」宋戴克說：「因為我這個案子已經解決了，現在正要轉交到你手裡，所以我就依序把證據放在你面前。現在，我想我們都同意說，行刺的那一刻，死者正站在壁爐前面，給時鐘上發條。匕首斜斜地從左邊刺進他的身體，而，要是你能回想起刀的位置，你就會記得刀柄直對著打開的窗子。」

「而那扇窗子離地有四十呎。」

「不錯，現在我們要考慮一下行凶凶器非常特殊的地方。」

他的手放在一個抽屜的把手上，卻被一陣敲門聲給打斷了。我跳起身來，打開了門，進來的不是別人，正是布拉克豪斯大廈的門房，他認出我們那幾位客人之後，有些吃驚，但還是走到宋戴克面前，從他口袋裡掏出一張摺好的紙來。

「我找到了你要找的東西，先生。」他說：「這可真難找呢，卡在一棵灌木的枝葉裡。」

宋戴克打開那張紙來，往裡面看了一眼，然後放在桌子上。

「謝謝你，」他說著把一枚一鎊的金幣遞給那滿懷感激的門房。「我想，探長知道你的名字吧？」

「他知道。」門房回答道，然後，他把酬勞收進口袋裡，開心地走了。

「再回到匕首的問題上，」宋戴克說著，拉開了抽屜。「就像我說過的，這是把很特別的刀子，而你從這個完全精確的複製品也能看得出來。」這時他把波頓製作的匕首放在大吃一驚的探長面前。「你看得出這把刀特別細，沒有突出的部分，而且用的材料也很不尋常。你也看得出這不是一般鑄刀製劍的人做的，儘管上面刻了義大利文，可是一眼就看得出是『英國工匠』的製品。刀鋒是用一條很普通的四分之三吋寬鋼條製成，刀柄卻是用鋁棒做的；而且上面還刻了一道紋路，是任何一個工程師的徒弟在車床上都做不出來的。就連頂上的突起也是手工打造的，看來就像是個普通的六角形螺絲。然後，請注意像我圖上所標註的尺寸大小。突出在刀鋒外的AB兩個部分，大小完全一樣——這種精確絕非偶然，這兩個圓形的直徑都是十點九公厘——這個口徑碰巧就和老式步槍的槍管口徑一模一樣，這樣的槍枝目前在倫敦幾家店裡都在展售。比方說，我這裡就有一支。」

他把買來後豎在屋角的那支步槍拿了過來，然後捏起匕首的刀尖，將刀柄套入了槍口，鬆手之下，那把匕首就靜悄悄地滑進槍管裡，最後刀柄露在打開的後膛。

「我的天啦！」馬奇蒙驚叫道：「你不會是說匕首是從步槍裡射出去的吧？」

「正是這樣；你現在就知道為什麼要用鋁做的刀柄了——是為了要減輕已經相當重的投射物重量——也知道為什麼頂端要有六角形的突起了吧？」

「我還是不知道。」探長說：「可是我認為你說的這事完全不可能。」

「那麼，」宋戴克回應道：「我就必須解釋再實際示範一次了。首先，投射物必須尖端朝前射出；因此必須使它旋轉——那把匕首在刺進去的時候也的確是在轉動狀態，由衣服和傷口就看得出來。好，要讓刀子旋轉，就必須要從步槍的槍管裡發射出去；可是因為刀柄沒法和膛線相接，必須裝上可以相接的東西，那種東西就是一個軟的金屬墊圈，可以裝在這個六角形上，能卡進膛線的凹槽裡，因此而使匕首旋轉，可是等凶器射出槍口之後就會脫落下來。這裡就有這樣的一個墊圈，是波頓給我們做的。」

他把一個中間有六角形洞的圓形鐵片放在桌子上。

「這些都很巧妙。」探長說：「可是我認為這根本不可能，只是異想天開。」

「聽起來的確不太可能。」馬奇蒙同意道。

「等下就知道了，」宋戴克說：「這是波頓做的一顆子彈，裡面裝的無煙火藥是點二〇口徑槍彈裡的八分之一。」

他把墊圈裝上了露在打開後膛的刀柄頭突起部位，推進槍管裡，裝上子彈，將後膛關好。然後，打開了辦公室的門，靠牆放好一塊裝有墊子的硬紙板靶子。

「這兩間房間的長度，」他說：「加起來的距離是三十二呎。杰維斯，勞駕你把窗子關上好嗎？」

我關上了窗子，他將步槍瞄準了靶子。一聲悶響——比我預期的聲音要小得多——等我望向靶子時，看到那把匕首正中靶心，刺得深到只剩刀柄在外。

「你看，」宋戴克說著把步槍放了下來，「這事還是可行的。現在談一下實際狀況的證據。第一，在用作凶器的那把匕首上有條狀的痕印，和步槍的膛線完全相合。然後就是那把匕首確實是由左向右旋轉地——是說由步槍所在的方向去看——刺入被害人的身體。另外還有這個，你剛才也聽到是由門房在花園裡找到的。」

他打開那張紙來，裡面是一個圓形金屬片，中間有一個六角形的洞。他走進辦公室，由地上撿起他剛才裝在匕首上的那個墊圈，放在紙上另外那個墊圈的旁邊。兩個金屬圓片大小相同，兩片的邊緣上都有一模一樣的痕印，和槍管的膛線相合。

探長默默地對那兩片圓的金屬片看了一陣；然後，抬頭望著宋戴克說道：

「我認輸了，博士。毫無疑問是你對了；可是你到底是怎麼想到的，真會叫我想破了頭也搞不清楚。現在唯一的問題就是：誰開的槍？為什麼沒有人聽到槍聲？」

「關於後面那個問題，」宋戴克說：「很可能是他用了一個壓縮空氣的消音裝置，不但是消除了聲音，也讓匕首上不會留下任何火藥的痕跡。至於前一個問題嘛，我想我可以告訴你凶手的姓名；可是我們最好還是按順序來看所有的證據。你大概還記得，」他繼續說道：

「在杰維斯醫師站在那裡假裝在給時鐘上發條的時候，我用粉筆在他所站的地方做了個記號。好，站在做了記號的地方往開著的窗子望出去，可以看到有一棟房子的兩扇窗戶幾乎是就在正對面。就是柯特曼街六號三樓和四樓的窗子。三樓是一家建築公司，而四樓住的是一個名叫湯馬斯．巴婁的經紀人。我去找了巴婁先生，可是在談我去找他的經過之前，我要先說另外一件事。我想，那幾封威脅信你沒帶在身邊吧？」

「哎，我帶著呢。」探長說著從他胸前的口袋裡掏出個皮夾子來。

「那我們先看第一封吧，」宋戴克說：「你看信紙和信封都是最普通的那種，而筆跡是一副沒受過教育的人寫的模樣。這種人通常買的是小瓶裝的墨水。你看這個信封上所用的是布商牌的二色性墨水——是一種高級的墨水，只有大瓶裝售的——而寫在信紙上的紅墨水則是一種沒有調過的深紅墨水，是繪圖師專用的，而且你也看得出是用一支製圖針筆所寫出來的。不過這封信最有趣的一件事是畫在信紙上端的那個骷髏頭。以藝術的眼光來看，這個人根本不會畫圖，骷髏頭的形狀和比例簡直可笑，但是那個小圖畫得很清楚，線條細緻乾淨，像機械製圖，而且畫的人手很穩，也很有經驗。而且完全對稱。比方說，那個骷髏頭在紙的正中，我們用放大鏡仔細檢查，就知道了原因何在，因為我們發現有鉛筆畫過的中線和以尺畫了十字線的痕跡。而且，在放大鏡下面還發現製圖用的紅色軟橡皮擦所留下的小碎屑，鉛筆的線條就是用那個橡皮擦給擦掉了的；所有這些事實，加在一起，表示說那幅小圖是一個習慣於繪製精準機械製圖的人所畫的。現在我們再回到巴婁先生身上。我去找他的時候，他已經出門了，我自作主張地在他的辦公室裡四下看了看，以下就是我所看見的東西：在鐵架子上有一把十二吋的黃楊木尺，是工程師用的那種，一塊紅色的軟橡皮擦，還有一瓶布商牌的二色性墨水。我耍了個小花招，弄到了一張辦公室裡用紙和那瓶墨水的樣本。我們等下再來檢驗一下。我發現巴婁先生是個新房客，個子不高，戴著眼鏡和假髮，而且左手永遠戴著手套。他是在今天早上八點半離開辦公室的，而沒有人看到他進來。他走的時候帶了一個四方形的箱子，另外一個箱子則是窄長形的，大約有五呎長；他叫了部車到維多利亞車站，顯然搭上了八點五十一分的火車到查坦。」

「啊！」探長叫道。

「不過，」宋戴克繼續說道：「現在先來檢查一下那三封信，把那些信和我在巴婁先生辦公室裡所寫的字條比較一下。你看到紙張是一樣的，有同樣的浮水印，可是那並不很重要。最重要的一點是：你看，在每封信上，靠近底下角落處有兩個小小的凹洞。有人在這疊紙的第一張上用了圓規或是圖釘。尖端留下了印子，一路留在好幾張紙上。這些紙張都是先摺好才裁切成固定大小的，要是在那一疊紙的第一張上用針刺下去，所有底下的紙張上所留的印子都會在和紙邊和紙角同樣距離的同一點上。」他用一支圓規確認了這件事。「你現在看看我從巴婁先生的辦公室裡拿到的那張紙，上面有兩個凹痕——很淡，但清楚可見——就在靠下面的角落，我們用量規度量一下，就發現兩點之間距離和其他的一樣，而離紙邊和紙角的距離也都一樣。無可避免的結論就是這四張紙來自同一疊。」

探長由坐著的椅子上站了起來，面對著宋戴克。「這個巴妻先生到底是誰？」他問道。

「這一點，」宋戴克回答道：「要由你來決定；不過我可以給你一個有用的暗示。只有一個人能因為阿佛烈．哈崔吉的死而得到好處，但是他的好處多達兩萬英鎊。他的名字叫里奧納德．吳爾夫，而我從馬奇蒙先生那裡聽說他是個品性不好的人——是個賭徒和浪蕩子，職業是工程師，而且是個能力很強的機械師。外表上，他很瘦，很矮，皮膚很白，沒留鬍子，左手沒有中指。巴妻先生也很矮，很瘦，皮膚很白，但是戴著假髮和眼鏡，而且左手一直戴著手套。我看過這兩個人的筆跡，覺得很難分辨出來。」

「這對我來說就足夠了。」探長說：「把他的住址給我，我會馬上釋放寇帝斯小姐。」

就在當天晚上，里奧納德．吳爾夫在艾珊遭到逮捕，當時他正在花園裡掩埋一支很大而有力、裝有滅音器的步槍。不過，他始終未受審，因為他在口袋裡還有另外一支更小的武器——一把槍口很大的手槍——他用來結束了那條沒有好好利用的生命。

「說起來，」在聽說這件事之後，宋戴克評論道：「他畢竟還是有他的用處。他讓這個社會上少了兩個壞人，而且給了我們一次最有啟發性的案子，他讓我們看到一個聰明而機伶的罪犯會怎麼樣費盡心力來誤導和欺瞞警方，可是，在過份注意細節之下，卻可能到處留下線索。在這兩方面，我們只能對一般的犯罪階層說：『汝等且如法施為』了。」

〔事件八〕

深海來的訊息

儘管有鄰近已完全荒涼的商業路上從以前美景中遺留下來的房舍點綴其間，白寺路實在稱不上是條熱鬧的大街，尤其是在東端，骯髒的現代建築反映了當地居民黯淡的生活，灰色而可怕的一長段路，使路過的人也情緒低落。然而就算是再長再無趣的路，也可以因為充滿機巧和智慧的愉快談話而變得很有趣，像我往西走在我的朋友約翰・宋戴克身邊的時候正是這樣，那漫長而單調的路卻讓人覺得實在太短了。

我們剛去過倫敦醫院看一宗相當驚人的先端肥大症病例，在回來的路上，討論了這種奇怪的疾病，以及相似的巨大畸形症，從「古布森氏下顎」的源起到巴珊王噩（譯注：Og,King of Bashan，聖經中的人物，是類似巨人族的利乏音人中的最後一個，在以得來與摩西率領的以色列人交戰失敗而遭殲滅。詳見《舊約聖經・申命記》）等所有相關問題。

「如果說，」宋戴克在我們轉上阿德蓋特高地街時說：「要是能把手指伸進那位國王陛下的腦下垂體小窩裡，一定很有意思——當然是在他駕崩之後囉。對了，這裡就是哈樂弄（譯注：Harroow Alley，出自笛福所著《瘟疫之年紀事》〔A Journal of the Plague Year〕一書）；你還記得笛福（譯注：Damiel Defoe 1660?-1731英國小說家及報刊撰稿人，曾辦過雜誌，撰寫冒險小說，代表作爲《魯濱遜漂流記》）形容運屍車停在弄口，那恐怖的隊伍從弄堂裡走出來的情形吧。」他拉著我的手臂，帶我走進那狹窄的街道，一直走到「星星酒館」邊的轉彎處，然後我們轉過身來往回看。

「我從來沒經過這裡，」他覺得很有興味地說：「可是我似乎能聽見鐘響，還有車伕可怕的叫聲──」

他的話嘎然而止。兩個人影突然出現在拱門下，以很快的速度向前走了過來。走在前面的那個是個矮壯的中年猶太女人，有點上氣不接下氣，非常激動；另外一個是衣著光鮮的年輕人，比他同伴要鎮靜得多，等到走近時，那年輕人突然認出了我的同事，就以激動的口吻招呼道：

「我剛被派去查一樁不知是謀殺還是自殺的案子，你能不能去替我看看？博士，這是我頭一回出勤，我挺緊張不安的。」

這時候，那個女人衝了回來，抓起那年輕醫師的手臂就拉。

「趕快！趕快！」她叫道：「別停下來談天。」她的臉白得像豬油，而且閃著汗光；她的嘴唇抽搐，雙手顫抖，而且像個嚇壞了的孩子似地瞪大了兩眼。

「我當然會去，哈特。」宋戴克說著轉過身去，我們跟在那個狂亂地推開行人匆匆往前趕路的女人身後。

「你開始在這裡執業了嗎？」我們一邊趕路，宋戴克一邊問道。

「還沒有呢，博士，」哈特醫師回答道：「我只是個助理，我的上司才是警方的醫師，可是他目前出城去了，你肯陪我來真是太好了，博士。」

「哎呀，哎呀，」宋戴克回應道：「我只是要看看我有沒有把你教好。看來就是那一家了。」

我們已經跟著我們的嚮導轉進了一條側街，走到一半的地方，就看到有一群人圍在一戶人家的門口。他們望著我們過去，然後退在一邊，讓我們進去。走在我們前面的那個女人就像在街上趕路時一樣匆忙地衝進了門，爬上樓梯。但等到快到樓梯頂上時，她卻突然慢了下來，開始踮起腳尖來，輕悄而遲疑地往上走。上了樓之後，她轉過身來對著我們，伸出一根抖動的食指，指向後面房間的門，用幾乎聽不見的聲音低聲地說：「她就在那裡面。」然後就像半昏倒似地坐在往樓上那段樓梯的最底下一級。

我伸手握住門鈕，回頭看了看宋戴克。他正慢慢地走上樓梯來，一路仔細地看著地上、牆上，還有樓梯的扶手。等他上了樓，我轉動門鈕，我們一起走進了房裡，帶關了房門。窗簾仍然遮著，在朦朧黯淡的光線下，起先並沒有看到什麼不尋常的地方。簡陋的小房間看來收拾得還算乾淨，只是有把椅子上堆了一堆脫下來的女用衣裳。床上除了一個看不太清楚的人體之外，似乎都沒動過什麼，而在陰影角落裡依稀可見的那張恬靜的面孔，也像是睡著了似的，只不過一動也不動，而且在旁邊的枕頭上有一塊暗色的漬印。

哈特醫師躡手躡腳地走到床邊，宋戴克則將窗簾拉了開來，明亮的日光湧進房間裡時，那年輕的醫生驚叫一聲，往後退去。

「天啦！」他驚叫道：「可憐的東西！可是這太可怕了，博士！」

陽光照著一個二十五歲女子白皙的臉孔，年輕死者的臉十分安詳、沉靜，有種樸素而幾近超凡的美。嘴唇微微張開，兩眼惺忪半閉，長長的睫毛覆蓋著；茂密的黑髮編成粗大的辮子，襯托著透紅的皮膚。

我們的朋友將被單拉開了一兩吋，暴露出在那張那樣寧靜而不可思議，卻又因為毫無動靜和如蠟般蒼白而顯得可怕的臉蛋下，有一道裂開的可怕傷口，幾乎將美麗的頸子切成兩半。

宋戴克以悲憫的表情俯視著那張豐滿的白色臉龐。

「手段很野蠻，」他說：「但正因為野蠻，倒很慈悲，她想必連醒都沒醒就死了。」

「畜生！」哈特叫道，他握緊了拳頭，氣得滿面通紅。「可惡的膽小畜生！他應該給絞死！天啦！應該判他絞刑！」那年輕人憤怒地揮舞著拳頭，淚水湧進了他的眼眶。

宋戴克拍了下他的肩膀。「我們就是為這事來的，哈特，」他說：「把你的記事本拿出來。」他說完之後，就俯身去檢查那已死的女孩子。

在這樣友善的訓誡下，那位年輕的醫師鎮定下來，打開記事本，開始他的調查工作，而我在宋戴克的要求下，忙著畫下房間的平面圖，詳細記述裡面的東西和所在的位置。但這件工作並沒有防礙我注意宋戴克的行動。然後我停下了自己的工作，注意看他用小刀子把一些他在枕頭上找到的東西刮在一起。

「你看這是什麼？」他在我走到他身邊時問道。他用刀子指著那一小堆看起來像銀色砂粒的東西，我要靠近去仔細查看時，看到還有類似的小顆粒灑在枕頭上其他的部分。

「細砂（譯注：silver sand園藝中使用的白色細砂）！」我驚叫道：「我完全想不通這是怎麼到這裡來的。你知道嗎？」

宋戴克搖了搖頭。「我們等下再想這個問題。」他回答道。他從口袋裡掏出一個他向來隨身攜帶的小金屬盒子，裡面放的是一些必要的物品，像是顯微鏡用的蓋玻片、毛細管、印模的蠟，以及其他「分析用物品」。他從其中取出一個放種籽用的小封袋，很乾淨俐落地用小刀把那一小堆砂子鏟進袋子裡，將袋口封好，在外面用鉛筆註明內容，哈特的叫聲使我們吃了一驚。

「老天啊，博士，你看看這個！下手的是個女人！」

他已經把被單整個拉開了，吃驚地望著死者的左手，手裡握著一小束長長的紅髮。

宋戴克很快地將他蒐集的取樣放進口袋，繞過那張小小的床頭几，皺起了眉頭俯身去看那隻手。五指拳曲，但並沒有握緊，輕輕地想把手指扳開時，才發現手指都僵硬得好像是木頭雕成的手一樣。宋戴克將身子俯得更近些，取出他的放大鏡，把那一小束頭髮仔細地從頭看到尾。

「事情不像乍看之下那麼單純，」他說道：「你怎麼說呢？哈特？」他把放大鏡遞給他以前的學生，對方正要接過來時，房門開了，三個人走了進來。一個是巡官，第二個看來是便衣警探，第三個則顯然是當地警方的醫生。

「你的朋友嗎？哈特？」警方的醫師不悅地打量著我們問道。

宋戴克簡單地說明了我們會在場的原因，那新來的人回嘴道：

「哎，先生，你在這裡的locus standi（地位）由巡官來決定。我的助理無權請外人進來。你不用等了，哈特。」

他說完就開始檢查，而宋戴克把他原先放在屍體身下的體溫計抽出來，記下讀數。不過那位巡官卻沒有行使那位醫師所暗示的職權；因為專家有專家的用處。

「博士，你認為她死了有多久了？」他慇懃地問道。

「大約十個小時。」宋戴克回答道。

巡官和那便衣警探不約而同地看了下錶。「那就是半夜兩點鐘了，」巡官說：「那是什麼呢？博士？」

醫師指著死者手裡的那束頭髮。

「哎呀！」巡官叫道：「是女人，啊？她想必是個狠角色，警佐，看來是很好辦的案子呢。」

「是呀，」便衣警探說：「這也說明了為什麼床頭有個上面放了墊子的箱子，她得站在上面才搆得到。不過她不可能很高。」

「倒是蠻強壯的，」巡官說：「哎，她差點就把這可憐小姐的頭給割掉了。」他繞回到床頭，彎下腰去，細看那道張開的傷口。突然之間，他開始伸手在枕頭上摸過去，然後把手指搓在一起，「哎，」他叫道：「枕頭上有砂子——細砂！哎，這怎麼會到這裡來的？」

醫師和便衣警探都過去證實這個發現，急切地討論這究竟意味著什麼。

「你注意到這個了嗎？博士？」巡官向宋戴克問道。

「注意到了。」宋戴克回答道：「是件說不通的事，對吧？」

「我也不知道怎麼解釋。」那位警探說著跑到洗手檯那邊，然後滿意地哼了一聲。「說起來是相當簡單的一件事，你看，」他很自鳴得意地看了我的同事一眼說：「洗手檯上有塊含砂皂，洗手槽裡滿是血水。你看，她想必是在那裡洗掉手上和刀上的血——她想必是個很冷靜的傢伙——她用的就是含砂皂。然後，她在擦乾雙手的時候，想必是站床頭邊，砂子就落在枕頭上了。我想這夠清楚吧。」

「清楚得令人佩服，」宋戴克說：「你認為事情先後的次序是怎麼樣的呢？」

得意的警探四下環顧這個房間。「依我看，」他說：「死者睡著前看了陣子書，床邊的桌上有本書，而燭台裡沒有別的，只有在插蠟燭的座子底部有一點燒焦的燭芯。我想那個女人悄悄地進來，點上煤氣燈，把箱子和墊子放在床頭，站上去，割斷了死者的喉嚨。死者想必是驚醒了，抓住凶手的頭髮——不過看來好像沒怎麼掙扎；她毫無疑問地幾乎是馬上斃命。然後凶手洗了手，洗乾淨刀子，把床整理了一下，然後走掉。我想，事情經過大概就是這樣，不過她是怎麼進來而不讓人聽見，又是怎麼出去的，還有她去了哪裡，這些都是我們得查清楚的事。」

「也許，」那位醫師把被單拉過來蓋住了屍體說：「我們最好把房東太太找來問問話。」

他另有深意地看了宋戴克一眼，而巡官則用手擋著嘴，咳嗽了一聲。但是我的同事決定不理會那些暗示；他打開了門，把鑰匙前前後後地轉了幾次，又抽出來，仔細地檢查過，再插了回去。

「房東太太就在門外樓梯口。」他說著把門撐開。

於是巡官走了出去，而我們全都跟出去聽他盤問的結果。

「哎，戈德斯坦太太，」那位警官說著打開了他的記事本。「我希望妳把妳對這件事所知道的全告訴我，還有那個女孩子的事。她叫什麼名字？」

現在有個臉色蒼白、怕得要命的男人陪著的房東太太擦了下眼睛，用發抖的聲音回答道：「那可憐的孩子，名字叫敏娜・艾德勒。她是個德國人，大概是兩年前從不來梅來的。她在英國沒有朋友——我是說，沒有親戚。她在芬奇曲街一家餐廳裡當女侍，是個很好、很安靜而辛勤工作的女孩子。」

「妳什麼時候發現凶殺案的？」

「大約十一點鐘，我以為她和平常一樣已經去上班了，可是我先生在後院裡注意到她房間的窗簾還拉著。所以我上樓去敲門，因為沒人回應，我就開了門進去，然後我看到——」這可憐的人說到這裡回想起那可怕的場景，突然歇斯底里地哭了起來。

「那她的房門沒有鎖上囉；她平常都會鎖門的嗎？」

「我想是吧，」戈德斯坦太太啜泣道：「鑰匙總插在裡面。」

「大門呢？妳今早下樓去的時候是關好的嗎？」

「是關著的。我們不上閂，因為有些房客回來得很晚。」

「告訴我們，她有仇人嗎？有沒有什麼人對她有怨恨呢？」

「沒有，沒有，可憐的孩子——怎麼會有人對她有怨恨？沒有，她都沒和人吵過架——沒有真正爭吵過；就連蜜麗安也沒吵過。」

「蜜麗安！」巡官問道：「她是什麼人？」

「那沒什麼，」那個男人急忙插嘴道：「那也不是吵架。」

「只有點不開心，是吧？戈德斯坦先生？」巡官說道。

「只是為一個年輕男人出了點蠢事。」戈德斯坦先生說：「如此而已。蜜麗安有點嫉妒。可是那根本沒什麼？」

「當然，當然沒什麼，我們都知道年輕的女人常常——」

先前就聽到的輕微腳步聲，慢慢從上面的樓梯走了下來，就在這時候，隨著樓梯的轉折讓我們看到了那新來的人，一看之下，巡官就像嚇呆了似地住了口，而一陣像受到驚嚇的沉默籠罩了我們所有的人。走下最後幾級樓梯，向我們走來的是一個年輕女子，個子不高，卻很結實，睜大了兩眼，蓬頭散髮，面帶驚慌神色，而且面色死白：她的頭髮是火紅色的。

我們全都一動也不動而沉默地站在那裡，看著那如幽靈出現的人向我們走來；但突然之間，那位便衣警探溜回到房間裡，隨手帶關了房門，過了一下再出來時，手裡拿著一個小紙包，很快地看了巡官一眼後，把紙包放進他胸前的口袋裡。

「各位，這就是我們剛剛說到的我女兒蜜麗安，」戈德斯坦先生說：「蜜麗安，這幾位是醫生和警察。」

那個女孩子輪流看了看我們所有的人。「那，你們已經看過她了。」她用一種低而沉悶的奇怪聲音說道，然後又加上一句說：「她沒死吧？不會真的死了吧？」問話的口氣既像哄騙，又帶著絕望，就好像一個心神渙散的母親見到自己孩子的屍體時那樣。讓我心裡有點不舒服的感覺，下意識地往宋戴克望去。

令我吃驚的是，他不見了。

我悄悄地退到樓梯口，在那裡可以看到門廳和走道，我低頭望去，看到他正伸手到大門後面的一個架子上。他和我四目相接，招了下手，我就在其他人不注意之下，偷偷地走下了樓，等我到了門廳裡時，他正用捲菸紙把三樣小東西分別包了起來，而我注意到他的動作特別輕柔。

「我們不想看那可憐的女孩子遭到逮捕。」他說著把那三個小包放進他隨身帶著的小盒子裡。「我們走了吧。」他悄無聲息地將門打開，在那裡站了一下，把插梢來回扳動，還仔細檢查了門閂。

我看了看門後的那個架子。上面是兩個平底的瓷燭台，其中有一個，我在進門時碰巧注意到有一小截蠟燭躺在托盤裡，我現在再看了看，想看看宋戴克包起來的是不是就是那個；

可是那一小截蠟燭還在那裡。

我跟著我的同事走到外面的街上，我們默默地走了一陣。「你當然猜得到那位警佐包在紙裡的是什麼吧。」最後宋戴克說道。

「對，是死者手裡拿著的頭髮；我覺得他最好讓頭髮留在原處。」

「絕對正確。可是那些一番好意的警員就是會毀了珍貴的證據。倒不是說在這個特別的案例裡有什麼關係；可是那樣做法很可能是一個致命的錯誤。」

「你打算主動參與這個案子嗎？」我問道。

「要看情況。我收集了一些證據，可是還不知道有什麼用。我也不知道警方是不是也注意到了同樣的這些證據；不過我不需要說什麼。我會做什麼對警方有必要協助的事，那是公民應盡的義務。」

我們今早這件事情所花費的時間，讓我們必須毫不延誤地趕快去處理各自的公事；所以，在一家茶店裡草草地吃了午餐之後，我們就分手了，而我一直到把當天的工作料理完了之後才再見到我的同事，當時回到住處剛好在晚餐之前。

我看到宋戴克坐在桌子前面，顯然正忙著。一架顯微鏡放在旁邊，一盞聚光燈把一個光點打在灑於載玻片上的一小堆粉末上；他收集證物的盒子打開著，放在他面前，而他正專心，也有點神祕地把一種濃稠的白色膠著劑由軟管裡擠在三小塊製模蠟上。

「這種東西真有用，」他說：「能做出很好的模子，又不像調石膏那樣麻煩和骯髒，用在這樣小件的東西上真太好了。對了，如果你想知道在那可憐女孩子枕頭上的是什麼，不妨看看顯微鏡。是相當漂亮的樣本呢。」

我走了過去，把眼睛湊在那架儀器上。那樣本之美，不只是說是好樣本而已，和石英的晶亮顆粒、透明的水中動物骨針、海水侵蝕的珊瑚等等混在一起的是好些可愛的小貝殼，有些像質地細緻的瓷器，有些像精緻威尼斯玻璃的碎屑。

「這些是有孔蟲！」我叫了起來。

「不錯。」

「那到底不是細砂了？」

「絕對不是。」

「那，這是什麼呢？」

宋戴克微笑道：「這是個由深海來的訊息，杰維斯；是從東地中海的海床來的。」

「你看得懂這訊息嗎？」

「我想可以。」他回答道：「不過，我希望很快就會知道了。」

我又看了下顯微鏡，不知道這些細小的貝殼帶給我朋友的訊息是什麼。深海的砂在一個死掉的女人枕頭上！還有什麼比這更沒道理的事？在倫敦東區所發生的命案和那「無潮之海」的深底海床之間能有什麼樣的關連呢？

◎取自受害女子枕頭上的細砂（顯微鏡放大25倍）

這時候，宋戴克還在把更多的膠著劑擠到那三個小小的蠟模上（我猜裡面就是我看到他在戈德斯坦的房子門廳裡小心翼翼地包起來的東西）；然後，把其中一個放在一片玻璃上，有膠著劑的那面朝上，再把另外兩個豎立在前一個的兩邊。最後，他又擠了一些那種黏稠的膠著劑，顯然是要將三個東西黏在一起，接著他很小心地把那片玻璃放進一個櫃子裡，再把裝了砂的封袋和顯微鏡台座上的載玻片也一起放了進去。

他正在鎖櫃子時，一陣敲門聲讓他匆匆趕到門口。有個送信的孩子站在門外，遞給他一個骯髒的信封。

「戈德斯坦先生耽掉了我好長的時間，先生，」他說：「我可沒有偷懶。」

宋戴克把那信封拿到煤氣燈下，拆了開來，抽出一張信紙，很快而急切地看了一遍；雖然他臉上的表情像石雕面具似地毫無變化，我卻深信那封信讓他知道了他想知道的事。

那孩子得了賞錢打發走了。宋戴克轉身走到書架前，一路沉吟地看過去，最後他的視線停在靠近頂頭的一本裝訂得很破爛的書上。他伸手將書取下，打開來放在桌上，我看了一眼，很驚訝地發現那是一本雙語對照的書，兩頁上分別是俄文和希伯來文。

「是俄文和意第緒文的舊約聖經，」他看到我吃驚的表情，說道：「我準備請波頓把一兩頁拍成照片——是郵差還是有訪客來了？」

結果來的是郵差，宋戴克從信箱抽出一個藍色的公文封，他很嚴肅地看了看我。

「我想，這就回答了你的問題了，杰維斯。」他說：「不錯；是驗屍官的傳票和一封很客氣的信：『對不起，打擾你了，可是在這種情況下，我別無選擇。』——他當然別無選擇

——『戴維森醫師已安排明日下午四時進行解剖，敬請到場，停屍間位於巴克爾街上，學校隔壁。』哎，我想我們非去不可，雖然戴維森醫師大概會很不高興。」他拿起那本舊約聖經，帶到實驗室去。

第二天我們在家裡吃過了午飯之後，把椅子拉到壁爐前，點上菸斗。宋戴克顯然在想著心事，因為他把記事本攤放在膝蓋上，沉吟地望著爐火，偶爾用鉛筆記下一些東西，好像在準備辯論的重點。我假設他在想的正是發生在阿德蓋特的那件凶殺案，就貿然問道：

「你有什麼實在的證據給驗屍官嗎？」

他闔上記事本，放在一邊。「我所有的證據，」他說：「都很實在而重要；可是既沒有連接起來，也沒有結論。要是我能把那些拼湊出一個整體來的話，我希望在上法庭之前能做到這一點，那就真的是非常重要了——啊，我那個可算是無價之寶的助手帶著研究的工具來了。」他轉身向剛進來的波頓微微一笑，主人和那男人交換了相互欣賞的友善眼光。宋戴克和他助手之間的關係總讓我覺得很愉快，一邊是提供忠心而全心全力的服務，另一邊則是坦白和全然的賞識。

「我想這些就夠用了，博士。」波頓說著把一個像裝撲克牌用的小硬紙盒交給他的雇主。宋戴克揭開蓋子，我看見裡面裝著好幾道可以插放盤子的凹槽，還有兩張裝了相框的照片。那真是兩件很獨特的東西；各是舊約聖經中一頁的照片，一張是俄文，另一張是意第緒文；但文字都是黑底反白，而且只在中間占了很小的空間，留下非常寬的黑邊。兩張照片都襯了硬紙板，而紙板背後也貼了複印的照片。

宋戴克臉上帶著令人生氣的微笑，用手捏著照片的邊上展示給我看，然後又把照片插回他們盒子裡的凹槽中。

「你看，我們把一些非正規的弄成了文獻。」他說著把盒子收進口袋。「不過我們現在一定得動身，否則就會讓戴維森醫師等我們了。謝謝你，波頓。」

火車載著我們很快地向東走，等我們走出阿德蓋特車站時，離我們應該到的時間還有半小時。宋戴克很快地往前走，可是並沒有直接往停屍間去，卻出乎意外地轉進了曼賽爾街，一邊走一邊看著那幾棟房子的門牌號碼。在我們右邊的一排雖然漂亮，但有點骯髒的老房子似乎特別吸引了他，在我們走近時，他的腳步慢了下來。

「那邊有個很棒的老東西，杰維斯。」他指著一家老式小菸店門上一塊漆得很粗糙的木雕像，是一個印地安人站在架子上。我們停下來看那小小的東西，就在這時候，側門打開了，一個女人走出來，站在門口，朝街上兩頭望了望。

宋戴克馬上走上人行道去和她攀談，顯然是問了她什麼問題，因為我聽到她回答道：「他的時間是六點一刻，先生，通常分秒不差。」

「謝謝妳，」宋戴克說：「我會記住的。」然後他脫帽致意，匆匆地往前走，轉上一條側街，讓我們回到了阿德蓋特。現在只剩五分鐘就到四點了，所以我們很快地跨著大步，要趕上我們在停屍間的約會；可是雖然我們在鐘鳴報時的時候到了那裡，走進去時卻發現戴維森醫師掛起了他的圍裙，準備離開了。

「抱歉，我沒法等你們，」他毫無誠意地說：「可是像這樣的案子，解剖驗屍不過是一場鬧劇；能看到的你們都已經看到了。不過，屍體就在這裡，還沒有再縫合。」

他說完之後，很隨便地道了聲「再見」，就走掉了。

「我必須為戴維森醫師致歉，博士。」正在桌子前寫報告的哈特苦著一張臉抬頭說道。

「不用，」宋戴克說：「你又不負責他的禮貌；不要讓我打擾到你的工作，我只要再求證一兩點。」

聽到這樣的暗示，哈特和我都留在桌子邊，而宋戴克脫下帽子，走到長長的解剖台邊，彎腰去看那可憐的悲劇人物。有好一陣子，他動也不動，只用眼光上下打量那具屍體，無疑地是在找瘀青和掙扎的跡象。然後他再湊近去仔細檢視傷口，尤其是頭尾兩個地方。突然之間，他湊得更近，非常專注地看著，好像有什麼吸引了他的注意，然後他掏出放大鏡，拿了一小塊海綿，擦乾了一段露出來的脊骨。把放大鏡放在擦乾的那一點前，又再仔細地加以檢查，然後以一把小手術刀和鑷子，挾下一點東西，小心地洗淨，放在手掌心裡，再用放大鏡檢查。最後，正好同我想的一樣，拿出了他的「蒐證盒」。從裡面取出一個小封袋，把那個東西——顯然是很小的東西——丟了進去，封好袋口，在外面寫上字，再放回盒子裡。

「我想我要看的都看到了。」他說著，收好盒子，拿起了帽子。「明天早上開調查庭的時候再見。」他和哈特握了握手，然後我們就出了門，呼吸比較新鮮得多的空氣。

宋戴克用一個又一個的藉口一直留在阿德蓋特附近，等到教堂的鐘敲六點時，他走向哈樂弄，他像想著心事似地慢慢穿過那條狹窄而曲折的小弄，走過小莎姆賽特街，再到了曼賽爾街，正好在鐘敲六點一刻時，我們到了那間小菸店的對面。

宋戴克看看錶，停了下來，著急地朝街那頭望去。過了一下之後，他匆忙地從口袋裡掏出那個硬紙盒，由盒子裡取出了那兩張讓我覺得大惑不解的裝框照片。而由宋戴克臉上的表情看來，似乎那兩張照片現在也讓他感到很迷惑。因為他把照片湊在眼前，焦急地皺著眉頭細看，而且一點點地退進菸店旁邊的門口。就在這時候，我開始注意到一個男人，他在向這邊走過來的時候，似乎很好奇而頗不以為然地看著我的朋友；那是一個矮而結實的年輕人，顯然是個外籍的猶太人，天生一張凶惡而不討人喜歡的臉，還長了滿臉的痲子。

「對不起，」他不客氣地說著，把宋戴克推過去，「我住在這裡。」

「抱歉，」宋戴克回應道。他讓在一邊，然後突然問道：「對了，我想你不會正好懂意第緒文吧？」

「你問這話做什麼？」那個人很粗魯地問道。

「因為人家剛給我這兩張上面有字的照片，我想，其中一張是希臘文，另外一張是意第緒文，可是我忘記哪張是哪張了。」他把那兩張照片遞給那個陌生人，對方接了過來，以一副不高興卻好奇的表情看了看。

「這張是意第緒文，」他說著舉起了右手。「另外一張是俄文，不是希臘文。」他把兩張照片還給宋戴克。宋戴克接了過來，還像以前一樣很小心地拿著邊上。

「真謝謝你這樣好心的幫助。」宋戴克說，可是他道謝的話還沒說完，那個人已經用他的鑰匙開門進去，砰地關上了大門。

宋戴克小心地將照片插回凹槽裡，把盒子放回口袋，在記事本上記下了一些東西。

「這樣，」他說：「我們的工作就做完了。剩下一個小的實驗，可以回家裡去做。對了，我找到了一點戴維森忽略了的證據。他一定會很懊惱，我其實不喜歡這樣打敗一個同行，可是他太不客氣，讓我沒法和他溝通。」

驗屍官所開的傳票上註明宋戴克應到庭作證的時間是十點鐘，但是和一位知名律師的會談干擾了他的計畫，使得我們離家時比預定的時間遲了十五分鐘。我的朋友雖然沉默不語，心有所屬，卻顯然興致高昂，我由此而知他對已做相關工作的結果頗感滿意；但是，我和他一起坐在馬車裡，卻沒有問他什麼，這倒不只是出於無私的心理，而是因為我想和聽別人的證詞一樣地到現場再聽他的證詞。

開調查庭的地方就是在停屍間隔壁的學校裡，原先空曠的大房間裡，擺了一張鋪了桌布的長桌，驗屍官坐在最那頭，陪審團坐在一邊；我很高興的是，看到陪審團裡的人大部分是一般的工人，而不是那種經常出現在這種場合的那些木著一張臉，滿心不情願的「職業陪審團」。

有一排椅子給證人坐，桌子的一角則是被告女子的辯護律師，是一個短小精悍的男子，戴著金絲邊的夾鼻眼鏡。另外一側有部分座位給記者，還有幾排長椅上坐著旁聽的社會大眾。

在場的人裡，有一兩個是我沒想到會到場的，比方說，我們在曼賽爾斯街上見過的那個痲子臉，他用帶有敵意和驚訝的眼光瞪了我們一眼；另外還有蘇格蘭場的米勒局長，依他的態度看來，我似乎能察覺他和宋戴克之間有某種私下的了解。

可是我沒有多少時間四下環顧，因為我們抵達的時候，庭訊已經在進行了。戈德斯坦太太是第一個證人，剛講完命案發現的經過，在她歇斯底里地哭著退席時，充滿同情的陪審團都用憐憫的眼光看著她。

下面一位證人是一個叫凱特．席爾薇的年輕女子。她宣誓作證時，用充滿恨意和蔑視的眼光看了蜜麗安．戈德斯坦一眼。而那位被告白著一張臉，神態狂亂，一頭蓬鬆的紅髮披散在肩頭，由兩個警員押著站在一邊，瞪大了兩眼四下看著，好像身在夢中。

「我想，妳和死者很熟吧？」驗屍官問道。

「是的，我們在同一個地方工作很久了——就在芬奇曲街的帝國餐廳——我們也住在同一棟房子裡，她是我最知己的朋友。」

「據妳所知，她在英國有沒有親戚朋友？」

「沒有，她大約是三年前從不來梅來的。我就是在那時候和她認識了。她所有親戚都在德國，可是她在這裡交了很多朋友，因為她是個很活潑、很親切的女孩子。」

「據妳所知，她有沒有仇人——我是說，有沒有什麼人對她有怨恨，會傷害她的？」

「有的，蜜麗安・戈德斯坦是她的仇人，很恨她。」

「妳說蜜麗安・戈德斯坦懷恨死者，妳怎麼知道呢？」

「她根本毫不隱瞞，她們為一個叫摩西・柯漢的年輕小伙子大吵一架。他以前是蜜麗安的愛人，我想他們彼此很喜歡對方，後來敏娜・艾德勒在大約三個月前租了戈德斯坦的房子住進來之後，摩西就喜歡上了敏娜，她也很鼓勵他這樣做，雖然她自己也有個男朋友，那個年輕人叫保羅・彼德洛夫斯基，也在戈德斯坦家租房子住。最後摩西和蜜麗安分手，和敏娜在一起。蜜麗安大為光火，罵敏娜不該有這種她所謂不誠實的行為；可是敏娜只哈哈大笑，說她可以把彼德洛夫斯基拿去。」

「那蜜麗安怎麼說呢？」驗屍官問道。

「她更生氣了，因為摩西・柯漢是個很帥氣好看的年輕人，而彼德洛夫斯基實在沒什麼看頭。再說，蜜麗安也不喜歡彼德洛夫斯基；他對她很粗魯無禮，結果她讓她父親把他趕了出去。所以他們早就不是朋友了，而麻煩就是從那以後開始的。」

「麻煩？」

「我是說摩西・柯漢的事。蜜麗安是個很熱情的女孩子，對敏娜嫉妒得發狂，所以在彼德洛夫斯基用摩西・柯漢和敏娜的事去嘲弄和惹惱了她的時候，她大發脾氣，還說了要對他們不利的可怕的話。」

「比方說是什麼呢？」

「她說她要殺了他們兩個，還說她要割了敏娜的喉嚨。」

「那是什麼時候的事？」

「就是發生命案的前一天。」

「除了妳之外，還有誰聽到她說這些話？」

「另外一個叫伊荻絲．布南恩的房客和彼德洛夫斯基。當時我們都站在門廳裡。」

「可是妳不是說彼德洛夫斯基已經給趕出那棟房子了嗎？」

「沒錯，是一個禮拜之前，可是他還有一個盒子忘在房間裡沒帶走，那天他是回來拿那個盒子的。麻煩就是這樣惹起來的。蜜麗安已經把那個房間用作她的睡房，把她原來的房間改成了工作室。她說他不該到她房間去拿他的盒子。」

「他去拿了沒有呢？」

「我想他是去拿了。蜜麗安和伊荻絲還有我出了門，留下他一個人在門廳裡。等我們回來的時候，盒子已經不見了，因為戈德斯坦太太在廚房裡，屋子裡又沒有別人，想必是他拿走了。」

「妳說到蜜麗安的工作室，她做什麼工作呢？」

「她給一家裝潢公司刻模板。」

這時候驗屍官從他面前桌子上拿起一把非常鋒利的刀子，交給證人。

「妳以前有沒有看過這把刀子？」

「看過，是蜜麗安的，就是她工作上用的刻模刀。」

凱特・席爾薇的證詞到此為止，接下來傳喚的證人，保羅・彼德洛夫斯基的名字叫出來之後，我們那位住在曼賽爾街的朋友走上前來，宣誓作證。他的證詞相當簡短，只是證實了凱特・席爾薇的證言，下一個證人伊荻絲・布南恩也一樣。等這些都結束之後，驗屍官宣佈道：

「各位，在聽取醫師方面的證詞之前，我建議先聽聽警方的證言，我們首先請亞佛烈・貝茲警佐。」

那位警佐很快地走上前來，以非常正式而精確的方式作證。

「十一點四十九分，我接到西孟德警員的電話，在十二點差兩分時，隨同哈理斯巡官和戴維森醫師抵達現場，我到達的時候，哈特醫師、宋戴克博士和杰維斯醫師都已經在房間裡。我發現死者敏娜・艾德勒躺在床上，喉嚨被刀割斷，她已經死亡，全身冰冷。看不出有掙扎的跡象，床上也不凌亂，床邊有一張小桌子，上面放了一本書和一個空的蠟燭台，蠟燭顯然是點完了，因為在燭台座子底只有一小段燒焦的燭芯，床頭地板上放了一個箱子，上面有一個墊子。顯然凶手是站在墊子上，由床頭俯身下去行凶的。之所以必須如此，是因為床邊有桌子，而要移動桌子，一定會發出聲音而可能驚動死者。而由箱子和墊子看來，我認為凶手是個很矮的人。」

「還有什麼可資指認凶手的證據嗎？」

「有的，死者的左手抓著一束女子的紅色頭髮。」

在那位警探說出這句證詞時，女性被告和她的母親不約而同地發出一聲恐怖的尖叫。戈德斯坦太太昏倒在長椅上，而蜜麗安面色死白，像化成石像似地呆立著，用害怕的眼光瞪視著那名警探由口袋裡掏出兩個小紙包，打開來呈給驗屍官。

「註明A的紙包裡的頭髮，」他說：「是在死者的手中發現的；至於註明B的紙包裡，是蜜麗安．戈德斯坦的頭髮。」

被告的律師站了起來。「註明B的紙包中的頭髮是哪裡來的？」他追問道。

「我是從蜜麗安．戈德斯坦睡房裡牆上掛著的一袋因梳頭掉落的頭髮裡取得的。」那位警探回答道。

「抗議。」律師說道：「沒有證據證明那個袋子裡裝的是蜜麗安．戈德斯坦的頭髮。」

宋戴克輕笑了一聲，「這個律師和那個警探一樣愚蠢。」他低聲地對我批評道：「兩個人好像一點都不知道那袋頭髮的重要性何在。」

「那你知道那個袋子囉？」我吃驚地問道。

「不知道，我以為是髮刷。」

我訝異地望著我這位同事，正準備開口請他解釋這不知所云的回答，他卻豎起一根手指，轉回頭去聽著。

「很好，霍爾維茲先生，」驗屍官說：「我會記下你的抗議，不過我要讓這位警探繼續作證。」

律師坐了下來，而警探繼續他的證言。

「我檢查和比較過這兩個頭髮的樣本，以我個人的意見，認為這兩者是同一個人頭上來的。我在那個房間裡另外還發現有少量的細砂灑在枕頭上，死者頭部的四周。」

「細砂！」驗屍官驚叫道：「這可是會在一位女士的枕頭上找到的奇怪東西吧？」

「我想這很容易解釋。」警探回答道：「洗手槽裡滿是血水，顯示凶手——不管是男是女——在那裡洗了手，很可能也洗了刀子。洗手台上有一塊磨砂皂，我想凶手用磨砂皂洗了手，擦乾手的時候站在床頭，讓砂子混在枕頭上。」

「很簡單，可是非常聰明的解釋。」驗屍官很表贊許地說，陪審團的人都彼此表示欽佩地點著頭。

「我到了被告蜜麗安・戈德斯坦的房間裡，發現那裡有一把刻模工用的刀子，可是這把刀比一般的要大得多。上面有些血漬，被告解釋說是她幾天前割到了手指。她承認那把刀是她的。」

警探的證詞到此結束，他正準備回去坐下，被告的律師站了起來。

「我想向證人請教一兩個問題，」他說，驗屍官點頭同意之後，他繼續說道：「被告遭到逮捕之後，有沒有檢查過她的手指？」

「我想沒有吧，」警探回答道：「至少，就我所知是沒有。」

律師把他的回答記下，然後問道：「至於那些細砂，你在洗手槽底有沒有發現呢？」

警佐的臉紅了起來。「我沒有檢查洗手槽。」他回答道。

「有誰檢查過嗎？」

「我想沒有吧。」

「謝謝你。」霍爾維茲先生坐了下來，即使在陪審團不表贊同的喃喃語聲中，還聽得到他鵝毛筆得意的書寫聲。

「各位，現在我們要聽幾位醫生的證詞了，」驗屍官說：「我們先由警方的醫師開始。」在戴維森醫師宣過誓之後，他繼續說道：「我相信在凶案發現後不久你就看到了死者，然後檢查了屍體吧？」

「是的。我發現死者躺在床上，顯然床上一點也不亂，她死亡大約有十小時左右，四肢已完全僵硬，但軀體還不到那個程度。死因是喉部有一道極深的傷口，將所有的組織都切斷，一直到頸椎，是死者平躺時以利刃一刀造成的，明顯是他殺。絕無可能是由死者自殘而成。凶器應是單刃的刀子，由左向右割劃；凶手站床頭放置的箱子和墊子上，俯身揮刀。凶手可能身高很矮，很壯，慣用右手。無掙扎跡象，而由傷口判斷，本人認為是立即斃命，死者左手中有一小束女性的紅色頭髮，已和被告的頭髮做過比較，認為那就是她的頭髮。」

「有人把被告的刀給你看過嗎？」

「是的；一把刻模刀。上面沾有血漬，我化驗之後，發現那是哺乳類的血。很可能是人血，但我並不能確切說那就是人血。」

「傷口會是由那把刀造成的嗎？」

「是的，雖然由那麼深的傷口來看，這把刀是小了點，可是，仍然大有可能。」

驗屍官看了霍爾維茲先生一眼。「你要問這位證人什麼問題嗎？」他問道。

「如果您允許的話。」律師回答後，站了起來，看看自己的筆記，說道：「你說到這把刀上有血跡。可是我們也聽到說洗手槽裡有血水，照道理說，那表示凶手洗過了手和刀子。可是刀子既然洗過了，你又怎麼解釋上面的血跡呢？」

「顯然刀子沒有洗過，只洗了手。」

「可是這不是很不可能的事嗎？」

「不會，我覺得不是。」

「你說沒有掙扎的跡象，而且死者是立即斃命，可是死者卻又抓下了被告的一束頭髮，這兩種情況不是彼此矛盾嗎？」

「不見得。頭髮可能是死亡的那一剎那突然扯下來的，反正，頭髮確實是在死者手裡。」

「頭髮有可能確認是某一個人的嗎？」

「不能，不能確定。不過這是很特殊的頭髮。」

律師坐了下來，哈特醫師被叫了上去，簡單地證實了他上司的證詞之後，驗屍官宣佈說：「各位，下一位證人是宋戴克博士，他幾乎可以說是意外在場，可是實際上是第一個到凶案現場的人。他也檢查了屍體，而毫無疑問地會讓我們對這件可怕的命案有更多了解。」

宋戴克站了起來，宣過誓之後，他把一個有皮把手的小箱子放在桌上。然後，回答驗屍官的問題，說明他本人是聖瑪格莉特醫院的法醫學教授，也簡單地說明了他和這個案件的關係。這時候，陪審團主席插嘴問他對頭髮和刀子的意見，因為這些正是爭議的重點，而所談的證物立即送到他面前。

「註明A的紙包裡的頭髮和註明B的紙包裡的頭髮，依你看是屬於同一個人的嗎？」驗屍官問道。

「我毫無疑問地確定是同一個人的。」宋戴克回答道。

「你能不能檢查一下這把刀子，告訴我們死者的致命傷是不是由這把刀造成的？」

宋戴克仔細地檢查過刀刃，然後把刀子還給驗屍官。

「死者的傷口有可能是由這把刀造成。」他說：「可是我很確定這不是凶器。」

「你能說明有這種確切意見的原因嗎？」

「我想，」宋戴克說：「如果我把所有的證據按順序說明的話，會節省很多時間。」驗屍官首肯之後，他繼續說道：「我不必重複已經提示的證詞來浪費各位的時間。貝茲警佐很清楚地說明了現場的狀況，在這方面我沒有什麼要增加的。戴維森醫師對屍體的說明，也把所有的事實都說到了：那名女性死亡已有十小時，由傷口來看，毫無問題是他殺，而行凶的方式也正如他所說。顯然是立即斃命，而且我應該說死者始終沒有從睡夢中醒來過。」

「可是，」驗屍官反駁道：「死者在手裡抓著一綹頭髮。」

「那綹頭髮，」宋戴克回答道：「不是凶手的頭髮。那是為了一個很明顯的目的而放進屍體的手裡的；凶手會把頭髮隨身帶著，表示這次行凶早有預謀，而行凶者是能進入那棟房子，和裡面住戶都很熟悉的人。」

宋戴克的這番話使得驗屍官、陪審團，以及旁聽者都張口結舌地望著他。那一陣凝重的沉默因為戈德斯坦太太一陣歇斯底里的狂笑而打破之後，驗屍官問道：

「你怎麼知道在死者手中的頭髮不是凶手的呢？」

「道理非常明顯。第一眼看到那綹頭髮特殊又顯眼的顏色時，的確讓我懷疑。但是有三項證據，每一項都足夠證明那些頭髮大概不是凶手的。

「首先，是那隻手的狀況，一個人在死亡的那一瞬間用力地抓住什麼東西，會產生一種稱之為屍體痙攣的狀況，肌肉的收縮會立刻形成rigor mortis，也就是死後僵直的狀態，而那件東西會一直給緊握在已死的手裡，到僵直消失為止，在本案中，整隻手完全僵硬，但並沒有緊抓著頭髮。那一小綹頭髮鬆鬆地躺在手掌心裡，而手只是半握拳而已，顯然頭髮是在死後才放在那裡的。另外兩項證據則和頭髮本身有關。呃，從頭上扯下來的一綹頭髮，每一根頭髮的髮根都應該在那一綹的同一端。可是目前本案中卻不是這種情形，在死者手中的頭髮裡，兩頭都有髮根，所以不可能是從凶手頭上扯下來的。但是我所發現的第三項證據，還更沒有辯駁的餘地，組成那一小綹的頭髮都不是拔扯下來的。全都是自動掉落的，事實上，那些都是落髮——很可能是梳頭時掉落的。讓我說明一下其中的差別，頭髮自然脫落的時候，是從皮膚裡一個小小的稱之為根鞘的管子裡，由底下新生的毛髮擠出來的；這種掉落的頭髮根部什麼都沒有，只有一個小小球狀的突起——但是如果頭髮是硬生生拔出來的話，髮根會連根鞘一起帶了出來，可以清楚地看見在頭髮根部有點閃亮的東西。要是蜜麗安·戈德斯坦肯拔下一根頭髮來給我的話，我就可以讓大家看到拔出來的頭髮和掉落的頭髮之間極大的不同了。」

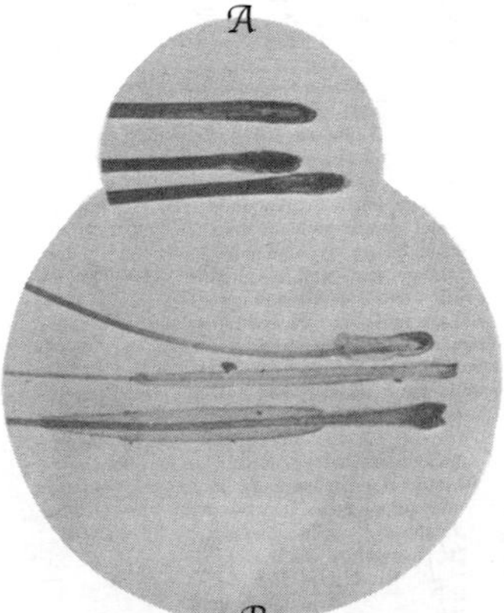

◎A是自然掉落的頭髮，髮根什麼都沒有（顯微鏡放大32倍）。B是硬扯下來的頭髮，髮根帶著根鞘（顯微鏡放大20倍）

那個不幸的蜜麗安不用再多催促。她飛快地拔下了十來根頭髮，由一名警員交給了宋戴克，宋戴克馬上放進一個紙夾裡固定好，再從小箱子裡取出另一個紙夾，裡面大約有六七根在死者手中找到的頭髮固定在那裡。然後宋戴克把那兩個紙夾，連同一個放大鏡，一起交給驗屍官。

「了不起，」驗屍官驚嘆道：「而且完全沒有爭議餘地。」他把那幾樣東西傳給陪審團主席，在一陣沉默中，陪審團屏氣凝神，表情十足地仔細檢查。

「接下來的一個問題是，」宋戴克繼續說道：「凶手是什麼時候拿到那些頭髮的呢？我原先假設是從蜜麗安．戈德斯坦的髮刷上取得的；可是由警佐的證詞可以清楚知道是由警佐抽取樣本來作比較的同一個裝落髮的袋子裡取得的。」

「我想，博士，」驗屍官表示道：「你已經完全摒除了頭髮這條線索。我能不能請問你是否找到什麼可以指認凶手的證據呢？」

「有的，」宋戴克回答道：「我發現一些可以指認凶手身份的證據。」他轉頭很有深意地朝米勒局長看了一眼，局長立刻起身，悄悄走到門前，然後把一樣東西放進口袋裡，回到座位上。「我走進門廳時，」宋戴克繼續說道：「注意到以下幾件事：大門後面有一個架子，上面有兩個瓷燭台，每個燭台上都插了一支蠟燭，其中的一個托盤裡還有一段蠟燭頭，大約一吋長。地板上，靠近擦腳墊的地方，有一塊蠟燭油，還有模糊的泥污足跡。樓梯的油氈上也有模糊的腳印，是由潮濕的橡膠套鞋留下的。腳印一路上樓，越到上面越模糊。樓梯上還有兩滴蠟燭油，還有一滴在扶手上；樓梯半路上有一根點過的火柴棒，另外一根則在樓梯口，沒有下樓的腳印，可是在欄杆旁邊有一塊蠟燭油在還很熱很軟的時候給踩了一腳，留下橡膠套鞋下樓的腳跟印。樓下大門的鎖最近才上過油，臥室的門鎖也一樣，而且還從外面用一根彎曲的鐵絲打開過，在鑰匙上留下了印子。在房裡，我又發現兩件事，一件是死者的枕頭上灑了些砂子，有點像園藝用的細砂，但顏色灰一些，也沒那麼粗，這點等下再說。

「另外一件事是床邊桌上的燭台是空的。那是一個很特別的燭台，底下的洞裡是橫排的八根鐵條，在洞底有一點燒完的燭芯，但是最上層的邊緣有一點蠟，表示另外插過一支蠟燭，後來又取走了，否則那一點蠟也會燒融了才對。我馬上想到門廳裡的那截蠟燭頭，等我再下樓去的時候，我把那截蠟燭頭從燭台盤裡取出來檢查。在那上面，我發現有八道清楚的痕印，正好和臥房裡燭台的那八根鐵條相符，那截蠟燭有人用右手拿過，因為在溫熱而軟的蠟上留下了很清晰的右手拇指和食指的印子。我用製模蠟做了三個模子，而由那三個模子翻出了那兩個指紋和燭台的印子。」他從小箱子裡取出一個白色的小東西來呈給驗屍官。

「由這些證據，你推斷出什麼呢？」驗屍官問道。

「我認為在凶案發生的那天半夜兩點差一刻時，一個男人（他在前一天到過這棟房子去取得那綹頭髮和給門鎖上油）用鑰匙開門進了屋子，我們之所以能確定時間，是因為當晚從一點半下雨下到兩點差一刻，那是兩週裡唯一的一場雨，而命案是在兩點左右發生的。那個男人在門廳裡劃著一根火柴，在樓梯上到一半時又劃著一根火柴。他發現臥房門鎖了，就用一根彎曲的鐵絲由外面扳動鑰匙開鎖。進門之後，點上蠟燭，放好箱子和墊子，殺了被害人，洗過手和刀子，再把蠟燭頭從燭台裡取出來，下了樓，吹熄蠟燭後丟進燭台的托盤裡。

「第二個線索是枕頭上的砂子，我拿了一點點，在顯微鏡底下檢查過，發現那是由東地中海來的深海砂，裡面滿是一種叫『多孔蟲』的細小貝殼，而那種東西只有在地中海東部的黎凡特才有，所以我能確定其出處。」

「真是奇怪的事。」驗屍官說：「深海的砂怎麼會到這個女人的枕頭上去的呢？」

「要解釋這點，其實很簡單。」宋戴克回答道：「這種砂子在土耳其海綿裡有很多，卸裝這些海綿的倉庫裡通常都多得淹到人的腳踝；開箱的工人身上也會沾滿，不但衣服上有，口袋裡也有。要是有這麼一個衣服和口袋裡都是砂子的人行凶的話，在他由床頭俯身下去的時候，一定會有砂子從口袋或衣縫裡掉出來。呃，一旦我檢查過這些砂子，知道砂子的特性之後，我就送了個信給戈德斯坦先生，請他給我列一張和死者相熟的人的名單，還要列出他們的住址和職業。他把清單開給我，在他所提到的人裡面，有一個正是在一家海綿批發商倉庫裡擔任包裝工人，我進一步確定新一季的土耳其海綿就在謀殺案發生的前幾天剛剛運到。

「現在的問題是，這個海綿包裝工人是否就是我在蠟燭頭上發現指紋的那個人呢？為了確定這一點，我準備了兩張裝裱好的照片，特意安排在那個人下班回家時和他在他家門口相遇，請他看那兩張照片並加以比對。他把照片從我手裡接過去，各用兩手的拇指和食指夾著，等他把照片還我之後，我拿回家裡，小心地在照片的兩面都用一種特殊的粉末灑上，粉末會黏在他拇指和食指捏住照片的地方，讓指紋很清楚地顯現。而右手的兩個指紋和蠟燭上的指紋完全一模一樣，和我製作的翻模比較就可以看得出來。」他從箱子裡取出那張意第緒文的照片，在黑色邊框上有明顯得驚人的黃白色拇指指紋。

宋戴克剛把照片遞給驗屍官，突然起了一陣很特別的騷動。就在我朋友說最後那段證言時，我注意到那個叫彼德洛夫斯基的男人從他座位上站了起來，偷偷地向門口走去，他輕輕地轉動門把，把門往後打，起先動作很小，然後加大了力氣。可是門已經上了鎖，等他想通了這點之後，彼德洛夫斯基用兩手抓住門把，用力地扯著，像個瘋子似地左右搖動，渾身顫抖，充滿驚惶的兩眼瘋狂地怒瞪著吃驚的旁聽者，他那張醜惡的臉面色死白，流著汗水，充滿了恐懼，整個樣子令人震驚。

突然之間，他放開門把，發出一聲可怕的叫喊，把手伸進他大衣裡，直衝向宋戴克。可是局長早已料到這一點，一陣叫喊和一陣掙扎，然後彼德洛夫斯基給壓倒在地上，像個瘋子似地亂踢亂打，而米勒局長抓緊了他的右手，還有他手裡握住的那把可怕的刀子。

◎米勒局長早有準備地上前壓制嫌犯

「我要請你把刀子呈給驗屍官。」宋戴克說，這時彼德洛夫斯基已經被制服而上了手銬，局長也整好了他的衣服。「庭上，能否請你檢查一下，」他繼續說道：「告訴我靠刀尖部分的刀鋒上是不是有個小缺口——一個大約八分之一吋長的三角形缺口？」

驗屍官接過刀子，然後以吃驚的語氣說：「不錯，的確是有。那，你以前曾經看過這把刀囉？」

「沒有，我沒有看過，」宋戴克回答道：「不過，我也許最好還是繼續我的證詞，我不用再告訴你說照片和蠟燭上的指紋都是保羅．彼德洛夫斯基的；我要繼續提出由屍體上得來的證據。

「我遵照庭上的命令，到停屍間去檢查死者的遺體，戴維森醫師已經很完整而精確地描述了傷口的情形，可是我發現了一項他可能忽略了的證據，卡在頸椎骨中間——在第四節脊骨的左側——我發現有一小片金屬，就小心地取了出來。」

他從口袋裡取出那個蒐證用的小盒子，由盒內取出一個小封套，呈給了驗屍官。「在這個封套裡的就是那一小片鋼鐵，」他說：「很可能正好合上刀刃上的那處缺口。」

在一片沉寂中，驗屍官打開了那個小封套，讓裡面的小金屬片落在一張紙上，他把刀子也平放在紙上，將金屬片輕輕推向缺口。然後他抬起頭來看看宋戴克。

「完全密合。」他說。

在房間那頭發出一個沉重的響聲，我們全都轉頭看去。

彼德洛夫斯基人事不省地昏倒在地。

「很有教育性的一個案子呢，杰維斯。」宋戴克在我們回家的路上說——「這個案子又重複了那些有關當局始終拒絕學會的教訓。」

「是哪些呢？」我問道。

「就是這個。一發現有命案，現場馬上就應該變得像是睡美人的皇宮。連一粒灰塵也不能移動，一個人也不可以靠近，要讓採證的專業人員看到一切都*in situ*（在原位）而絕對沒有擾動。不可以有興奮的警員到處亂踩，不可以有警探來亂翻，不可以讓獵犬來回地亂走。想想要是我們來晚了一兩個鐘點的話，這個案子會變成什麼樣子。屍體進了停屍間，頭髮到了警佐的口袋裡，床翻亂了，砂子到了地上，蠟燭大概拿走了，而樓梯上滿是新的腳印。

「一點線索也沒有。」

「而且，」我加上一句說：「深海傳來的訊息也就白費了。」

國家圖書館出版品預行編目資料

微物神探宋戴克／奧斯汀・傅里曼（Austin Freeman）著；景翔譯．-- 初版．-- 臺北市：臉譜，城邦文化出版：家庭傳媒城邦分公司發行，2008.01

面；　　公分．--（奧斯汀・傅里曼作品系列：2）

譯自：John Thorndyke's cases

ISBN 978-986-6739-32-3（平裝）

873.57　　　　96025176